Émile Petit

La Chlorose

Recherche de ses causes & de ses remèdes

Émile Petit

La Chlorose
Recherche de ses causes & de ses remèdes

ISBN/EAN: 9783337418489

Printed in Europe, USA, Canada, Australia, Japan

Cover: Foto ©Andreas Hilbeck / pixelio.de

More available books at **www.hansebooks.com**

BIBLIOTHÈQUE DU *PROGRÈS AGRICOLE ET VITICOLE*

ÉTUDE COMPARÉE

DE LA TAILLE

DANS LES

DIFFÉRENTS VIGNOBLES

PAR

PERRAUD (Joseph)

Stagiaire agricole

MONTPELLIER

AUX BUREAUX DU **Progrès agricole et viticole**

Rue Albisson, 1 (Maison Baligne)

ÉTUDE COMPARÉE

DE LA TAILLE

DANS LES

DIFFÉRENTS VIGNOBLES

Considérations générales.

La taille est une des opérations les plus importantes de la culture de la vigne elle a pour but :

1° D'assurer la production, de la régulariser et aussi de l'augmenter ;

2° D'obtenir des fruits plus gros, de meilleure qualité et plus hâtifs ;

3° De donner aux ceps une forme et un développement déterminés, en répartissant la sève le plus également possible entre toutes les parties ;

4° De faire fructifier les pieds qui y sont peu disposés ;

5° De permettre la pratique des différentes façons culturales le plus économiquement possible.

Pour la vigne plus que pour tout autre arbre, la taille est indispensable, car elle a une grande propension à pousser en bois et ses produits spontanés sont presque nuls.

La vigueur d'une vigne peut être en relation directe ou inverse avec la production. Ainsi plus il y a de rameaux verts, plus il y a de matériaux élaborés, et par conséquent plus les fruits en ont à leur disposition ; mais quand ces matériaux sont en excès ils se portent sur les bourgeons et sont ainsi perdus pour les fruits : il y a chloranthie. Il faut donc laisser assez de rameaux pour que la vigueur soit suffisante, mais non exagérée.

Lorsque, au contraire, la végétation d'une vigne est très faible il y a production exagérée de fruits ; cette remarque porterait donc à croire qu'il faut diminuer la vigueur le plus possible afin d'avoir le plus grand nombre de fruits, mais on sait qu'une forte production affaiblit ce végétal et plusieurs de suite finiraient par le faire périr : il faut donc se maintenir dans un juste milieu.

Mais comment savoir, au moment de la taille, si une vigne est trop faible ou trop vigoureuse ?

Dans tous les cas, lorsqu'une vigne est trop vigoureuse, il pousse sur les bras ou le tronc des bourgeons adventifs appelés gourmands ; lorsqu'une souche est trop faible tous les bourgeons laissés à la taille précédente ne se développent pas. Ce sont là des indices aussi simples que sûrs.

D'une façon générale la direction des rameaux influe sur leur vigueur. Les rameaux verticaux sont les plus vigoureux et ceux aussi qui donnent le moins de fruits ; ceux, au contraire qui sont plus ou moins inclinés sont les plus faibles et les plus fructifères.

Sur un même rameau, ce sont les bourgeons les plus éloignés du centre dans le sens vertical qui se développent le plus activement.

Il existe des procédés artificiels qui permettent de ralentir la vigueur d'un rameau et par suite d'augmenter la production: l'arcure qui entre, comme nous le verrons, dans la pratique de certains systèmes de taille, et la torsion des sarments qui n'est pas usitée.

Il découle de ce procédé que, dans un système de taille quelconque, lorsque l'on aura sur une même souche des rameaux trop vigoureux et d'autres trop faibles pour rétablir l'équilibre, il suffira de placer verticalement les rameaux les plus faibles et d'incliner les autres.

La vigne porte ses fruits sur les rameaux de l'année produits sur les bois de l'année précédente. Il est donc indispensable de faire produire du bois nouveau chaque année ; d'où résulte la nécessité d'obtenir en même temps que des fruits des sarments pour remplacer ceux qui ont fructifié. Les rameaux qui poussent sur vieux bois ne portent généralement pas de fruits: cependant, pour certains cépages très fructifères, tel que l'Aramon, on trouve des raisins sur des gourmands encore appelés sauvageons ou sagattes.

Si on laissait sur la souche tous les vieux bois sans les soumettre à la taille, on obtiendrait un nombre considérable de rameaux et de fruits très peu développés Il est donc nécessaire de supprimer chaque année un grand nombre de sarments et de raccourcir ceux que l'on conserve.

Si l'on considère plusieurs cépages, on s'aperçoit que certains comme l'Aramon, la Carignane, le Morrastel ne portent de fruits que sur les rameaux développés à la base des sarments de l'année précédente ; pour ceux-là, on a intérêt à ne conserver que les bases de sarments ; d'autres tels que la Syrah, le Cabernet, le Pinot, la Mondeuse donnent du fruit sur les jets qui poussent aux extrémités : ici une taille longue s'impose. Quelques-uns ont la propriété de donner des rameaux fructifères sur tous les bourgeons ; dans ce cas on taillera long ou court sans s'occuper de cette considération.

On peut donc distinguer, en se plaçant à ce point de vue, 2 types de taille : à court-bois et à long-bois ; mais le choix de l'un ou de l'autre de ces types n'est le plus souvent arbitraire, il dépend des aptitudes spéciales de chaque cépage.

On appelle court-bois, courson, cot, etc., un rameau aoûté sur lequel on laisse au plus 3 yeux francs et le faux-œil ou bourrillon.

Le long-bois est un sarment qui porte au moins 4 ou 5 yeux francs ; on l'appelle encore aste, playon, courgée, etc.

Il existe encore des bois spéciaux appelés oreilles de lièvre : ce sont deux sarments partant du même point ; dans la taille en gobelet, ils permettent de bien établir la symétrie des bras.

D'une façon générale, les longs-bois sont, pour tous les cépages, plus fructifères que les courts-bois ; mais ils donnent toujours naissance à des fruits relativement peu volumineux et à des rameaux peu vigoureux. Les courts-bois, au contraire, donnent moins de production et plus de vigueur.

Une vigne toujours taillée à long-bois, finirait par s'affaiblir. Il faut donc, même dans la taille à long-bois, conserver des coursons destinés à fournir successivement les rameaux ; les longs-bois destinés à donner des fruits sont supprimés l'année suivante. Dans des systèmes de taille combinés, on recourbe généralement les longs-bois et on donne aux jets qui poussent sur les coursons, une direction verticale afin d'activer leur développement.

D'après ces principes, on peut pratiquer des tailles uniquement à court bois, des tailles combinées à coursons et long-bois, mais jamais des tailles exclusivement à long-bois.

Connaissant la vigueur d'une souche et le système de taille à lui appliquer, quels sarments doit-on conserver ? Au point de vue de la fructification, on doit choisir les rameaux de moyenne vigueur, les sarments les plus forts produisent surtout du bois et les plus chétifs n'assurent pas une vigueur suffisante. Il faut aussi que les rameaux conservés soient sains et bien aoûtés.

On doit veiller, dans une souche, au maintien de l'équilibre dans la végétation de ses différentes parties. On peut augmenter la vigueur d'un bras faible en le relevant ; mais ce moyen n'est employé que dans certains cas. On y arrive encore en laissant sur ce bras plus de coursons que sur les autres ; on obtient ainsi plus de surface élaborante et il arrive par conséquent dans cette partie plus de matériaux nutritifs. Mais si on continuait ainsi plusieurs années de suite sur le même bras, il ne tarderait pas à prendre, au détriment du reste de la souche, une vigueur exagérée : de là, on conclut que sur une vigne normalement établie, il ne faut jamais laisser sur un bras plus de coursons que sur les autres. Cependant, on peut laisser sur un bras plusieurs coursons, à condition que chaque bras en supporte à son tour un même nombre.

On peut encore augmenter la vigueur d'un bras en ne lui laissant qu'un seul courson que l'on taille très court sur un seul œil par exemple, et qui donnera un jet très vigoureux.

Comme la sève tend toujours à se rendre vers les parties les plus élevées du végétal, il en résulte que dans tous les systèmes de taille, les bras ont une tendance à s'allonger : c'est là un inconvénient qu'il faut éviter.

En effet, à mesure qu'un bras s'allonge il devient tortueux, les matières absorbées circulent difficilement et la sève n'arrivant plus jusqu'aux bourgeons de l'extrémité, ils meurent.

Pour éviter l'allongement excessif des bras, on doit, chaque fois que l'on taille, prendre le courson le plus rapproché du vieux bois.

Quand un bras est trop long, pour le raccourcir, on fait ce que l'on appelle une taille de secours. On ne laisse sur le bras qu'un courson taillé très court et dont les rameaux ne suffiront par conséquent pas à utiliser toute la sève ; par suite, les yeux latents placés sur le vieux bois se développeront, et l'année suivante on ravalera le bras au-dessus du rameau adventif le mieux situé.

Contrairement à ces principes, dans certaines régions, comme la Bourgogne et la Champagne, le courson est choisi loin de l'origine, mais les provignages fréquents que l'on exécute dans ces contrées, font disparaître les bras sous terre.

Le sarment qui fournit le courson ou le long-bois est coupé, si le mérithalle n'est pas trop long, sur le nœud immédiatement supérieur au dernier bourgeon réservé ; on taille ainsi sur une cloison ligneuse qui préserve la moelle de la pénétration de l'eau et de la pourriture.

Dans le cas où le mérithalle est très long, on le coupe obliquement sur sa longueur de façon à ce que la section soit du côté opposé au dernier œil : l'eau s'égoute ainsi facilement.

La taille peut se faire pendant toute la durée du repos de la végétation, du 15 novembre à fin mars. On ne doit cependant pas tailler au moment des grands froids, car les sarments sont alors cassants et les sections ne sont pas régulières.

Les tailles précoces ou tardives ne doivent pas être faites indifféremment. En effet, les bourgeons se développent d'autant plus rapidement qu'il en reste un moins grand nombre sur la souche, par conséquent il faut tailler le plus tard possible dans les milieux où l'on craint les gelées.

Cependant dans les grandes propriétés on est obligé de se soumettre aux exigences de la culture ; on prend alors un moyen terme : on commence à supprimer tous les sarments qui ne doivent pas servir à former les coursons, et les derniers sont coupés à 0,30 c. ou 0,40 c. pour les rabattre plus tard à la longueur voulue. Cette première taille porte dans le Midi le nom d'Espoudassage.

Hauteur et forme que l'on donne aux souches.

Plus les raisins sont près de terre, et plus ils absorbent les rayons calorifiques réfléchis, et par conséquent plus parfaites seront la qualité et la maturité. Dans les régions septentrionales on aurait donc intérêt de rapprocher les souches le plus possible de terre. Mais il faut tenir compte d'une autre considération : en effet, l'action du rayonnement, qui en été se manifeste par une émission de chaleur, se traduit en hiver et au printemps par un refroidissement quelquefois très intense.

Dans les régions où les gelées sont à craindre, les souches devront donc atteindre une hauteur assez considérable pour les soustraire autant que possible à l'action du rayonnement.

Dans le midi, au contraire, où la quantité de chaleur est toujours suffisante, on devrait tenir les vignes hautes, mais alors les rayons solaires frappant directement les fruits pourraient produire le grillage ; comme d'autre part les froids ne sont pas trop à redouter, les souches sont taillées le plus bas possible.

Les nombreuses formes de tailles que l'on fait subir à la vigne peuvent se ramener à 3 types :

Formes en gobelet.
— en espalier.
— en cordon.

La forme en gobelet est celle dans laquelle tous les bras de la souche rayonnent autour d'un centre commun en suivant les génératrices d'un cône renversé plus ou moins ouvert.

Cette forme, usitée dans le Languedoc, la Provence, le Beaujolais, le Roussillon, etc., présente de nombreux avantages. Elle assure une égale répartition des rameaux tout autour de la souche, ce qui permet, dans le midi, d'abriter le sol contre la dessiccation et les raisins contre le grillage.

Le gobelet employé avec un échalas, comme dans le Beaujolais, rend facile le relèvement des rameaux et l'exposition des grappes au soleil.

Il a encore l'avantage de pouvoir être conduit à taille courte ou longue, et de permettre les labours croisés.

L'espalier comprend diverses formes usitées dans l'est et l'ouest de la France (Gironde, Jura, Isère, Savoie). Ici les bras sont disposés autour d'un même centre mais symétriquement et dans un seul plan.

Cette disposition a l'inconvénient de supprimer les labours croisés, et en pays chaud, d'exposer les raisins au grillage. Mais elle convient aux régions où le raisin a besoin, pour arriver à bonne maturité, d'être exposé directement à l'ardeur du soleil.

D'autre part l'espalier demande, pour le maintien de l'équilibre de ses bras, une taille soignée.

Le cordon comprend tous les systèmes dans lesquels les bras suivent une direction unique (Bourgogne, Ermitage, systèmes Guyot, Cazenave, etc.) C'est cette forme, qui, au point de vue de la conduite de la taille, présente les plus grands avantages ; la sève se portant du même côté, il n'y a pas à se préoccuper de l'équilibre.

Après ces considérations générales, nous allons étudier, aussi complètement que possible, les différents systèmes de taille usités dans les diverses régions viticoles. Nous nous proposons, dans cette étude comparée, de prendre la vigne dès sa première année de plantation et de la suivre jusqu'à son complet développement.

La taille dans le Languedoc.

Cette région, dans laquelle nous comprendrons les départements de l'Hérault, de l'Aude, du Gard et la Camargue, est caractérisée par la culture de la vigne en souche basse, taillée en gobelet, à coursons et sans échalas.

L'année même de la plantation, le sarment unique du jeune plant est rabattu à deux yeux au-dessus de terre ; mais souvent on laisse un bois plus long, en ayant soin d'éborgner les bourgeons supérieurs, afin de rendre plus apparent le jeune plant au moment des labours. Dans les terrains bas qui craignent l'humidité, on élève la souche à 0,20 ou 0,25 centimètres ; on laisse dans ce cas trois yeux au sarment au lieu de deux et on le soutient avec un tuteur les premières années.

Dans les côteaux et en terrains secs, on donne aux souches une hauteur de 0,10 à 0,15 seulement.

Si le jeune plant pousse vigoureusement, on peut asseoir la taille dès la première année. Quand l'œil le mieux placé pour la naissance des bras donne deux sarments (ou bien que sans partir du même point, les deux sarments sont assez rapprochés), on les taille sur deux ou trois yeux francs : on a ainsi deux coursons.

Mais si la souche est trop faible ou les rameaux mal situés, on ne laisse qu'un seul sarment, le plus droit que l'on coupe à une longueur variable. En effet, il faut que les deux yeux extrêmes forment la tête de la souche : si donc les deux bourgeons de base sont à la hauteur voulue, on taille au-dessus, mais quand la souche doit être plus élevée, on coupe le sarment sur cinq ou six yeux, en ayant soin de ne laisser que les supérieurs et d'éborgner les autres.

Quand la souche est trop faible, on taille sur un seul bourgeon, on obtient ainsi un rameau plus vigoureux.

Au commencement de la deuxième année, c'est-à-dire après la première taille qui précède la seconde feuille, la jeune plante présente l'aspect de la figure 1 ou 2.

Fig. 1 et 2. — Souches taillées au commencement de la 2ᵐᵉ année.

Au commencement de la troisième année, c'est-à-dire, avant la troisième feuille, on opère la deuxième taille. On laisse au cep deux, trois ou quatre coursons, suivant la puissance de végétation et on les taille sur deux ou trois yeux francs. Cette année, la végétation est exubérante et le décollage des jeunes rameaux est à craindre ; cet inconvénient est évité en laissant un grand nombre de bourgeons.

A cette taille on ne doit encore se préoccuper que de la formation de la souche et ne pas tenir compte de la fructification.

Fig. 3. — Souche taillée commencement de la 3ᵐᵉ année

À cette deuxième taille, on doit laisser quatre coursons toutes les fois qu'on le peut, mais la chose est assez rare.

À la troisième taille, au commencement de la quatrième année, la vigne peut être considérée comme adulte : les sarments sont gros et vigoureux, la membrure est formée. On supprime souvent un des quatre coursons laissés précédemment et on coupe les autres à deux yeux francs et le bourrillon, on obtient ainsi six rameaux vigoureux, qui, l'année suivante, pourront former six coursons bien établis; mais quand la vigueur est suffisante, on conserve quatre bras.

Fig. 4. — Souche taillée au commencement de la 4ᵐᵉ année.

Comme on le voit, il faut quatre ans pour bien former un gobelet quand la végétation est belle et qu'il n'arrive aucun accident. Mais souvent, quand la vigueur n'est pas suffisante et que les rameaux sont mal disposés, on met 5 ans et quelquefois 6 ans avant d'avoir une souche définitivement établie.

La charpente une fois formée, on continue tous les ans la taille en laissant sur chaque bras un courson que l'on taille sur deux yeux francs et le faux œil.

Le nombre de bras et de coursons varie naturellement avec la force de végétation de chaque souche et la richesse du terrain.

En terrain peu fertile, on laisse de trois à quatre bras et, suivant la vigueur, de quatre à cinq coursons. Mais, comme nous l'avons fait remarquer en insistant sur ce point dans les considérations générales qui précèdent, il ne faut jamais laisser deux années de suite les coursons supplémentaires sur les mêmes bras. De plus, quand on veut conserver deux coursons sur un bras, il faut, toutes les fois que la chose est possible, choisir ceux qui partent du même point (oreilles de lièvre).

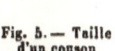

Fig. 5. — Taille d'un courson

Dans les terrains de moyenne fertilité, on laisse quatre bras et de cinq à six coursons. Dans les terrains riches on conserve cinq bras, et de sept à huit coursons. Mais quelle que soit la fertilité du sol, il ne faut pas, autant que possible, laisser aux souches plus de six bras et de sept à huit coursons.

Règle générale, on doit éviter l'accumulation du vieux bois et l'allongement des bras. Pour cela on choisit pour former les coursons les sarments vigoureux les plus rapprochés du bois de l'année précédente.

On veille aussi à conserver à la souche la régularité et l'équilibre dans ses différentes parties. Les coursons sont ainsi symétriquement placés sur des bras régulièremenr espacés.

Fig. 5. — Choix d'un courson.

Ce système convient très bien au climat méridional ainsi qu'aux cépages qui y sont cultivés; il présente en effet l'avantage, dans cette région, de permettre le recouvrement complet du sol par les rameaux qui l'abritent contre la dessiccation.

Les raisins sont ainsi dans un milieu relativement humide et à l'abri du grillage si fréquent en été. D'autre part tous les cépages méridionaux demandent une taille courte, car tous ont la propriété d'être fructifères sur les yeux de la base du sarment.

Au point de vue économique ce système jouit aussi de grands avantages; en effet il supprime les échalas, les tailles en vert et de plus rend facile les labours croisés au moyen d'instruments attelés, assure aux ceps une longue durée et une production abondante.

Le gobelet peut aussi être taillé à long bois. Ainsi quand on a de vieilles vignes très vigoureuses, on laisse des longs bois de deux sortes : des coursons que l'on taille sur cinq ou six yeux et que l'on appelle pisse-vin, à cause du nombre considérable de raisins qu'ils peuvent porter, ou bien des rameaux taillés sur 10 yeux que l'on plie en cerceaux.

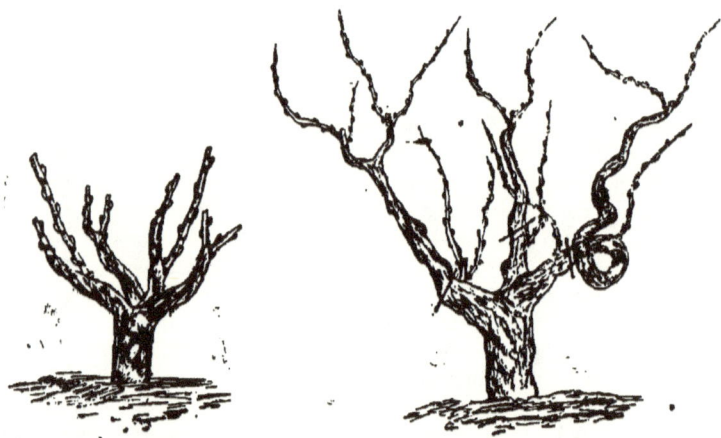

Fig. 7. — Vieille souche taillée
avec deux longs bois.

Fig. 8. — Souche
avant le rabaissement.

La taille en gobelet dans le Midi comporte encore une opération que l'on désigne sous le nom de rabaissement. Quand, malgré toutes les précautions que l'on a pu prendre, la vigne est trop chargée de vieux bois, ce qui affaiblit beaucoup la végétation, il faut, si on veut lui rendre sa vigueur, couper les vieux bois au-dessus des sarments adventifs qui poussent sur les parties vieilles de la souche. Nous avons vu comment on pouvait provoquer artificiellement la poussée de ces rameaux par les tailles de secours. On rabaisse ainsi le cep sur du jeune bois qui peut lui rendre sa fertilité première.

Taille des vignes submergées et exposées aux gelées.

Dans les terrains humides, exposés aux gelées et en même temps fertiles on donne aux souches une hauteur de 0,25 à 0,35; de plus, on la charge de coursons et on conserve des longs bois appelés *pailles*, taillés à quatre ou cinq yeux. Ces pailles doivent être supprimées chaque année et remplacées par de nouvelles tant que la vigne ne paraît pas fatiguée. Les pailles diminuent considérablement les désastreux effets des gelées du printemps et permettent d'obtenir certaines années d'abondantes récoltes.

Dans les vignes submergées, la taille subit aussi quelques modifications. On peut tailler indifféremment soit avant, soit après la submersion, sans aucun inconvénient pour la souche. Il est même préférable de supprimer tous les sarments qui ne doivent pas donner de coursons avant la submersion et de tailler les autres après. On taille sur deux yeux et le bourillon et on donne à la souche la forme en gobelet.

Il y a lieu de distinguer les souches hautes et les souches ordinaires.

Le système de vignes hautes s'impose pour les parties basses des vignobles et les rangées avoisinant les bourrelets, la vigne ayant dans ces situations à souffrir beaucoup de l'excès d'humidité. Pour cette raison, on met de préférence dans ces mêmes positions le Petit-Bouschet beaucoup plus résistant que l'Aramon aux maladies cryptogamiques et à la pourriture.

On donne à ces souches une hauteur de 0,50 à 0,60 que l'on obtient facilement à l'aide d'un système de taille particulier. On opère de la façon suivante : au moment de la première taille, on ne laisse à la souche qu'un seul sarment de 0,50 de long, que l'on attache à un piquet, afin d'éviter les insectes et les gelées qui sont plus à craindre dans les voisinages des bourrelets enherbés que partout ailleurs. Ce sarment donne pendant l'été des bourgeons qui peuvent porter des fruits. Les Petits-Bouschet ainsi conduits arrivent à produire 50 hectolitres de vin à la 2e feuille.

A la deuxième taille on conserve trois ou quatre coursons au sommet de la tige. A la quatrième taille la souche est définitivement établie en gobelet à 0.50. Ce système donne d'excellents résultats.

Dans le Languedoc, on ne pratique ordinairement aucune opération de taille en vert; la Clairette seule est parfois soumise aux pincements. On ébourgeonne aussi très rarement dans quelques milieux lorsque la vigne déjà trop feuillue est soumise à des conditions atmosphériques spéciales, propres à favoriser son développement herbacé.

En somme la taille en gobelet telle qu'on la pratique dans le Languedoc est, comme on voit, d'une grande simplicité et donne pleine satisfaction aux viticulteurs, à tous points de vue : elle assure aux ceps une très longue durée et permet d'obtenir le plus économiquement possible, suivant les milieux et les cépages, des récoltes d'une abondance exceptionnelle.

La taille en Provence.

Jusqu'à ce jour, dans la Provence, on ne trouvait pas de vastes surfaces régulièrement plantées en vignes comme dans le Languedoc. Les anciennes plantations appelées manouillères, comprenaient des lignes simples, doubles ou quadruples de ceps, mélangées parfois d'oliviers et séparées par des planches de cultures intercalaires. Aujourd'hui on plante le plus souvent sans cultures intercalaires, mais presque toujours en ligne et non en carré ou en quinconce, comme dans le Languedoc.

D'une façon générale, le taille provençale est trop courte. La souche est formée en gobelet à trois bras au plus qui portent chacun un courson unique taillé sur un œil franc et le bourrillon. Avec un système de taille aussi sévère, tant que les souches sont jeunes, on voit se développer sur le vieux bois des drageons et des rameaux adventifs. Ces productions, on le sait, sont infertiles et demandent pour l'abondance de la récolte à être supprimées. Il est évident que l'on a intérêt à faire reporter des matériaux qui seraient utilisés en pure perte sur les bois fructifères.

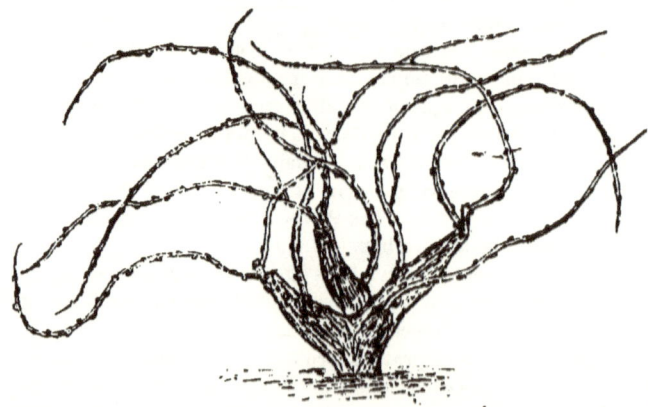

Fig. 9. — Souche de Provence portant des rameaux adventifs.

Dans le Var, toutes les vignes sont tenues à souches très basses et portent deux bras la troisième année et trois bras la quatrième ou la cinquième, suivant la puissance de végétation.

La végétation est généralement forte les premières années, mais la taille trop courte qu'on pratique l'arrête bientôt.

La première année on taille le sarment sur deux yeux francs et le bourrillon. On obtient ainsi des rameaux excessivement vigoureux. La 2e année quelques vignerons taillent ces rameaux sur le bourrillon en *a* au lieu de les tailler en *b* ou en *c* sur deux ou même trois yeux, vu leur grande vigueur ; les rameaux *d* et *f* sont supprimés.

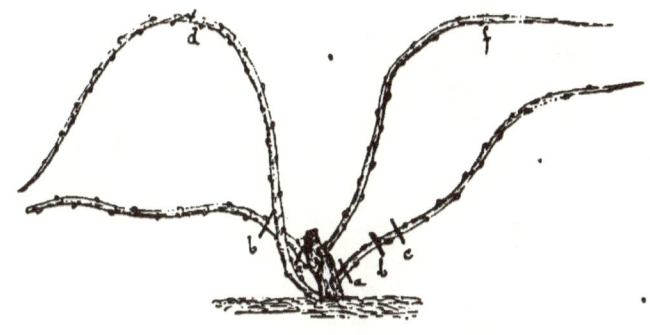

Fig. 10. — Taille d'une jeune souche

On mutile ainsi la souche, et les rameaux laissés ne pouvant utiliser toute la sève au printemps suivant, il se développe sur la souche plusieurs gourmands qui l'épuisent en pure perte et que l'on doit supprimer. La troisième année on établit deux bras (fig. 11) et la quatrième ou la cinquième, on en laisse un troisième, très rarement quatre (fig. 12).

Dans les Bouches-du-Rhône, on laisse souvent la première pousse sans la tailler et quelquefois la deuxième, de sorte que l'on est obligé, la troisième année, de tout supprimer au niveau du sol pour former une souche régulière. Ce procédé déplorable retarde d'un an ou de deux toute production. La vigne est ensuite établie sur trois bras quelquefois deux, très rarement quatre.

Fig. 11. — Souche de 2 ans.

Dans le Vaucluse une souche formée présente l'aspect de la fig. 13.

On voit combien ces systèmes de taille s'écartent des principes rationnels que nous avons établis au début de cette étude.

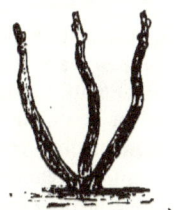

Fig. 13. — Souche formée de Vaucluse.

Fig. 12. — Souche de 3 ans.

En Provence on recherche avant tout la symétrie de la souche ; en Languedoc, au contraire, on recherche la production. Aussi les vignes provençales vivent jusqu'à 100 ans en donnant régulièrement leur petite récolte ; en Languedoc, au contraire, à 50 ans une vigne est sur le point d'être épuisée ; mais pendant ce temps elle a donné plus de produit qu'une vigne provençale marquant le double d'âge.

Aujourd'hui cependant les anciens procédés de culture tendent de plus en plus à disparaître et sont avantageusement remplacés par les pratiques Languedociennes.

La taille en Roussillon.

Ici encore les vignes sont conduites en souches basses, en gobelet, le plus souvent à trois bras. Chaque bras porte un courson presque toujours taillé sur un seul œil franc. Comme dans le Languedoc et la Provence, les vignes ne sont pas échalassées.

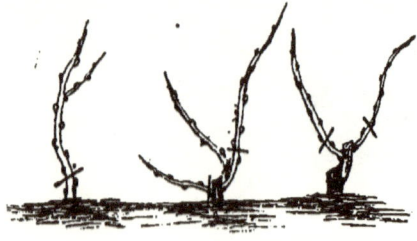

Fig. 14, 15 et 16. — Souches à la 1ʳᵉ, 2ᵐᵉ et 3ᵐᵉ années de plantation

La plantation en Roussillon se fait par boutures que l'on enfonce profondément dans des trous creusés au pal. A la seconde année de plantation, on coupe le plant au ras du sol, de façon à obtenir un rameau vigoureux sur lequel on assied ensuite la taille (fig. 14 et 15). La troisième année, la souche présente l'aspect de la fig. 16.

Les années suivantes, le cep est dressé sur deux et trois bras, mais sans aucune régularité (Fig. 17).

Fig. 17. — Souche formée après la taille.

On ne laisse à la souche sur chaque bras qu'un courson taillé le plus souvent à un seul œil franc, à deux parfois ; aussi la végétation et la production sont elles faibles dans ce vignoble.

Aucune opération de taille en vert n'est pratiquée dans cette région. Ici encore la taille est trop courte et ne se fait pas suivant les principes de physiologie et d'économie qui doivent plus que jamais guider le viticulteur.

Outre que le nombre de bras de chaque souche est trop faible, la taille annuelle de chaque courson est trop courte. La pousse de gourmands et de

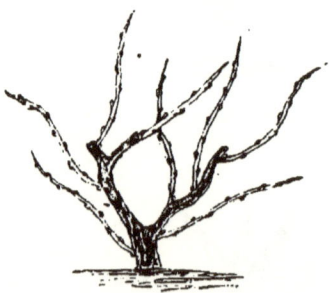

Fig. 18. — Souche formée avant la taille.

forts sarments prouve qu'une taille aussi sévère favorable à la production du bois, mais contraire à la fructification, restreint dans des limites insuffisantes, les conditions de la végétation. On pourrait atteindre une production supérieure tout en augmentant la vigueur des ceps, en apportant plus de soin dans la taille et la conduite de la vigne.

La région viticole des Charentes pourrait être caractérisée par la diversité des systèmes de taille et de conduite de la vigne qui y sont usités. Ainsi, bien que la taille en souche basse et à coursons soit la règle générale, suivant les milieux que l'on considère, la vigne affecte des formes qui varient depuis le gobelet ordinaire jusqu'à la souche aplatie sur le sol, en forme de champignon, de l'Aunis.

La plantation dans cette contrée se fait à la *haque*, qui est une sorte de pal, avec des boutures laissées en stratification jusqu'au moment où l'on aperçoit de petites racines ou bien les tubercules qui indiquent leur sortie prochaine.

Une fois mises en place, les boutures sont rabattues soit au niveau du sol, soit sur deux ou trois yeux.

Dans ces conditions, la reprise est bonne ; mais la végétation, au début, est toujours très faible,

On ne taille généralement pas la première année, ni même la seconde ; c'est, le plus souvent, au commencement de la troisième année seulement, que l'on applique la première taille, rarement au commencement de la deuxième. La jeune souche présente ainsi une tête en buisson.

Pour cette première taille, on opère de deux façons : on conserve sur la souche une, deux ou trois branches les mieux disposées, que l'on taille à deux nœuds, et on supprime tout le reste ; ou bien on coupe à ras terre la tête tout entière. Ce dernier procédé, qui mutile le cep, est évidemment à rejeter.

La quatrième ou la cinquième année, on laisse trois ou quatre coursons pour former des bras.

A Cognac, les souches ont quelquefois de 8 à 9 bras, mais le plus souvent de 5 à 6, rarement 4. Mais, dans les autres vignobles, le nombre de bras est moins considérable ; ainsi, à Barbézieux, où l'on trouve encore des souches de 7 à 8 bras, la plupart n'ont que 3 bras, et aux environs d'Angoulême, on voit beaucoup de souches à 2 bras et quelquefois même à un seul.

A Cognac, chaque bras porte un seul courson de 4 à 5 yeux pour la Folle et de 2 à 3 yeux pour le Balzac. La figure 19 repré-

Fig. 19
Vigne taillée à Cognac

sente le type de taille de la Folle blanche à 6 bras et 6 coursons. C'est là une taille généreuse qui explique le fort rendement que l'on obtient dans ce vignoble.

A Barbézieux, la taille est moins généreuse et plus irrégulière. Nous avons vu, en effet, qu'on laissait moins de bras sur les souches et, de plus, quand on donne deux coursons au même bras, on les taille plus court qu'à Cognac, sur 3 yeux pour la Folle et sur 2 yeux pour le Balzac. (Voir fig. 20 et 21.

A Angoulême, les anciennes vignes n'ont le plus

souvent que deux bras et quelquefois un seul. (Voir fig. 22 et 23.) Aujour-
d'hui, dans les nouvelles plantations, on s'applique à imiter, avec raison, ce
qui se fait à Cognac.

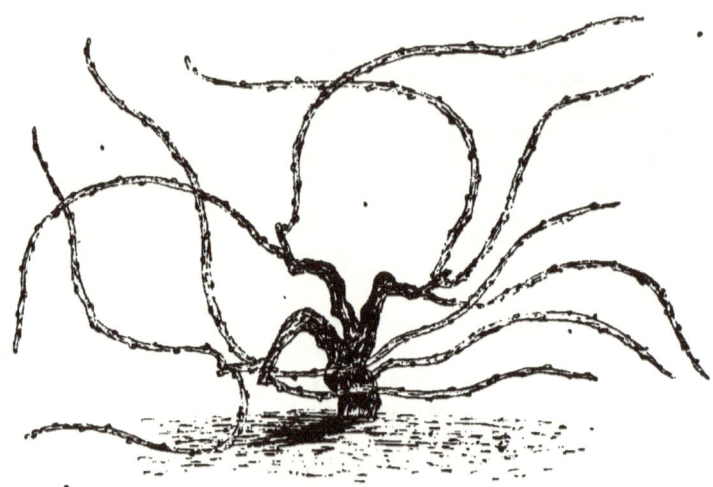

Fig. 20. — Souche avant la taille à Barbézieux.

Dans l'Aunis, on applique à la vigne un système de taille tout à fait particulier, on pourrait dire local; car, nulle autre part, on ne retrouve des vignes
ainsi conduites.

Fig. 21. — Souche taillée à Barbézieux   Fig. 22 et 23. — Souches taillées à Angoulême.

Dans cette région et quelques parties de la Saintonge, on donne au gobelet
une forme aplatie, et la tête du cep, formée par la réunion des bras, constitue un
disque irrégulier placé à la surface du sol, presque sous terre, si ce n'était les
billons que l'on forme entre les rangées de ceps.

Pour obtenir une pareille souche, on taille très court tous les sarments qui
sortent du collet même de la vigne.

On obtient ainsi 5 ou 6 bras taillés à un œil, qui deviennent bientôt de gros

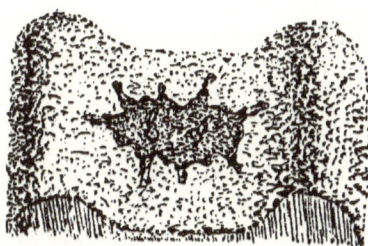

tubercules, finissent par se toucher et former une sorte de plateau rugueux et irrégulier. De ce plateau sortent de courts moignons qui portent les sarments, dont les uns sont supprimés et les autres taillés très court, sur un ou deux yeux, suivant la force de végétation du cep.

Pour remplacer un bras qui ne produit plus, on taille à un ou deux yeux les gourmands qui sortent souvent

Fig. 24.— Souche taillée dans l'Aunis.

de dessous cette tête de champignon ; au bout de deux ans, ce sarment est devenu un bras producteur de sarments fructifères ; c'est ainsi qu'on entretient la production.

C'est là une taille barbare, à laquelle la Folle et le Colombar se prêtent à peu près seuls.

La taille à coursons à un ou deux yeux n'est pas exclusivement appliquée : on réserve souvent au moment de la taille un ou deux longs bois, que l'on recourbe en arçon et que l'on rattache à la souche.

La taille très courte que l'on applique aux vignes de la Charente-Inférieure détermine, les premières années, une végétation ligneuse considérable et, par contre, une faible production. C'est là un inconvénient auquel il serait facile de remédier, en laissant à la base du cep beaucoup d'yeux fructifères.

Cette production exagérée du bois affaiblit d'ailleurs beaucoup la souche qui, vers l'âge de 20 ans, a déjà perdu beaucoup de sa vigueur.

Mais ce que l'on perd en bois on le gagne en fruit, et vers 40 ans, alors que la production ligneuse est très faible, les récoltes deviennent plus abondantes.

La taille s'effectue, dans les Charentes, du milieu de décembre à la fin de mars ; on la pratique souvent en deux fois, comme cela a lieu dans l'Hérault.

La première opération, appelée «fiançailles», se fait en décembre ou janvier : on supprime à ce moment tous les sarments qui ne doivent pas servir à la formation des nouveaux coursons.

Les diverses opérations de taille en vert ne sont pas pratiquées dans les Charentes et les vignes sont conduites sans échalas.

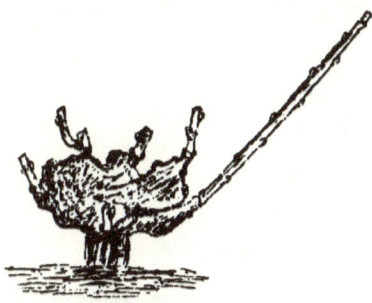

Dans la Vendée, l'Indre, la Loire-Inférieure, le Loiret, la conduite de la vigne offre beaucoup d'analogie avec la culture des Charentes.

Ainsi, dans la Vendée, le Pinot est conduit en gobelet généralement à 4 bras, quelquefois 5 avec un long bois.

La Folle blanche est taillée en tête d'osier à 15 cent. de terre avec 4 ou 5 coursons à un œil et un long bois flottant (fig. 25).

Fig. 25. — Souche de Folle blanche après la taille en Vendée.

Dans le Gâtinais (Loiret), la vigne présente l'aspect de celle de l'Aunis, mais avec quelques différences qu'il est intéressant de signaler. Dans cette région, les vignes, très régulièrement distancées, sont toutes en tête d'osier, en boule plate ou en champignon contre terre.

De ces têtes partent, sans bras, tous les sarments fructifères.

La taille à un œil engendre sur ces têtes les formes les plus bizarres.

Toutes les souches sont obtenues en laissant, la première année, un seul sarment taillé sur un œil ; la seconde année, en taillant toujours à un œil, tous les sarments poussés ; les années suivantes, en taillant encore sur un œil, de quatre à six des sarments les plus vigoureux et en supprimant à ras tous les autres.

Cette taille a une raison d'être comme la taille des osiers et des saules en têtard ; on obtient ainsi une base fixe et large portant une multitude d'yeux, d'où partent toujours des sarments pouvant se maintenir sans échalas.

Mais cette économie se traduit finalement en perte ; car, avec un tel système de taille, la vigne est loin d'atteindre son maximum de production.

La taille dans le Gâtinais est invariablement à coursons à un œil ; aujourd'hui, cependant, on taille sur deux yeux.

Cette conduite de la vigne du Gâtinais offre sur celle de l'Aunis cette supériorité que les sarments sont relevés et attachés au-dessus de la souche, les raisins sont ainsi mieux exposés au soleil, mais les bourgeons fructifères, placés trop près du sol, n'en restent pas moins exposés aux gelées.

Nous en aurions fini avec l'étude si intéressante de la conduite de la vigne dans cette région de la France, si nous ne voulions dire quelques mots encore du vignoble d'Orléans. Mais le mode de culture de la vigne dans cette partie du Loiret est trop curieux pour ne pas être signalé à l'attention de nos lecteurs.

Fig. 26. — Souche du Gâtinais.

La tête de saule est encore la base de la culture dans l'Orléanais, mais les systèmes de taille appliqués diffèrent complètement de ceux que nous venons de voir.

Ici, chaque souche est munie d'autant d'échalas qu'il y a de bras à soutenir.

Les plantations sont généralement faites en quinconce à 0,80 centim. L'in-

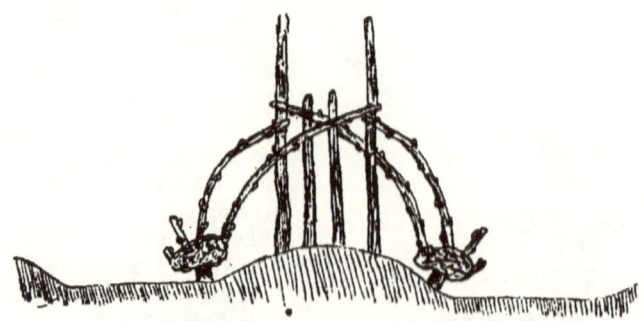

Fig. 27.— Conduite de la taille dans l'Orléanais, d'après J. Guyot.

tervalle qui sépare deux rangées de ceps est relevé en billon plus ou moins bombé, suivant l'époque de la culture.

Sur la tête de champignon, dressée comme dans le Gâtinais, on laisse plusieurs sarments: un cot à 1 œil, un cot à 2 yeux ; puis un long bois (demi-viette) de 5 ou 6 yeux et enfin un autre long bois (viette) de 0,60 à 0,80 de longueur.

Au début, les longs bois sont le plus souvent attachés ensemble au grand échalas et l'extrémité de la viette est en outre fixée sur un petit échalas planté au milieu de l'ados.

Souvent il y a deux viettes sur un même cep, quelquefois trois ; ordinairement, les nouvelles viettes sont prises sur les anciennes, ce qui fait que les bras s'allongent indéfiniment, soutenus chacun par un échalas.

Pour dresser ainsi la vigne, on ne taille généralement pas la première année ; la deuxième et la troisième année, on taille sur 1 œil seulement pour obtenir la tête de saule ; la quatrième année, on laisse 1 ou 2 coursons à 2 yeux et un long bois de 4 ou 5 yeux. Cette demi-viette n'est souvent conservée que la cinquième année ; l'année d'après, suivant la vigueur du cep, on laisse une demi-viette et une viette.

A 7 ou 8 ans, la souche est complètement formée de ses deux coursons et de ses deux longs bois.

Ce système de taille a l'inconvénient d'accumuler, avec le temps, du vieux bois sur le cep et par suite de lui faire perdre de sa fertilité. Aussi, dans quelques endroits, a-t-on modifié un peu ce système en supprimant ses plus graves inconvénients.

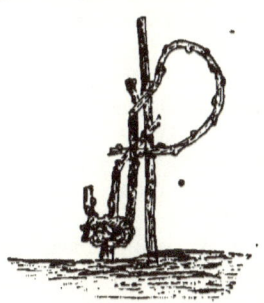

Fig 28. — Souche taillée à Châteauneuf.

A Châteauneuf, par exemple, la vigne est conduite, comme nous venons de le voir, jusqu'à quatre ou cinq ans. A ce moment, chaque cep porte un courson à deux yeux, une demi-viette et une viette que l'on recourbe en anneau et qui déjà porte à son pied un courson de retour.

De cette façon, un seul échalas suffit pour soutenir toutes les pousses.

Dans l'Indre, la première année, on rabat la jeune vigne sur un œil ; la deuxième année, on taille encore sur un œil les 3 ou 4 sarments qui ont poussé.

La quatrième année, on choisit 4 ou 5 sarments les mieux situés pour les tailler sur 2 yeux ; les autres sont supprimés. Ces coursons forment des commencements de bras très irréguliers partant de la tête de saule que l'on a ainsi formée.

Tous les ceps ont le plus souvent un long bois de 5 à 6 yeux (fig. 29).

A La Châtre, la vigne est conduite différemment ; la tête de saule n'existe pour

Fig 29. — Souche taillée dans l'Indre.

ainsi dire plus. La première année, on rabat le sarment sur un œil ; mais, les années suivantes, on s'applique à conserver à la souche 3 ou 4 bras, qui portent chacun soit un courson à 2 ou 3 yeux, soit 2 coursons.

D'une façon générale, les Charentes ont étendu leur influence sur la plus grande partie des régions avoisinantes : la Vendée, les Deux-Sèvres, la Loire-Inférieure, la Vienne, l'Indre, etc., en y propageant, avec leurs principaux cépages, la Folle et le Balzac, la plupart de leurs pratiques viticoles.

La taille dans le Beaujolais et les côtes du Rhône

Dans le Beaujolais, la vigne conduite en souche basse et en gobelet est dressée sur 2, 3 ou 4 cornes.

Fig.— Souche taillée du Beaujolais.

Chaque corne porte en général un courson taillé à 2 yeux francs.

Les souches sont échalassées pendant les premières années ; mais, vers 8 ou 10 ans, on supprime les échalas, jugeant, à tort, que les vignes sont assez fortes pour se soutenir d'elles-mêmes. Mais le plus souvent, cependant, lorsqu'on ne met plus d'échalas, les souches sont attachées deux à deux ou trois à trois par le sommet des rameaux.

C'est là une pratique regrettable sous un climat pluvieux et relativement frais ; car les raisins enfouis sous un fouillis de verdure, privés de'air t de soleil, ont de la peine à bien mûrir et sont sujets à la coulure ainsi qu'à la pourriture.

La première année, la souche est taillée sur l'œil le plus rapproché de terre ; la deuxième année, sur un œil encore et, la troisième année, la tête est formée de 0,10 à 0,20 ou 0,25 du sol, suivant les situations.

Sur les coteaux, en effet, les souches sont établies le plus bas possible ; dans les parties basses, au contraire, on leur donne une hauteur supérieure afin d'éviter, dans une certaine mesure, l'action des gelées.

La troisième année, on laisse à la souche 2 ou 3 rameaux, les mieux disposés, que l'on taille sur 2 yeux francs.

Les bras ou cornes sont ainsi formés.

Les années suivantes, si la vigueur du cep le permet, on ajoute une quatrième corne.

On laisse ensuite sur chaque bras un courson, très rarement deux, que l'on taille sur deux yeux francs. Les cornes s'allongent ainsi chaque année et on ne cherche nullement à empêcher cette accumulation du vieux bois sur le cep.

Ainsi, à Lachassagne, il n'est pas rare de trouver encore de vieilles souches portant des bras atteignant jusqu'à 1 mètre de longueur.

C'est là certainement une pratique à rejeter, car la végétation se trouve affaiblie et la vigne perd beaucoup de sa fertilité par suite de l'allongement excessif de ses bras.

Pour lui rendre sa vigueur, on pourrait faire avantageusement l'opération du rabaissement que nous avons vu appliquer aux vieilles souches dans le Languedoc.

Mais cette pratique entrera peut-être difficilement dans les habitudes du vigneron beaujolais; car, pour lui, «vieux bois produit bon vin» ; un moyen cependant pour concilier les choses serait d'établir un roulement périodique dans le renouvellement des cornes; de cette façon, la souche aurait toujours 2 ou 3 vieux bras, qui n'atteindraient jamais les grandes dimensions que l'on rencontre quelquefois.

Dans le vignoble des côtes du Rhône, la vigne est conduite d'une façon tout à fait différente de celles que nous avons vues jusqu'ici.

L'ancienne taille de cette région comprend pour chaque souche une branche à bois et une branche à fruit.

Chaque cep porte un courson ou crochet taillé à 2 yeux francs et un long bois ou *arçon* qui est attaché sur un petit échalas appelé *engarde*, piqué obliquement en terre et qui est fixé au grand échalas qui va lui-même se réunir par son sommet avec deux autres échalas semblables. Le tout constitue une sorte de pyramide triangulaire.

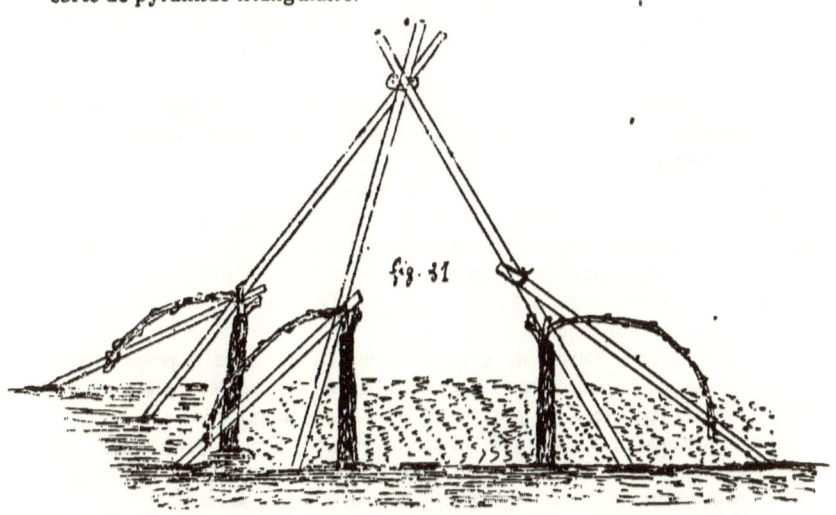

Fig. 31.— Souches taillées et échalassées dans les côtes du Rhône, d'après le Dʳ Guyot.

Les coursons sont destinés à donner des rameaux vigoureux qui servent l'année suivante à former les arçons.

Les longs bois, qui ont 8 ou 10 yeux, sont inclinés la pointe en bas et fixés contre l'engarde; destinés à porter des fruits, ils ne donnent que de frêles sarments.

Tous les rameaux qui se développent sont relevés et attachés le long du grand échalas et trois souches sont ainsi reliées ensemble par leur sommet.

C'est là une charpente compliquée et coûteuse, mais qui néanmoins a son utilité, dans cette région, où le vent souffle souvent avec violence.

En résumé, dans le Lyonnais, nous trouvons deux systèmes de taille bien différents : l'un, le système beaujolais, caractérisé par la conduite de la vigne en gobelet très bas, à cornes et à coursons, et par l'emploi temporaire des échalas qui sont plus tard supprimés ; l'autre, le système des Côtes-Roties, qui admet la branche à fruit et la branche à bois.

Cette dernière taille est intéressante à signaler, elle est conforme aux principes de la physiologie de la vigne et elle permet de concilier avec une fructification abondante, au moyen de la taille longue, une bonne production de bois de remplacement au moyen du courson.

Tous les vignobles que nous venons de passer en revue présentent, au point de vue de la conduite de la vigne, de grandes analogies.

Aussi M. Foëx, l'éminent Directeur de l'Ecole de Montpellier, dans son *Cours de Viticulture*, les a-t-il rassemblés pour en former le groupe méridional, bien qu'ils s'étendent jusque vers le Centre et l'Ouest ; car la vigne, sur cette immense surface, est cultivée d'une façon presque invariable en souche basse taillée en gobelet et à coursons.

La taille dans le vignoble Girondin.

Le vignoble girondin a été depuis longtemps divisé en plusieurs contrées viticoles, bien que présentant dans son ensemble des caractères généraux communs dans les procédés culturaux, les produits et les conditions de sol et de climat.

En nous plaçant à notre point de vue spécial, nous trouvons néanmoins des différences assez notables dans les divers systèmes de taille usités dans chacune de ces régions.

D'une façon générale, les vignes de la Gironde sont conduites en souches basses ou moyennes, suivant les situations qu'elles occupent. Dans le Médoc, elles sont formées en espalier, à 2 bras symétriques, inclinés à 45 centim. en forme de **V** ; chaque bras se termine par un long bois ou *aste* et porte près de son extrémité un courson à 2 yeux appelé *cot*. Le cot est destiné à donner les bois servant au remplacement des astes.

Quelquefois on substitue au cot des sarments verticaux appelés *tirants*, coupés assez longs pour être fixés aux traverses horizontales de la charpente et dont on éborgne tous les yeux, à l'exception des deux de la base.

Cette modification a certainement son intérêt, car les jets donnés par le tirant, poussant verticalement, deviendront plus vigoureux que dans toute autre position et formeront ainsi d'excellents bois de remplacement.

La conduite de la vigne dans le Médoc est très simple. Les souches sont étalées sur de petits treillis formés par des piquets appelés *carassons*, de 40 cent. de hauteur, à la partie supérieure desquels on attache horizontalement des tiges minces et droites auxquelles on donne le nom de *lattes*.

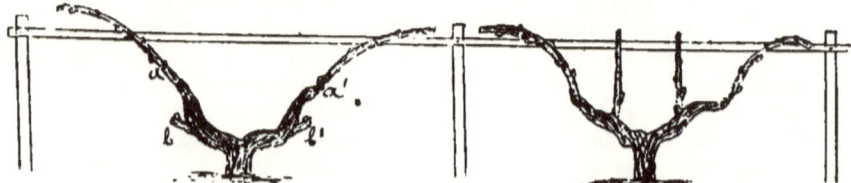

Fig. 33.— Vigne du Médoc avec astes et cots de retour.   Fig. 32.— Vigne du Médoc avec astes et tirants.

A trois ans on forme la souche sur deux bras *a a'*; les deux bras sont termi. nés chacun par un sarment de l'année, auquel on laisse 2, 3 ou 4 yeux, suivant la vigueur de la souche ; mais on conserve le prolongement du sarment, dont on supprime les yeux, afin de pouvoir l'attacher à la latte. Pour éviter l'allongement de ces bras, on conserve un sarment poussé en *b b'*, que l'on taille pendant un an ou deux sur 1 ou 2 yeux ; à la deuxième année, les bras sont coupés au-dessus de *b* et de *b'* et les coursons constituent les nouveaux bras.

Quand les souches sont trop vieilles, on pratique un ravalement plus radical, on conserve le bourgeon qui sort une année ou l'autre sur le pied de la

Fig. 34.— Souche à ravaler.

souche ; le bourgeon est taillé sur un œil, qui donne pendant l'année un sarment vigoureux que l'on taille au printemps suivant sur deux yeux ; la vieille souche est alors rabattue immédiatement au-dessus de ce courson qui doit former la nouvelle tête.

Dans les Graves (fig. 35), la taille ne diffère pas beaucoup en principe de celle du Médoc.

Tandis que dans le Médoc les souches atteignent de 15 à 20 centim. tout au plus de hauteur, dans les Graves les souches sont formées sur un pied dont la hauteur varie de 35 à 40 cent.

Fig. 35.— Vigne des Graves.

Quand elles sont âgées, elles atteignent 50 et 60 cent. Chaque cep porte également deux bras en V se terminant chacun par un aste, dont on attache l'extrémité à un échalas de 1^{m}50 à 2^m de hauteur.

Les 'eunes rameaux de l'année sont aussi également accolés contre les échalas.

Dans les Palus, les vignes, beaucoup plus vigoureuses que partout ailleurs, ont généralement 3 bras. Elles sont taillées quelquefois à un ou plusieurs crochets et à un long bois par chaque bras. Le plus souvent, elles sont conduites comme l'indique la fig. 36.

Fig. 36 — Vigne des Palus

Deux des bras sont étendus horizontalement et chacune de leurs astes est liée à un échalas de 2^{m}30 à 2^{m}70 de hauteur. Un troisième échalas, placé au milieu, soutient la souche et souvent la troisième aste qui y est fixée en forme d'arçon.

A Sauterne, les vignes sont formées en espalier habituellement sur 2 bras, quelquefois sur 3 ou 4 disposés en éventail dans le même plan; chaque bras porte un courson à 2 ou 3 yeux francs, sans aste.

Les souches ont de 0,20 à 0,30 centimètres, et un grand échalas de 2ᵐ30 de hauteur, placé au pied de chacune d'elles, sert à soutenir les rameaux de l'année qui y sont attachés.

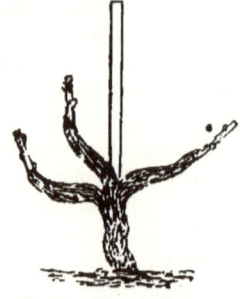

Quelquefois aussi, les rameaux sont palissés sur des treillages en fil de fer formés de deux fils, l'un à 0,60, l'autre à 1ᵐ30 au-dessus du sol.

A Saint-Emilion, la vigne est conduite d'une façon un peu différente.

Les deux ou trois premières années (fig. 38), on taille sur un seul sarment à trois yeux que l'on attache à l'échalas ; généralement, ce n'est que la quatrième ou la cinquième année que la tête est dressée à 25 ou 30 centimètres de terre à un, deux ou trois bras et à coursons pour le Cot et à une,

Fig. 37.— Vigne de Sauterne.

deux ou trois astes avec ou sans cot de retour pour le Merlot et le Cabernet.

Autrefois, à Saint-Emilion, les vignes étaient le plus souvent formées par un tronc unique surmonté d'une aste avec cot ou sans cot de retour.

Les fig. 39 et 40 représentent les types les plus communs.

La disposition que représente la fig. 40 avec un cot de retour à deux yeux, est évidemment meilleure que l'autre, en ce qu'elle donne d'abord plus de développe-

Fig. 38. — Jeune souche à St-Emilion.

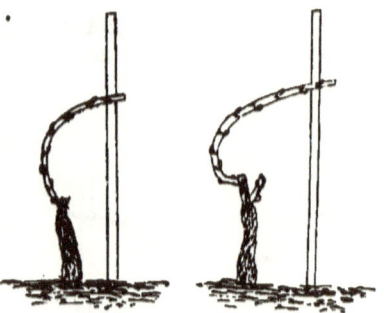

Fig. 39.   Fig. 40.
Types de souches à St-Emilion.

ment et surtout parce qu'elle permet de reprendre, l'année suivante, le cot de retour sur l'œil le plus bas du courson et l'aste sur le sarment sorti de l'œil supérieur du courson ; l'ancienne aste est ainsi complètement supprimée et la tête de la souche s'élève très peu chaque année.

Dans la conduite de la vigne sans cot de retour, la nouvelle aste est toujours prise sur l'ancienne, de sorte que, en 10 ou 15 ans, la souche atteint 1 mètre et plus (fig. 41). Il faut alors mutiler la souche en recepant au-dessus d'un courson conservé sur vieux bois.

Il est à remarquer que les souches à plusieurs astes et à coursons de retour, non seulement s'élèvent très lentement, mais encore ne présentent pas les énormes difformations que l'on trouve sur la généralité des souches à une seule aste. Aussi, aujourd'hui, donne-t-on plus de développement à la taille en conservant sur chaque souche plusieurs bras avec aste et cot de retour (fig. 42).

Le vignoble girondin offre, comme on vient de le voir, une association intelligente de la taille longue et de la taille courte.

Le Médoc, les Graves, les Palus, les Côtes, sont taillés à aste et à cot de retour.

Le système de taille bilatéral pour toutes les vignes palissées, offre l'inconvénient d'être difficile à conduire ; c'est, qu'en effet, il arrive très souvent que la sève ne se porte pas également dans les deux bras ; l'un des bras devient languissant, tandis que l'autre prend un développement exagéré. Aussi, les vignerons du Médoc éprouvent-ils de grandes difficultés à bien maintenir leurs vignes avec des bras égaux.

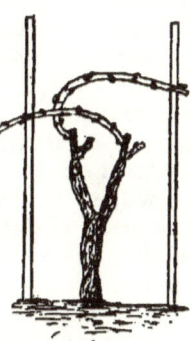

Fig. 42. — Nouvelle taille à St-Emilion.

Cette difficulté serait moindre si comme dans l'Isère et la Savoie, la vigne était montée en treilles et atteignait de grandes dimensions; conduite en souche basse, elle est plus disposée à s'emporter dans un sens ou dans l'autre.

Fig. 41. — Ancienne taille à St-Emilion.

La forme en espalier, sur échalas ou treillages, adoptée dans la Gironde, répond parfaitement aux conditions spéciales de ce climat.

En effet, elle permet une bonne aération, nécessaire dans un milieu souvent trop humide, et d'autre part, les raisins bien exposés reçoivent directement l'action du soleil, ce qui est très utile sous un ciel souvent couvert.

En résumé, le vignoble Girondin se distingue par la conduite des souches en espalier et par l'emploi général de la taille à long bois, avec coursons pour le remplacement.

La taille dans le vignoble pyrénéen

Cette région, dans laquelle nous comprendrons les départements de l'Ariège, Haute-Garonne, Hautes-Pyrénées, Basses-Pyrénées, Gers, Landes, Tarn-et-Garonne et Lot-et-Garonne, constitue un groupe viticole bien caractérisé dans son ensemble par son climat, ses procédés de culture et ses cépages.

La partie la plus méridionale de cette vaste région est aussi la partie la plus froide ; en effet, occupant le versant nord de la chaîne pyrénéenne, elle est exposée aux froids intenses de l'hiver et aux gelées printanières, la grêle y est aussi fréquente et y commet souvent de terribles dégâts.

A part quelques rares situations privilégiées, où la température est plus chaude et plus constante, quelques cépages spéciaux et les cépages du centre et du nord de la France conviennent seuls à cette région.

Nous allons voir que dans toute cette vaste contrée, la viticulture, bien que présentant un caractère spécial, s'est inspirée des pratiques girondaines qui dominent en quelque sorte la culture du sud-ouest.

Les désastres causés par les gelées et par la grêle ont beaucoup restreint l'extension de la vigne dans la zone pyrénéenne des départements de l'Ariège, de la Haute-Garonne, des Hautes et Basses-Pyrénées.

Dans tous ces départements pyrénéens, la culture de la vigne présente des dispositions des plus différentes et parfois des plus bizarres. On y trouve, en effet, des vignes en ligne sur souches basses, sans échalas, des vignes en treilles ou en espaliers, sur échalas à 0m60 ou à 1m20 de terre, des vignes en hautains et sur fourchauts à 1m80, et enfin des vignes sur arbres à 2,3 et jusqu'à 5 mèt. de hauteur.

Les vignes les plus hautes se trouvent dans la partie sud, qui est en même temps la plus élevée et la plus froide, où les gelées de printemps sont le plus à craindre. On sait, en effet, qu'une vigne redoute d'autant moins la gelée qu'elle est plus élevée au-dessus du sol.

En suivant un ordre géographique, nous commencerons par le département de l'Ariège, qui occupe la partie sud-est de la région.

L'*Ariège* offre un climat de plus en plus froid à mesure que l'on approche davantage des Pyrénées ; il est plus tempéré, au contraire, du côté de l'Aude et de la Haute-Garonne.

Dans l'arrondissement de Pamiers, on cultive la vigne comme dans la Haute-Garonne et dans l'Aude ; mais, à mesure qu'on s'approche de Foix, les vignes en souches basses sans échalas disparaissent, et la taille au lieu d'être à coursons est toujours à long bois.

Les fig. 43 et 44 représentent une souche taillée et non taillée des environs de Pamiers. Chaque bras porte un courson taillé à un seul œil ; cette taille, beaucoup trop courte, occasionne la sortie de gourmands qui épuisent la souche en pure perte.

Fig. 43. — Souche taillée à Pamiers.

La fig. 45 donne le croquis d'une vigne après la taille aux environs de Foix. Ici les souches sont montées sur un treillis en bois dont la hauteur varie de

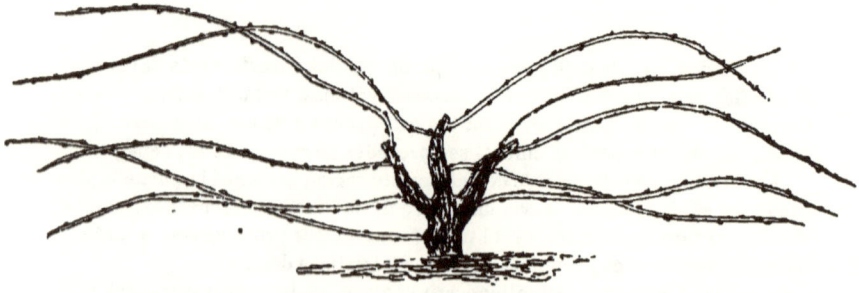

Fig. 44. — Souche avant la taille.

0m50 à 2 mèt. au-dessus du sol. Les plus hautes se trouvent dans les bas-fonds

humides et froids, et les plus basses dans les coteaux et dans les lieux élevés
où les gelées printanièrss sont moins à redouter.

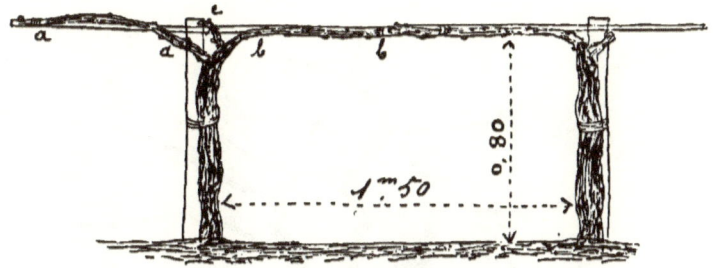

Fig. 45. — Taille de la vigne à Foix.

Ce treillis se compose essentiellement de petits en bois, de hauteur variable, comme nous venons de le voir, supportant, attachées à leur sommet, des
lianes ou des lattes placées horizontalement.

Ces traverses servent à maintenir les bras de la souche disposés en espalier.
Chaque cep est également fixé à un échalas. A la taille, on laisse deux branches à fruit *aa bb*, de 0^m50 à 1 mèt. de longueur chacune, ainsi qu'un crochet *cc*.

C'est à tort qu'on ne laisse pas toujours autant de crochets de remplacement
qu'il y a de branches à fruit à renouveler. L'établissement de la vigne est
également beaucoup trop long; on met en effet de 10 à 12 ans pour la monter à
sa hauteur définitive, alors qu'on pourrait la dresser, suivant sa viguéur, de 4
à 6 ans; jusqu'à ce moment, on ne laisse que des branches à fruit, les crochets
n'apparaissent que lorsque la souche est complètement formée.

Ce sont assurément là des pratiques que l'on pourrait avantageusement
modifier en formant la souche d'un seul sarment dès que sa vigueur le per-
mettrait, et en laissant dès les premières années, avec les branches à fruit,
des coursons de remplacement.

Le département de la *Haute-Garonne* est, au point de vue viticole, beaucoup plus important que le précédent. La conduite de la vigne, dans ce département, présente assez d'analogie avec celle de l'Aude et de l'Hérault. On la
cultive en effet sur souches basses à bras et à coursons sans échalas; mais
on la dresse le plus généralement sur trois bras en *éventail*, suivant la
ligne des ceps, au lieu de la former en gobelet sur 4, 5 ou 6 bras; on facilite
ainsi les labours à la charrue. D'autre part, les plantations sont le plus souvent
disposées en lignes distantes de 1^m,80, les ceps étant de 1 mètre à 1^m,20 les
uns des autres.

On ne taille pas la seconde année, on rogne tout simplement les jeunes
pousses; la troisième et la quatrième année on dresse la souche en éventail à
2, 3 et 4 bras, à 10 ou 15 cent. au-dessus du sol.

Ici la taille se fait à deux reprises différentes: pendant le cours de l'hiver on
procède au moyen de la serpe et de la scie à une taille préparatoire qui ne

laisse qu'un sarment sur chaque bras ; en mars et en avril, on pratique la taille définitive qui consiste à rabattre avec le sécateur les sarments laissés.

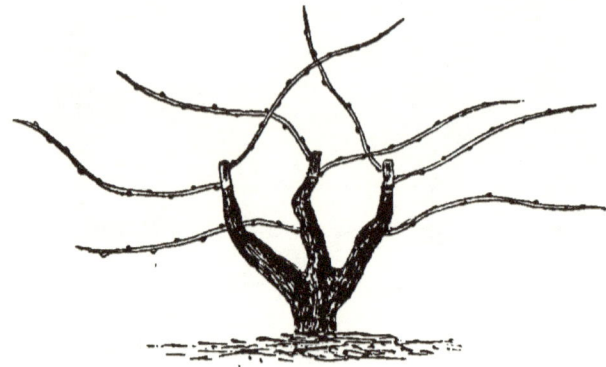

Fig. 46.— Souche de la Haute-Garonne avant la taille.

Cette taille provisoire rappelle l'opération que l'on désigne dans l'Hérault sous le nom d'*espoudassage* et dans les Charentes sous celui de *fiançailles*. Aux environs de Saint-Gaudens, la vigne était, autrefois surtout, cultivée d'une façon tout à fait différente de celle que nous venons de voir pour le

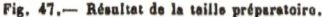

Fig. 47.— Résultat de la taille préparatoire.

Fig. 48.— Cep taillé.

reste du département. Les souches basses disparaissent pour laisser la place à des vignes dressées sur des arbres soit en bordure, soit en plein champ.

Ces vignes, à 3, 4 et 5 mèt. du sol, forment de véritables vergers. L'arbre sur lequel elles s'étalent est dressé en gobelet à la hauteur voulue, et chaque année toutes les jeunes pousses, à l'exception d'une seule destinée à entretenir la vitalité, sont rabattues sur le vieux bois, on obtient ainsi un têtard à l'extrémité de chaque branche. L'érable est l'arbre que l'on choisit de préférence pour ce genre de culture (fig. 49).

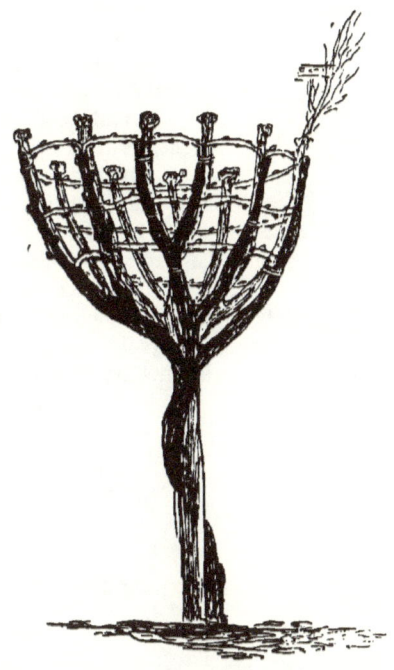

Fig. 49.— Conduite de la vigne sur arbre à Saint-Gaudens d'après le Dʳ J. Guyot.

Le plus souvent on plante en même temps l'arbre et la vigne ; quand l'arbre est suffisamment élevé, on forme un gobelet avec 5 ou 6 de ses branches ; à ce moment, la vigne, que l'on avait maintenu pendant une dizaine d'années, est dressée sur autant de bras attachés à chacun des supports formés par l'arbre. On laisse à chaque bras un ou deux longs bois de 0ᵐ,50 à 0ᵐ,80, et, à partir de 12 ans, chaque arbre peut produire, année moyenne, de 10 à 15 kil. de raisins.

Aujourd'hui, on a renoncé presque partout à cette conduite des vignes sur arbres ; on leur a substitué des vignes sur souches basses qui présentent des avantages incontestables. A part les grandes difficultés que l'on éprouvait pour l'exécution des opérations de culture (taille et vendange), on n'obtenait toujours qu'une récolte dont la qualité laissait à désirer, parce que, à travers les feuilles et à cette hauteur, le raisin n'arrivait jamais qu'à une imparfaite maturité.

Dans le département des *Hautes-Pyrénées*, la vigne est conduite suivant trois modes bien différents : 1° sur arbre, 2° en hautains et en espaliers, 3° en vignes basses.

Les vignes sur arbre sont menées comme celles que nous venons de voir dans l'arrondissement de Saint-Gaudens, sous des formes exactement semblables ; nous n'y reviendrons pas. Comme ailleurs, elles disparaissent.

Pour éviter les inconvénients des feuilles d'arbres sur la bonne maturité des raisins, on leur a substitué dans beaucoup d'endroits, notamment sur les coteaux de Madiran et de Jurançon, des poteaux de 3 à 4 mètres de hauteur, sur lesquels on fixe à 1 m. 80 ou à 2 mètres de terre un ou deux échalas en croix de 1 mètre environ de longueur (fig. 50). Ce sont-là des charpentes un peu coûteuses, vu la valeur des poteaux, mais qui néanmoins sont bien préférables aux arbres ; en effet, ils n'ont point de feuilles et permettent de dresser de suite la vigne à la hauteur voulue ;

Fig. 50.— Support

Souvent des échalas croisés sont reliés les uns aux autres par des lianes tendues et fortement attachées.

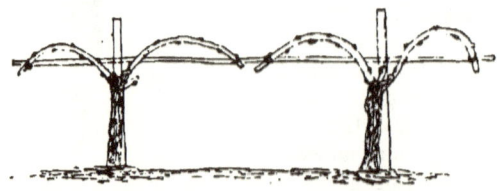

On plante au pied de chaque poteau des ceps que l'on élève jusqu'à la hauteur de 1 m. 70 à 1 m. 80. On met huit ans pour leur faire atteindre cette hauteur, au lieu de quatre ou cinq qui devraient suffire. Ils sont alors taillés chacun à deux branches à fruit et à deux cordons de remplacement, (voir fig. 51). Dans la culture en espalier, les ceps sont placés à 1 mètre les uns des autres et les lignes sont espacées de 1 m. 80 à 2 m. 80.

Les lattes horizontales sont à une hauteur variant de 0,60 à 1 m. 10. Les souches sont taillées généralement à un ou deux longs bois et un à ou deux coursons de remplacement, (voir fig. 52). Les astes sont recourbées en forme d'archet et leur extrémité est fixée à la traverse à l'aide d'un lien.

Fig. 51. — Hautain des Hautes-Pyrénées, d'après Dr J. Guyot.

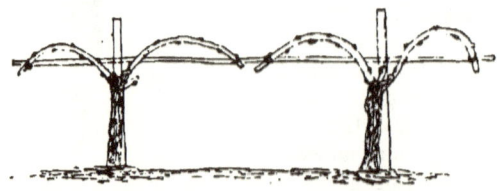

Fig. 5?. — Vignes taillées en espalier.

La culture en vignes basses sur souches en lignes sans échalas, comme dans la Haute-Garonne, l'Aude, l'Hérault, tend aujourd'hui à se généraliser dans toutes les conditions favorables.

Ces souches sont le plus souvent dressées sur 2 ou 3 bras, rarement sur 4 et quelquefois sur un seul. Chaque bras porte un courson taillé sur un ou deux

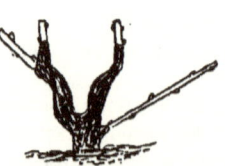

Fig. 53. — Vigne basse taillée
avec un pisse-vin.

Fig. 54. — Vigne basse taillée
avec un long bois.

yeux ; beaucoup de souches présentent, en outre, un pisse-vin (fig. 53) et d'autres sont munies d'un long bois (fig. 54).

Dans certains milieux, on n'adopte que le pisse-vin ; dans d'autres, que la branche à fruit. Le pisse-vin est pris sur un œil sorti du vieux bois au dehors de la taille régulière de la souche.

Au sujet de ces différentes tailles, nous ferons quelques observations intéressantes. Nous avons déjà énoncé les inconvénients que présentait la culture de la vigne sur arbres vivants, nous ne saurions trop insister sur ce point : le procédé usité dans plusieurs parties de l'Italie ne se trouve plus guère représenté chez nous qu'à Saint-Gaudens.

Le plus grand reproche que l'on puisse adresser à ces arbres vivants, c'est d'enlever aux raisins de la lumière et de la chaleur, et à la vigne elle-même une partie de ses aliments.

En effet, l'arbre planté en même temps que la vigne enlève à cette dernière une grande partie des principes nutritifs qui lui étaient destinés. Ceux dont la tête sera la plus réduite, qui porteront le moins de bras et offriront par suite les plus grands intervalles pour le passage de la lumière et de la chaleur, seront les moins pernicieux.

C'est aussi à tort que l'on a prétendu que ces arbres, plantés de 4 mètres en 4 mètres, ne nuisaient pas aux récoltes cultivées dessous et ne diminuaient en rien leur production.

Mais, aujourd'hui, les vignerons ont reconnu les funestes effets de cette culture et y ont renoncé partout, même à Saint-Gaudens.

La culture sur hautains, comme elle se pratique dans le Jurançon, évite ces inconvénients et est à tous points de vue plus avantageuse.

Les vignes ainsi élevées à 2 mètres ou plus au-dessus du sol ont leur raison d'être dans les pays où l'on redoute l'action des gelées printanières. Les gelées de printemps attaquent en effet d'autant moins les vignes qu'elles sont tenues plus hautes au-dessus du sol.

Dans un pays où la maturité est toujours plutôt excessive qu'insuffisante, cette grande élévation remplit bien son but. Mais dans les climats plus froids, où le raisin, pour arriver à parfaite maturité, a besoin d'utiliser toute la chaleur de l'été, il n'en serait pas de même, car il est démontré que plus le raisin est près de terre et mieux il mûrit.

Il faudra donc dans ces régions choisir un juste milieu qui permettra aux fruits de bien mûrir tout en préservant la souche, dans la mesure du possible, de l'action des gelées. Nous reviendrons plus loin, en traitant des vignobles de l'Isère et de la Savoie, sur cette intéressante question.

Quant à la conduite en vignes basses, telle qu'elle se pratique dans les Hautes-Pyrénées, elle n'est certainement pas parfaite. Dans la plupart des cas, la taille est trop courte, ce qui engendre la sortie de gourmands stériles. On devrait laisser davantage de coursons ou de longs bois et supprimer les pisse-vins qui sont des pousses anormales et ne sont pas toujours fertiles ; d'ailleurs, contrairement à l'opinion générale des vignerons de ces pays, le pisse-vin épuise davantage la souche que ne le fait une branche à fruit normale.

Le département des *Basses-Pyrénées* possède un climat tout spécialement favorable à la vigne. A Jurançon, les vignes sont, comme nous l'avons vu élevées à 2 mètres sur de grands poteaux portant des échalas en croix ; chacune d'elles est taillée à deux branches à fruit et à deux coursons de deux yeux chacun.

A part les vignes hautes, on trouve dans ce département des vignes en espalier. Ces vignes, montées à environ 60 centimètres de terre, sont dressées sur un ou deux bras. Chaque souche est munie d'un échalas qui soutient sa tige ;

sur les échalas en travers sont fixées deux lignes de lattes horizontales, l'une à 0m60 et l'autre à 1m ou 1m20 de terre.

Chaque bras porte un courson et un long bois de 0m50 à 0m70 replié en archet et attaché aux traverses horizontales (fig. 55). Les échalas ont de 2m20 à

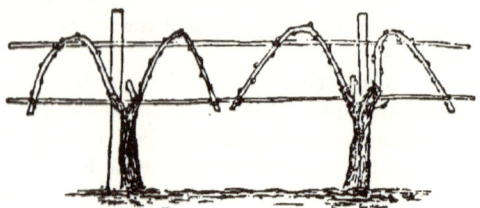

Fig. 55. — Vignes taillées en espalier dans les Basses-Pyrénées.

2m50 de hauteur et servent à soutenir les jeunes rameaux que l'on y attache pendant la végétation,

Du côté d'Orthez, la vigne est conduite d'une façon différente ; les souches disposées en lignes, sont dressées sur un, quelquefois deux bras, à 25 ou 30 centimètres de terre et sont munies d'un grand échalas de 2m de hauteur. Le bras porte un courson et un archet replié en cercle et attaché à l'échalas ; quelquefois l'archet n'existe pas (fig. 56).

En approchant des Landes, on rencontre encore des vignes en souches basses à un, deux ou trois bras et à coursons à un ou deux yeux, sans archet ni échalas (fig. 57).

Dans le département des *Landes*, la vigne vient bien partout où le sol est cultivable. Dans les sables purs sur alios, on ne rencontre pas de vignobles à cause du niveau des eaux qui affleurent le sol dans presque toute son étendue ; si ce niveau était 1m50 seulement au-dessous du sol, la vigne y pousserait bien partout.

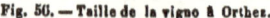

Fig. 56. — Taille de la vigne à Orthez.　　Fig. 57. — Autre taille sans archet dans les Basses-Pyrénées

On rencontre dans ce département des vignes hautes et des vignes basses ; des vignes avec échalas, des vignes sans échalas ; des vignes à longs bois et à coursons ; des vignes à coursons sans longs bois, et réciproquement.

Depuis plusieurs siècles on a planté la vigne dans les sables mouvants des dunes, sur les versants opposés à l'action directe des vents marins. On y a établi, à cet effet, des enclos au moyen de haies en bruyères de 1ᵐ50 de hauteur fortement fixées ; en divisant ensuite ces enclos en petits compartiments de 1 à 2 ares, on a réussi à fixer les vignes qui ont ainsi une bonne végétation. Dans chacun de ces compartiments, les vignes sont disposées en lignes à 0ᵐ50 environ d'intervalle et les sarments sortent du sable à la distance de 25 à 30 centimètres les uns des autres.

Les souches sont enterrées chaque année : la moitié des rangées par du sable apporté de l'extérieur de la vigne et l'autre moitié par le couchage dans un fossé creusé le long de la ligne ; on met un peu de fumier et on achève de remplir avec le sable extrait. On laisse à la souche un seul sarment et on tasse le sable avec les pieds. La souche que l'on recouvre de sable conserve deux sarments.

Cette opération terminée, on taille en mars tous les sarments laissés sur quatre ou cinq yeux, et au mois d'avril, on met au pied de chaque souche un échalas de 1ᵐ50 de hauteur (fig. 58). Ces vignes des sables donnent de bons et forts produits.

Dans la région des Chalosses, on trouve des vignes munies d'échalas et d'autres cultivées en souches basses à 2, 3 ou 4 bras, à coursons et sans échalas, comme le représente la fig. 57; les vignes échalassées sont tantôt à coursons et archet (fig. 56), tantôt sans archet.

Dans le département du *Gers*, on retrouve tous les modes de culture usités dans les départements que nous venons de passer en revue. Ainsi, dans l'arrondissement de Mirande, on voit des vignes sur arbre, mais surtout des

Fig. 58. — Taille de la vigne dans les sables des Landes.

vignes hautes, en espaliers, avec ou sans échalas; mais les vignes basses sans échalas dominent partout. On rencontre encore des souches basses avec archet replié comme le représente la fig. 56.

On pratique aussi dans ce département un mode spécial de conduite de la vigne connu sous le nom de *vignes basses tendues*. Chaque souche dressée suivant ce système porte un courson et un long bois. Ce long bois est disposé horizontalement et attaché au long bois de la souche voisine ou bien reliée par un sarment intermédiaire de façon à former une ligne continue.

Fig. 59. — Taille des vignes basses tendues.

Quelquefois, au lieu d'un courson, le cep a deux longs bois. Ces vignes sont échalassées et plantées à 1 mètre environ en tous sens (fig. 59.)

Du côté d'Auch, les vignes sont le plus souvent conduites en souches bas-ses, dressées à un, deux, trois, quelquefois quatre bras en éventail (fig. 60). Quand il y a plusieurs bras, chacun d'eux porte un courson taillé à un ou deux yeux au plus ; quand il n'y a qu'un bras, on laisse deux coursons, l'un à deux yeux, l'autre à cinq ou six yeux.

Dans le département de *Tarn-et-Garonne*, les souches sont dressées de 15 à 30 centimètres au-dessus du sol, sur deux, trois ou quatre bras en éventail, dans les vignes cultivées à la charrue, et en gobelet dans les vignes travaillées à la main.

La souche est établie dès que la vigueur des sarments le permet et elle est munie d'un tuteur pendant les premières années.

Fig. 60. — Souche taillée en éventail.

Fig. 61. — Vigne en espalier taillée à coursons et à astes.

C'est là la pratique la plus communément employée dans le pays, mais on retrouve ici encore les tailles à astes.

Les vignes conduites suivant ce système présentent l'aspect de la fig. 61. Chaque souche porte deux astes et trois ou quatre coursons et est palissée en espalier.

Un autre système donne à la souche la disposition suivante, représentée par la fig. 62. Chaque cep porte généralement quatre bras munis chacun d'un courson ; deux des bras portent, en outre, une aste d'environ dix yeux. Les astes sont portées chaque année et à tour de rôle par des bras différents.

Le chasselas est l'objet d'une culture spéciale aux environs de Montauban

Fig. 62. — Souche taillée à quatre bras dont deux portant des astes.

Fig. 63. — Souche de chasselas conduite en espalier aux environs de Montauban.

et sa conduite offre quelques particularités que nous allons signaler. On le cultive soit en souche basse, soit en espalier.

Les souches basses sont en gobelet à quatre ou cinq bras portant chacun un coursou taillé sur deux yeux. Chaque cep a un échalas auquel sont attachés les sarments au moment de la végétation.

Les souches en espalier ont généralement trois bras munis chacun d'une aste et d'un courson à deux yeux. Ces vignes sont palissées contre un treillage fort simple composé d'échalas et d'un fil de fer (fig. 63).

Comme on pourra en juger quand nous aurons décrit la conduite de la vigne, devenue classique, que l'on pratique pour les raisins de table à Thomery, on fait subir à ces chasselas une taille trop rigoureuse ; un plus grand développement serait évidemment favorable à la production.

Nous ne nous arrêterons pas au département du Lot-et-Garonne, qui ne présente aucun mode de culture qui lui soit propre ni aucun système de taille qui n'ait été décrit précédemment.

Par ce que nous venons de voir, la taille qui domine dans le Tarn-et-Garonne, Lot-et-Garonne, Gers et Haute-Garonne est la taille courte sur deux ou trois bras ; mais dans les Basses et Hautes-Pyrénées et dans l'Ariège, la taille longue s'observe sur les vignes basses, moyennes et hautes, ainsi que sur les vignes en arbre. Dans la plupart de ces vignobles, on pratique la taille en février et mars, rarement en novembre, décembre et janvier.

La taille dans le Mâconnais

Avec le groupe pyrénéen, nous avons terminé la revue de tous les vignobles de la partie méridionale de la France qui offre, sauf sur quelques points, le climat le plus favorable à la végétation de la vigne, ainsi qu'à sa production. Nous allons étudier maintenant les différents systèmes de taille pratiqués dans les vignobles septentrionaux jusqu'à la limite extrême de la culture de la vigne.

Le Mâconnais doit sa réputation et sa position élevée, dans le commerce des vins, à la culture, on peut dire exclusive, de trois cépages seulement : le Gamay, le Pinot noir et le Pinot blanc.

Chacun de ces cépages comporte un mode de conduite et de taille différent.

Les Pinots blancs sont dressés sur deux ou trois cornes, terminées par un, souvent par deux, parfois par trois longs bois encore appelés *queues* dans le pays, avec ou sans courson de retour. Ces longs bois sont repliés et attachés deux fois à des échalas dont sont munies les souches pendant les quinze premières années, puis fixés ensuite à la souche elle-même.

Les Pinots noirs sont taillés à un courson de retour, à deux, trois et quatre yeux, et à un long bois ou *verge* de cinq à dix yeux. Ce long bois est aussi recourbé et attaché deux fois à un échalas placé à une certaine distance de la souche ; on met parfois, au pied de la souche, un autre échalas pour le courson de retour.

Les Gamays sont, au contraire, conduits en souches aussi basses que possible, avec deux, trois ou quatre cornes, portant chacune un courson taillé à deux yeux, rarement à trois.

A Romanèche-Thorins et dans tout le canton de la Chapelle-de-Guinchay,

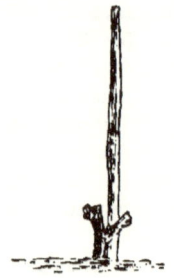

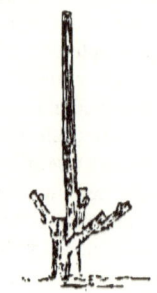

Fig. 64. — Première taille.

Fig. 65. — Deuxième taille.

qui fait suite au Beaujolais, la vigne est conduite suivant un système qui rappelle beaucoup celui que nous avons décrit pour ce dernier vignoble. La vigne est taillée sur la première pousse, et on établit des cornes au nombre de trois ou quatre, aussitôt que la force des sarments le permet, dès la deuxième et la troisième année.

A la première taille, on coupe les sarments, le plus près de terre, sur deux yeux, et on laisse souvent le faux œil du sarment supérieur (fig. 64). A la

Fig. 66. — Première taille dans le Mâconnais.

Fig. 67. — Deuxième taille.

deuxième taille, on peut ainsi conserver trois cornes (fig. 65). Les jeunes souches sont soutenues par des échalas jusqu'à la sixième année, époque où ils sont supprimés.

Dans le Mâconnais proprement dit, on dresse la jeune vigne suivant deux systèmes différents. D'après l'un de ces systèmes, on taille la pousse de première année sur le sarment le plus bas à un ou deux yeux (fig. 66); à la deuxième taille, on laisse encore un ou deux coursons rabattus à deux yeux (fig. 67).

A la troisième ou à la quatrième taille, on choisit le meilleur sarment et le plus central, que l'on coupe à 40 ou 60 centimètres de hauteur, et que l'on attache à un échalas; on supprime ensuite tous les autres sarments à rezsouche, ou bien on laisse encore un ou deux coursons à deux yeux (fig. 68). Le long bois, que l'on appelle *baguette*, est attaché le long d'un échalas (fig. 69).

Fig. 68. — Troisième ou quatrième taille.   Fig. 69. — Souche taillée avec une baguette.

D'après l'autre système, qui doit conduire aux mêmes résultats, on ne taille pas la première ni même la seconde année ; on abandonne ainsi la vigne à elle-même pendant deux et quelquefois trois ans ; c'est ce qu'on appelle la *conduite en peloussier.*

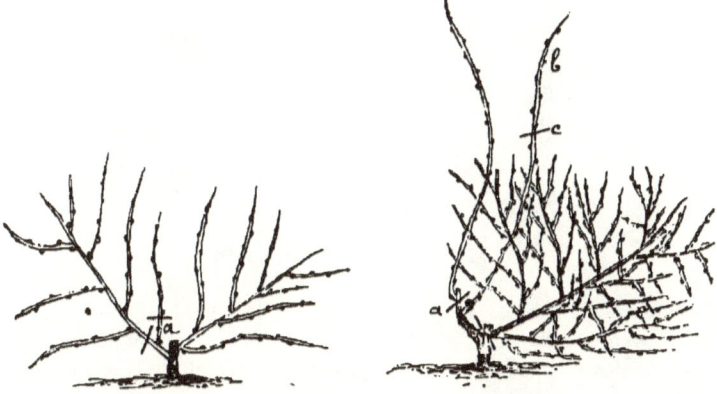

Fig. 70.— Taille d'une vigne conduite en peloussier.   Fig. 71.— Résultat de la taille précédente.

La figure 70 représente une vigne ainsi conduite, qui, taillée aux points indiqués, donnera l'année suivante la figure 71.

Cette taille a pour but d'obtenir sur le courson réservé en *a* un sarment vigoureux ; cette souche ainsi établie est taillée l'année suivante en *a, a,* et e sarment *b* est rogné en *c* pour former la baguette.

Ces deux systèmes poursuivent donc par des voies différentes le même but :

obtenir, la quatrième année, une baguette qui ne doit exister qu'une seule année pour ne plus reparaître.

Cette baguette, que l'on forme dans le but de fortifier le cep et d'obtenir beaucoup de produits, est supprimée totalement l'année suivante. On conserve seulement deux ou trois coursons pris sur les sarments les mieux placés qui ont poussé sur la souche. Ces coursons taillés à deux yeux formeront les cornes de la souche qui sera ainsi définitivement établie (fig. 72). Il est préférable de former les cornes avec des coursons conservés l'année même de la baguette (fig. 69).

La baguette est un des traits caractéristiques de la viticulture mâconnaise.

Dans tout le département, la taille des Pinots diffère essentiellement de celle des Gamais.

Le Pinot noir est dressé sur deux membres, l'un qui portera le courson et l'autre la *couronne, plaine* ou *archelet* (fig. 73).

Fig. 72
Taille définitive supprimant la baguette.

Le plus souvent on laisse de deux à quatre yeux au courson et de 8 à 12 à la couronne.

Fig. 73.— Souche de Pinot taillée.

La couronne portée par un prolongement de la souche, appelée *traine*, est courbée en forme de cercle et attachée à un échalas ainsi éloigné du cep.

Dans quelques localités, la branche-courson est elle-même munie d'un échalas.

La traine se forme successivement par des reprises annuelles faites à chaque taille sur le sarment de la couronne en *a* ou *b*. Elle s'allonge ainsi chaque année jusqu'au moment où, faute de beau bois à son extrémité, on reprend la couronne sur le courson *c*, on la supprime alors en *d*.

C'est là une taille bien sévère qui mutile les souches tout en diminuant beaucoup leur durée.

Les *Pinots blancs* ou *Chardenets* sont conduits d'une façon différente. On ne taille pas la première pousse (fig. 74) et on obtient, la seconde année, une vigne présentant l'aspect de la fig. 75. A la fin de cette même année, on taille

en *a* et *b*, et au commencement de la quatrième année, on ne laisse que le
sarment *c d* (fig. 76) s'il est assez vigoureux pour former un long bois ou *queue;*

Fig. 74. — Première année.

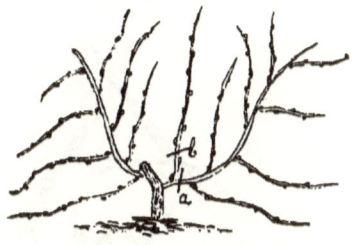

Fig. 75. — Deuxième année.

on le recourbe en fixant son extrémité dans la terre comme le représente la

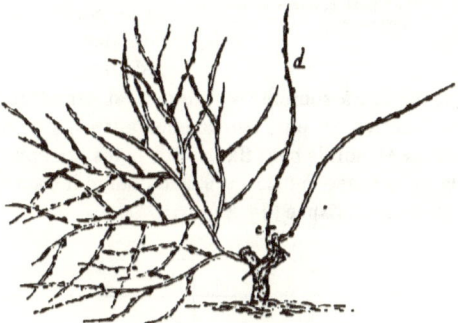

Fig. 76. — Troisième année.

)fig. 77), sinon on le rabat sur deux yeux, et ce n'est que l'année suivante que
l'on établit la queue sans courson de retour.

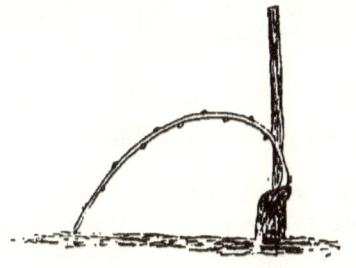

Fig. 77. — Souche taillée avec queue piquée
en terre.

Fig. 78. — Souche taillée l'année suivante avec courson et queue

Sur le long bois on conserve à la taille qui suit un courson à 2 yeux pris sur le sarment le plus bas et la queue nouvelle prise sur le sarment supérieur ; on obtient ainsi une souche offrant l'aspect de la figure 78.

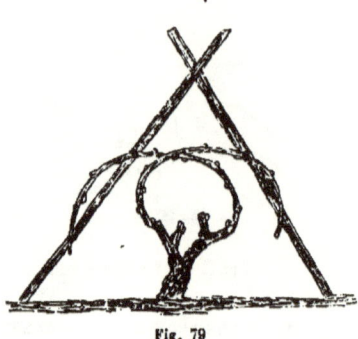

Fig. 79
Vieille souche taillée à deux coursons et deux queues.

Plus tard, quand la souche a plus de vigueur, on lui donne deux queue et deux côts dé retour. Chaque ceps est alors muni, généralement, de deux échalas enfoncés obliquement et attachés par leur sommet qui servent à fixer les queues et les jeunes rameaux qui y sont accolés en juin (fig. 79).

Dans la Saône-et-Loire, on trouve encore des vignes conduites en hautains entre les coteaux et les bords de la Saône : Cette disposition est motivée par la nature des lieux bas et humides, où les gelées sont plus à redouter.

Le treillage destiné à soutenir ces vignes est constitué par de forts piquets placés à 4, 5, 6 mètres au plus les uns des autres, s'élevant à 1^{m}40 au-dessus du sol, où ils sont solidement fixés. Ces poteaux supportent 2 ou 3 lignes de fils de fer, la plus basse à 0,20 ou 0,30 du sol et les autres respectivement à 0,50 centimètres de distance (fig. 80).

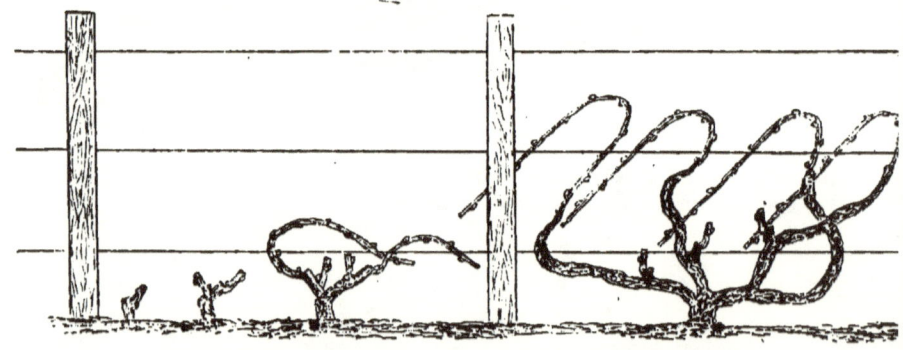

Fig. 80.— Taille et conduite de la vigne en treillage dans le Mâconnais.

Les vignes sont en général à 1^{m}80 de distance. La première année, on taille sur le sarment le plus bas, à deux yeux ; la deuxième on laisse deux coursons, sur chacun desquels on conservera déjà l'année suivante un courson et une queue s'il y a lieu. A la troisième taille, on laisse toujours au moins un long bras par souche (fig. 80).

Les années suivantes on donne à chaque vigne 4 ou 5 bras qui portent autant de longs bois, que l'on recourbe, en les attachant aux fils de fer. On réserve des coursons sur les bras de façon à pouvoir les rabattre dès qu'ils sont trop longs.

Le fil de fer supérieur sert à maintenir les jeunes pousses de l'année. Les vignes ainsi conduites donnent de bons rendements; mais le vin est de qualité inférieure à celui récolté sur les vignes basses en coteaux avec le même cépage.

La taille dans le vignoble du Centre

Nous passerons en revue dans ce groupe qui, en continuant l'ordre géographique que nous avons suivi, trouve ici sa place, les départements de l'Allier, de la Nièvre, du Cher et du Puy-de-Dôme, qui n'offrent, au point de vue viticole, qu'une importance secondaire.

Dans le département de l'*Allier*, aux environs de Moulins, les vignes sont conduites très près de terre, sur deux ou trois petites cornes, quelquefois quatre, portant chacune un seul sarment taillé à un, deux ou trois yeux pour les cépages rouges. On ne met que rarement des échalas. Parfois on laisse cinq et six cornes et, plus rarement encore, une verge piquée en terre. Les ceps sont en lignes distantes de 1ᵐ,30 environ et à 0ᵐ,50 ou 0ᵐ,60 dans la ligne.

Les cépages blancs subissent une taille plus expansive, on leur donne quatre, cinq et six cornes, et on laisse en plus une ou plusieurs verges. Chaque cep comporte alors deux échalas destinés à recevoir les archelets disposés à droite et à gauche du cep.

Dans certaines localités du département, on trouve une conduite originale des vignes à vins blancs.

Les ceps sont plantés en planches d'environ 2 mètres de largeur, séparées par des sentiers. Quelle que soit d'ailleurs la largeur des planches, de chaque côté sont plantés des cépages qui devront garnir les bords, ainsi que le dessus des planches recouvert par des espèces de tonnelles.

Ces tonnelles sont constituées par deux rangs d'échalas placés dans l'alignement des ceps et reliés par une latte fixée à environ 70 centimètres du sol.

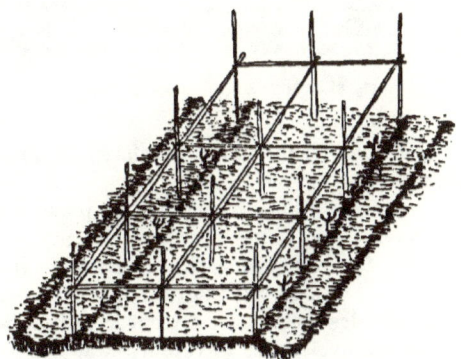

Fig. 81.— Tonnelle de l'Allier pour la conduite des vignes.

La figure 81 représente la disposition de ces tonnelles, ainsi que les rangées de ceps.

En travers des planches et attachées aux lattes, on dispose des traverses qui sont soutenues dans leur milieu par une troisième rangée d'échalas reliés également par une longrine.

Afin d'augmenter la résistance de ces traverses, qui fléchiraient sous le poids des pampres et des raisins, on les incurve légèrement vers leur milieu en les fixant à la longrine centrale.

Suivant la largeur des planches, on peut placer plusieurs longrines intermédiaires.

La conduite de la vigne sur ces espèces de berceaux se rapproche, comme le fait remarquer M. le D\r Jules Guyot dans sa magnifique *Etude des vignobles de France*, de la culture en Kammerbau de la Bavière rhénane.

Dès que la jeune vigne donne un sarment assez long, on l'attache à la perchette sans éborgner aucun œil. Aussitôt que cette tige, destinée à former une maîtresse branche, est établie, on réserve près de sa base un petit membre appelé *boulet*, qui doit porter tous les ans un courson à deux ou trois yeux pour produire des archelets.

La figure 82 montre des vignes ainsi conduites.

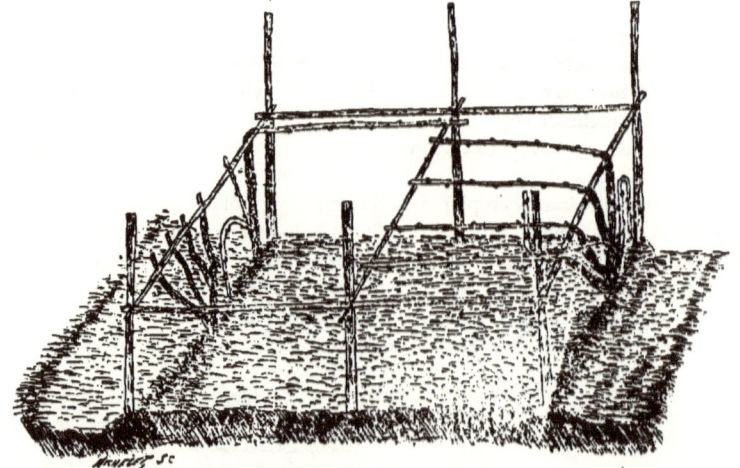

Fig. 82.— Taille des vignes en tonnelle.

Ces archelets, renouvelés chaque année, garnissent de raisins les flancs et les extrémités des tonnelles.

Successivement, on ajoute d'autres membres au premier qui, comme lui, sont attachés à la traverse. A la taille, on réserve sur chacun d'eux un long bois de 0ᵐ,60 à 1 mètre. Ces verges sont attachées aux longrines ou bien tendues par un osier qui les prolonge et va se fixer à la traverse opposée. Ces longs bois de l'extrémité des membres couvrent le dessus des tonnelles qui sont ainsi complètement enveloppées de verdure et de raisins.

Les archelets des flancs sont parfois recourbés et leur extrémité est plantée en terre ; chaque année, ils sont supprimés et renouvelés par de nouveaux sarments pris sur le boulet. Ces sortes de versadis s'enracinant peuvent servir, quand il est besoin, au remplacement de vieux ceps ou à de nouvelles plantations.

Nous avons tenu à signaler ce curieux procédé de culture que nous n'avons encore rencontré nulle part et qui donne à la fois une végétation luxuriante et une fructification abondante.

Dans le département de la *Nièvre*, la viticulture, assez peu développée, pourrait prendre une plus grande extension, le sol et le climat étant tout spécialement favorables à la vigne.

Dans la plus grande partie de ce département, les vignes sont établies en ligne, sur une seule tête avec deux coursons, le plus bas taillé sur deux yeux et le supérieur sur trois ou quatre yeux (fig. 83).

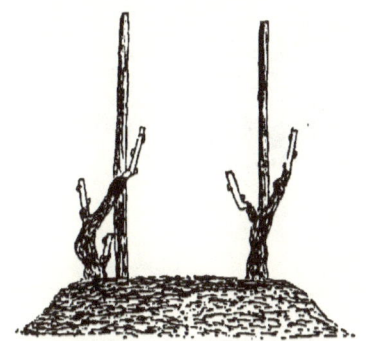

Fig. 83. — Souches taillées d'après la méthode ordinaire.

Le provignage est usité pour le remplacement des vieux ceps. La plantation se fait en fossés avec des sujets de deux ans racinés ou de simples boutures que l'on coude au fond des fossés.

Vers la troisième année, les ceps sont échalassés. Pendant le cours de la végétation, on ébourgeonne et on relève les pampres par un lien contre les échalas.

A côté de cette culture ordinaire, on trouve les procédés originaux pratiqués dans les vignobles de Riousse et de Pouilly.

A Riousse, les vignes sont plantées au milieu d'un billon en lignes distantes de 1 mèt. 60 environ; elles sont à 50 centim. les unes des autres et portent chacune deux longs bois de 10 à 15 yeux, recourbés symétriquement dans un plan perpendiculaire à la direction du billon ; chacun d'eux est fixé à un échalas.

Chaque bras porte en outre un courson de retour à deux ou trois yeux. Les courgées sont remplacées tous les ans par un sarment pris sur le courson ou bien à la base des anciennes courgées. La fig. 84 reproduit cette disposition.

Ce système de taille se rapproche beaucoup de celui que nous verrons pratiquer dans l'Auvergne aux environs de Clermont-Ferrand; on pourrait même le considérer comme en étant un perfectionnement.

Dans ce vignoble, on ébourgeonne, on pince et on relève les sarments que l'on attache aux échalas.

A Pouilly, les vignes ont une disposition tout à fait différente. A la première taille on ne conserve que le sarment le plus bas que l'on rabat sur deux yeux. A partir de la deuxième, on laisse autant de cornes qu'il y a de sarments bien

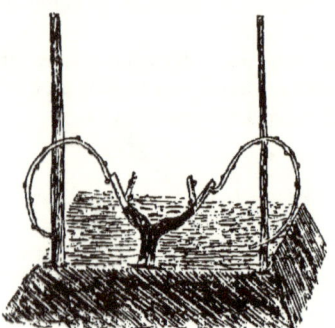

Fig. 84.— Vigne de Riousse après la taille.

placés, de façon à avoir quatre membres la quatrième année. On établit jusqu'à six et sept bras, portant chacun un courson terminal de 3 ou 4 yeux. La figure 85 représente une de ces souches. La vigne possède ainsi une grande arborescence. On ne provigne pas; les souches mortes seulement sont remplacées par marcottage.

Fig. 85.— Souche taillée à Pouilly.

Le département du *Cher* offre un climat et des terrains des plus favorables à la viticulture, et cependant la vigne n'y recouvre qu'une faible partie de la surface qu'elle pourrait avantageusement occuper.

A Sancerre, les vignes sont taillées à deux ou trois coursons; le plus élevé à 3 ou 4 yeux et les inférieurs à 1 ou 2 yeux.

Cette taille, uniformément employée, n'est définitivement établie que vers la quatrième année, époque où chaque cep est muni d'un échalas (fig. 86).

Les tailles en vert sont ici soigneusement pratiquées; on relève et on attache les pampres à l'échalas, on les rogne ensuite à sa hauteur à mesure qu'ils grandissent.

Vers l'époque de la maturité, on découvre légèrement les souches afin de mieux laisser pénétrer la chaleur et la lumière.

La vigne est entretenue par le provignage et compte jusqu'à 40,000 pieds à l'hectare sans aucun alignement.

A Vierzon, au contraire, les vignes demeurent alignées; on plante en fosses distantes de 1 mèt. 40; on ne met ainsi

Fig. 86.— Vigne tail.
lée à Sancerre

que la moitié des ceps avec lesquels on fera vers la quatrième ou la cinquième année, par le provignage, des lignes intermédiaires tous les 70 centim.; la vigne n'est donc complète que vers cinq ou six ans.

Chaque souche est ensuite munie, dès qu'elle est assez forte, d'un échalas. Ici aussi l'entretien se fait par le provignage.

On pratique encore une taille dite en *pistolet*, expression qui rappelle la forme de la souche: chacune d'elles porte en effet un courson inférieur à 2 yeux et un courson supérieur à 4 ou 5 yeux (fig. 87).

Les cépages blancs sont taillés avec une verge de 1 m. à 1 m. 20 de longueur que l'on recourbe en cercle et qui est fixée à l'échalas (fig. 88).

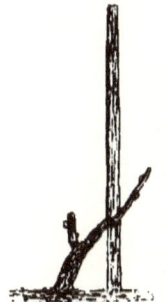  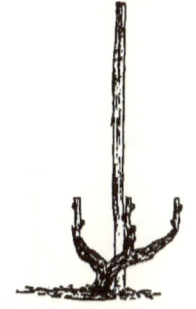

Fig. 87.
Taille dite en pistolet

Fig. 88.
Taille avec long bois

Fig. 89.
Conduite de Châteaumeillan

Comme dans la taille précédente, qui ne diffère que par la longueur du sarment supérieur, on conserve un courson à 2 yeux. On ne taille pas en vert, on relève simplement les sarments.

A Châteaumeillant, les souches, au nombre de 20,000 à l'hectare, sont tenues à 2, 3 ou 4 cornes surmontées chacune d'un courson à 2 ou 3 yeux (fig. 89).

Dans le canton du Châtelet, on trouve aussi des vignes conduites suivant la méthode du Puy-de-Dôme, avec une verge.

Aux environs de Bourges, on pratique généralement deux systèmes de taille suivant les plants : dans l'un, la souche est montée sur 3 cornes surmontées d'un courson à 1, 2 et quelquefois 3 yeux; dans l'autre, on ajoute à l'une des cornes, suivant sa force, une demi-verge à 4 ou 5 yeux ou une verge à 7 ou 8 yeux.

Aux deux premières tailles, on ne laisse que le sarment inférieur que l'on coupe sur un œil; à la troisième on laisse généralement trois sarments disposés en gobelet et portant chacun deux yeux (fig. 90); à la quatrième on

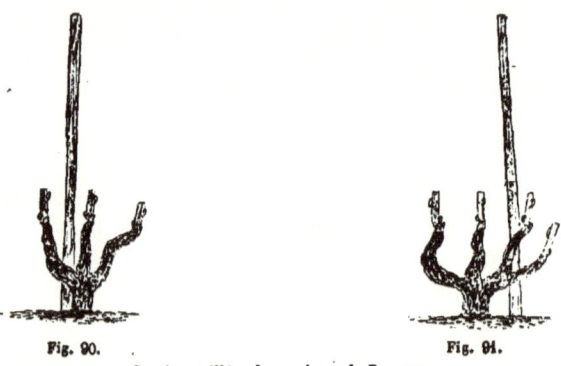

Fig. 90.   Fig. 91.

Souches taillées des environs de Bourges

en ajoute souvent un nouveau, comme le représente la fig. 91.

A la cinquième ou la sixième année, on réserve d'abord la demi-verge sur les cépages qui l'admettent (fig. 92), puis plus tard la verge est recourbée et attachée à l'échalas (fig. 93).

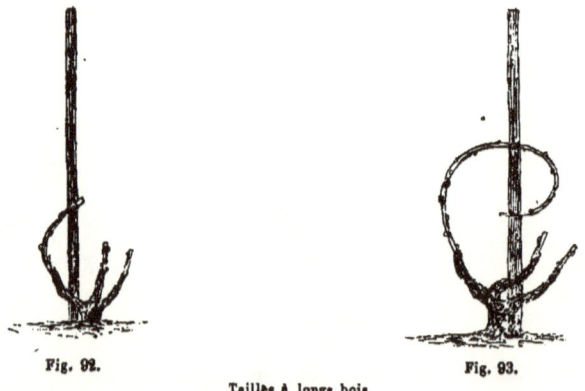

Fig. 92.   Fig. 93.

Tailles à longs bois

Les rameaux de l'année sont relevés et attachés plusieurs fois pendant le cours de la végétation.

Dans l'étude des vignobles précédents, nous avons fait souvent allusion aux méthodes usitées dans le département du *Puy-de-Dôme*, où la vigne joue un rôle important.

Le fond de ces méthodes, d'ailleurs très rationnelles, consiste invariablement en l'emploi d'une branche à bois appelée *coutet* et d'une branche à fruit
dénommée *arquet* ou *vinouse*.

La plantation se fait le plus généralement avec des boutures bien sélec-
tionnées choisies parmi les sarments les plus fructifères, ce qui est une
précaution que l'on devrait ne jamais omettre. On plante en ligne, soit dans de
petites fosses, soit à la cheville, de 10 à 13,000 pieds à l'hectare.

Dans le Puy-de-Dôme, on connait et pratique depuis longtemps la stratification des sarments, ce qui les entretient dans les meilleures conditions de
reprise.

En outre, les plantations se font pleines, c'est-à-dire que l'on met en place
autant de boutures que la vigne doit contenir de ceps et on les maintient de
franc pied jusqu'au moment de les remplacer. Dans quelques parties seulement, on ne plante que le tiers ou la moitié des ceps et on garnit ensuite par
le couchage des sarments ; on retarde ainsi la production.

Mais, dans la généralité des cas, le provignage n'est employé, dans ce département, que pour remplacer les ceps manquants.

A la première taille, on rabat sur le sarment, le plus bas que l'on taille, de
deux à cinq yeux, suivant sa force. La figure 94 représente la disposition de
cette taille.

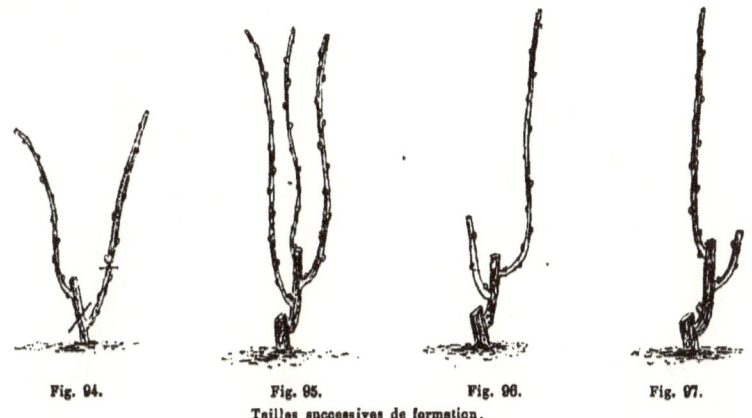

Fig. 94.   Fig. 95.   Fig. 96.   Fig. 97.
Tailles successives de formation.

L'année suivante, on obtiendra la végétation indiquée par la figure 95; on a
ainsi souvent des sarments assez vigoureux pour permettre de dresser la souche la troisième année.

Dans les milieux bien exposés, où le froid n'est pas à craindre, on conserve
à la troisième taille le sarment le plus bas pour former la branche à bois appelée *coutet* ou *chevillon* que l'on coupe sur deux ou trois yeux. Le sarment
médian constitue la branche à fruit nommée *arquet* quand elle est courbée en
demi-cercle, et *vinouse* quand elle reste droite. Le sarment le plus élevé est
supprimé. La figure 96 montre le résultat de cette taille.

Dans les milieux où l'on redoute les gelées, les souches sont dressées à

0ᵐ30; dans ce cas, on conserve pour coutet le sarment médian, et pour arquet le sarment supérieur; on supprime le sarment le plus bas (fig. 97).

Choisir pour branche à bois le sarment inférieur et pour branche à fruit le sarment supérieur, est le principe sur lequel repose l'établissement de toutes les tailles suivantes. Quelquefois on laisse deux ou trois coursons ou deux ou trois verges sur la même souche.

Les branches à fruit de six à quinze yeux sont généralement laissées, avec beaucoup de raison, plus longues dans les milieux bas exposés au froid. On a soin aussi, dans le but également d'éviter les gelées de printemps, de les laisser verticales et flottantes jusqu'après la période critique : ce sont là d'excellentes pratiques.

Généralement après la plantation, chaque cep est muni d'un grand échalas de 2 mètres de hauteur. Pendant les premières années, on réunit ensemble quatre échalas que l'on attache fortement et qui forment ainsi une pyramide qui résistera à l'action des vents.

Dès que l'on établit les verges ou vinouses, chaque cep est muni de deux échalas réunis par leur sommet, dont l'un est planté au pied même de la souche et l'autre incliné par rapport au premier, destiné à fixer la vinouse ou l'arquet. Les figures 98 et 99 rendent ces deux dispositions.

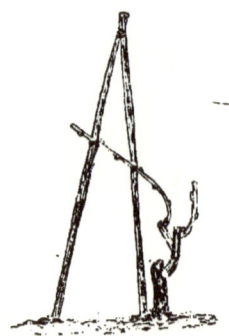

Fig. 98. — Taille à vinouse.

Fig. 99. — Taille à arquet.

Toutes ces vignes sont d'une régularité parfaite pendant leur jeunesse ; mais à mesure qu'elles vieillissent, on leur donne parfois des formes bizarres qui font contraste.

La figure 100 représente une souche déjà vieille ayant un faisceau de trois échalas et deux arquets. D'autres en ont trois; d'autres ont un, deux et trois coutets placés sans symétrie.

Dans ce département, le Gamai, qui se contente d'une taille courte, à bras et à coursons, est dressé suivant la méthode ordinaire avec de longs bois.

Le principe de ce système de taille est identique, comme on le verra, à celui du système Guyot que nous décrirons dans un chapitre spécial. Il consiste en quelque sorte à obtenir séparément et simultanément une belle production de bois, ainsi qu'une récolte abondante ; de là les dénominations de branche à

fruit et de branche à bois donnée aux rameaux conservés suivant leur desti_
nation.

Fig. 100. — Ancienne souche avec deux arquets.

La branche à bois ou courson doit donner de beaux sarments de remplacement, parmi lesquels on choisira les nouvelles branches à fruit pour l'année
suivante.

D'autre part, en prenant un courson de retour au-dessous de la branche
fruitière, on empêche à la souche de s'élever trop vite. Mais par la négligence
du principe dans ses applications, le vigneron reprend trop souvent la nouvelle branche à fruit sur l'ancienne au lieu de la choisir sur le courson qui
perd ainsi sa véritable attribution.

En prenant vinouse sur vinouse, on obtient bientôt une souche trop élevée
et une fertilité de plus en plus réduite, le vigneron est alors obligé de rabattre le tout au-dessus du courson inférieur qui formera la nouvelle tête; il perd
ainsi les avantages de la taille rationnelle qui a pour but d'assurer une fécondité constante.

A part l'ébourgeonnage, que l'on pratique d'ailleurs assez irrégulièremen.
dans le Puy-de-Dôme, on fait soigneusement une autre opération appelée cha-
bannage. Cette opération, qui se pratique également dans le Beaujolais et dans
d'autres vignobles, consiste à réunir au second relevage, à l'époque de la vé-
raison, tous les pampres en faisceaux au-dessus de l'échalas et de nouer en
les tordant ensemble en forme d'arc, les faisceaux de deux ceps voisins. Quelquefois on réunit simplement en les contournant les pampres de chaque cep
en formant des faisceaux séparés.

Ces opérations, tout en permettant à la chaleur et à la lumière de pénétrer
plus facilement, remplacent en quelque sorte le rognage et ont pour but de
refouler la sève sur les parties inférieures de la vigne.

En résumé, la viticulture du Puy-de-Dôme est caractérisée, d'une façon générale, par l'emploi de la taille longue, par l'absence du provignage qui ne se
pratique que pour le remplacement, par la plantation en ligne et un grand
luxe d'échalas.

Dans une partie de la Nièvre, les vignes sont également maintenues en ligne
et de franc pied. Au contraire, le Cher et l'Allier, en imitant les cultures de la

Côte-d'Or et de l'Aube, les entretiennent par le provignage et presque partout en foule. Les vignes y sont échalassées; dans une partie de l'Allier cependant, elles ne sont échalassées que vers 7 ou 8 ans. Dans ce département, nous l'avons vu, les vignes blanches sont conduites à taille longue et les rouges à taille courte.

La taille dans le vignoble de l'Est

Nous comprendrons dans ce groupe viticole, si bien caractérisé par ses systèmes de culture, ses cépages et son climat, les départements de l'Isère, de la Savoie et de l'Ain, qui en constituent la partie originale, auxquels nous adjoindrons le Jura et le Doubs.

DÉPARTEMENT DE L'ISÈRE

Dans ce département, la viticulture a pris une grande importance, grâce à la valeur rémunératrice des produits et à la nature du sol qui, sauf sur les parties escarpées des montagnes et les versants sans soleil de quelques profondes vallées froides et humides, est des plus favorables à la végétation de la vigne.

C'est une des régions viticoles les plus complexes par le nombre et la variété des méthodes culturales qui y sont usitées.

Aux environs de Grenoble, dans la vallée du Grésivaudan qui s'étend en suivant l'Isère, presque aux portes de la Savoie, les modes de culture sont analogues à ceux suivis dans cette dernière région et les principaux cépages identiques.

Suivant la situation des lieux, les vignobles présentent des dispositions différentes.

Les coteaux et les terrains situés sur les rampes des montagnes sont couverts de vignes basses, en foule, soutenues par des échalas plantés à demeure.

Dans la plaine et les parties basses, on a préféré le système des souches moyennes et des treillages élevés craignant moins les gelées de printemps qui y sont beaucoup plus sensibles que sur les coteaux.

A Bourgoin, la Tour-du-Pin, on trouve les treillons de Belley, ainsi que les cépages de l'Ain.

A Vienne, la vigne est conduite en partie comme dans le Lyonnais, avec un échalas, mais surtout à la façon des Côtes-Rôties, avec la pyramide d'échalas et les cépages de ce vignoble.

A Saint-Marcellin, on trouve les cépages de la Drôme avec ses procédés de culture.

A *Grenoble*, les plantations se font sur défoncement à 60 ou 70 centimètres et on les entretient par le provignage. Pour planter, on emploie des plants enracinés ou rajus ou bien des boutures, généralement en crossettes, que l'on met en place soit au pal, soit en fosse à 80 centimètres de distance, le plus souvent en lignes, qui sont bientôt détruites par le provignage.

On trouve dans l'arrondissement de Grenoble des vignes basses, des vignes en lisses et des treillages.

Les vignes basses sont dressées à 25 ou 30 centimètres, sur 2 bras ou cornes quelquefois 3. On laisse sur chaque bras un courson à 1 ou 2 yeux francs, comme le représente la fig. 101.

Certains plants cependant, ceux conduits ordinairement en treillage, exigent, pour donner des fruits en vignes basses, un arçon à long bois.

Ces arçons ont de 6 à 8 yeux et sont fixés aux échalas après la taille, comme le représente la fig. 102.

Ces vignes ne sont pas rares aux environs immédiats de Grenoble.

Chaque souche est munie d'un échalas planté à demeure, de 1m80 de hauteur, en châtaigner, en sapin ou en saule ; ces deux dernières essences sulfatées font un aussi long service.

A peu près partout, on ébourgeonne et on relève ; ce sont les seules opérations en vert que l'on pratique.

On remplace les vieilles souches ou celles qui disparaissent pour toute cause par le provignage.

Les *lisses* sont des vignes disposées en espalier sur une charpente en bois établie seulement à 50 ou 60 centimètres du sol. Ces sortes de treilles sont constituées par de forts pieux, contre lesquels on cloue de longues traverses ; la plus basse, de 50 à 60 centimètres, et la deuxième à 80 centimètres ou 1 mètre plus haut ; sur ces perches suivant la verticale, on attache solidement des échalas appelés *palissons*.

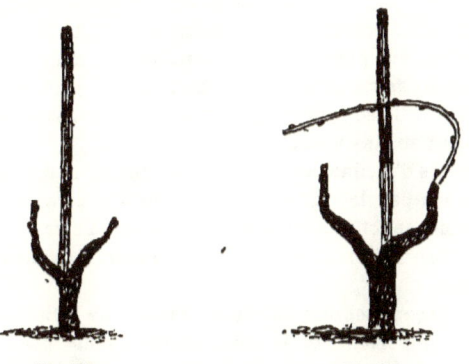

Fig. 101.   Fig. 102.
Souches basses, après la taille, aux environs de Grenoble

Les vignes sont plantées en fossés, puis élevées jusqu'à la hauteur de la traverse inférieure, mais après 2 ou 3 ans seulement ; des sarments qui constituent les bras de la souche sont ensuite établis à droite et à gauche du tronc ; tous les 25 ou 30 centimètres, on laisse un brassecondaire à demeure que l'on monte et que l'on attache le long des palissons. Chacun de ces bras porte un long bois ou *archet* de 80 centimètres, quelquefois un mètre et plus, que l'on attache en le recourbant.

La fig. 103 représente les dispositions de ces vignes, ainsi que la construction des treilles en bois destinées à les supporter.

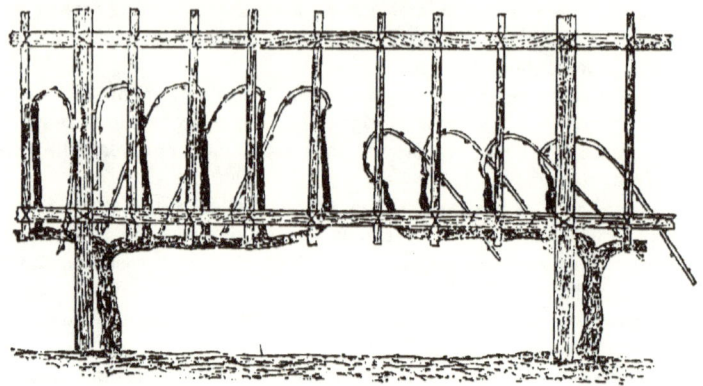

Fig. 103. — Vignes en lisses aux environs de Grenoble.

Chaque année, aux tailles successives, on conserve le plus beau sarment sorti du premier, du deuxième et même du troisième œil, pour former le nouvel archet.

En prenant ainsi des sarments éloignés de la base, le vigneron néglige un point important: celui de conserver le moins possible de vieux bois sur les souches. Aussi les portants atteignent-ils, en peu d'années, des longueurs considérables, ce qui diminue d'autant la fertilité de la vigne. La souche de gauche de la figure 103 représente le résultat de cette taille.

Il est à remarquer que plus les vignes sont jeunes, moins les archets sont recourbés et plus ils se rapprochent de l'horizontale; plus les bras secondaires s'élèvent, et plus ils sont recourbés et se rapprochent de la verticale pour l'atteindre souvent sur les vieux ceps.

Ces divers degrés d'inclinaison des archets, depuis l'horizontale jusqu'à la verticale, pratiqués par le vigneron à peu près d'une façon graduelle, suivant l'âge des souches, ont assurément leur raison d'être qui a été consacrée par une longue observation et dont on peut donner, croyons-nous, une explication rationnelle.

En discutant, au commencement de ce travail, les principes généraux de cette opération si importante de la taille, n'avons-nous pas, en effet, établi que, pour diminuer la vigueur d'une partie quelconque du végétal, il suffisait de lui donner une position se rapprochant plus ou moins de l'horizontale.

Eh bien, les pratiques que nous venons de signaler peuvent se rattacher à ce principe et n'en sont en quelque sorte que des applications. D'autre part, nous l'avons dit aussi, l'amoncellement du vieux bois sur une souche est à la fois pour elle une cause d'affaiblissement et de stérilité.

Par une inclinaison variable et bien comprise des rameaux, on pourra donc contrebalancer, jusqu'à un certain point, les effets dus à l'amoncellement du vieux bois sur les bras d'un cep; c'est ce que les vignerons ont observé.

La souche, pendant les premières années, n'a que des rameaux portés par de jeunes bois, elle est alors dans toute sa vigueur, que l'on se trouve dans l'obligation de modérer, pour la production des fruits, par une forte inclinaison des rameaux conservés.

Mais peu à peu, surtout avec l'allongement excessif, le vieux bois s'accumule et la vigueur diminue ; les beaux rameaux, d'abord abondants, deviennent de plus en plus rares et le choix des bois de taille de moins en moins facile. Le moment de parer à ce résultat, qui risquerait de devenir préjudiciable, est arrivé ; c'est alors que le vigneron élève verticalement les sarments pour les recourber ensuite brusquement en archet et donner à leur extrémité une direction parallèle à leur base ; car s'il semble ignorer les conséquences fâcheuses de l'allongement des bras, il sait fort bien que la partie du sarment conservé, située verticalement en deçà de la courbure, lui donnera de beaux bois qui assureront le remplacement pour l'année suivante.

Si cette conduite des vignes peut subir des variantes suivant les conditions de milieu, de végétation ou des caprices du tailleur, les principes et les résultats restent sensiblement les mêmes.

Les travées de lisses sont généralement placées à 3 ou 4 mètres, souvent davantage, quand on fait des récoltes intercalaires. Nous discuterons plus loin les modifications avantageuses que l'on pourrait apporter dans ce système de culture.

Dans les bas-fonds et les plaines, où l'on craint les gelées de printemps, et où l'on fait des cultures en jouailles, on a préféré le système des treillages élevés qui constitue un mode de conduite que l'on retrouve dans la Savoie et le Bugey, et qui caractérise nettement ces régions. C'est dans la vallée du Grésivaudan que nous allons étudier le type de cette culture.

Ce n'est pas sans étonnement que l'on voit, pour la première fois, ces vignes immenses plantées en rangées parallèles, distantes en moyenne de 7 à 8 mètres, souvent plus, avec écartement dans la ligne de 4 et 5 mètres.

Et on se demande pourquoi des corps de souches de 1 mèt. 20 à 1 mèt. 40 de hauteur ; pourquoi une charpente aussi élevée et aussi dispendieuse ? La réponse, on la trouve, d'une part, dans la crainte, malheureusement trop justifiée, des gelées printanières ; d'autre part, dans la pratique des cultures intercalaires soumises à un assolement régulier, comme dans une terre complètement nue. On comprend alors que l'on demande à un sol privilégié un double produit : l'un aérien, l'autre superficiel.

Les rangées de treillages sont soutenues tous les 4 ou 5 mètres par de forts piquets appelés *fourchauts*. Contre les fourchauts, qui ont de 4 à 5 mètres de hauteur, on cloue de longues perches, la première à la hauteur où l'on veut établir le corps de la souche, c'est-à-dire de 1 mèt. 20 à 1 mèt. 40, et la deuxième, 1 mèt. ou 1 mèt. 20 au-dessus, ce qui donne au treillage une hauteur totale de 2 mèt. 60 environ. Sur ces perches, verticalement, se placent, tous les 25 ou 30 centim., des échalas ou palissons que l'on y attache solidement. La fig. 104 montre une souche ainsi établie.

Dans les anciens treillages, on voit quelquefois encore les fourchauts remplacés par des arbres vivants, érables ou mérisiers, qui sont arrêtés à 2 ou 2 mèt. 50 et formés sur 6 ou 8 maîtresses branches, largement ouvertes en gobelet et dont les pousses annuelles sont régulièrement supprimées. Des sarments de vigne ployés en arc sont attachés à chacune d'elles.

Depuis longtemps déjà, dans les vignobles de l'Isère, on ne plante plus d'arbres vivants, et ce genre de culture désigné sous le nom de *hautain* ne se retrouve plus aujourd'hui que dans quelques cantons de la Savoie.

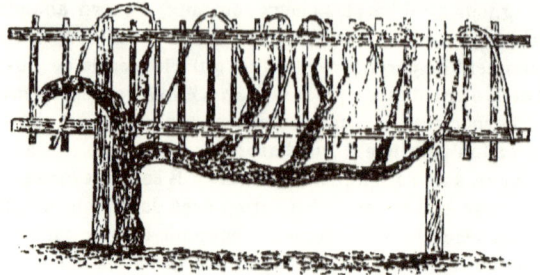

Fig. 104.— Vieille souche conduite en treillage après la taille.

Il n'est pas rare de rencontrer des treilles de plus de 150 ans d'existence et des ceps mesurant 25 centimèt. et plus de diamètre et 10 mètres d'envergure avec de nombreuses branches à fruit.

Chaque année on remplace dans les treillages un certain nombre de souches mortes ; pour cela, on plante généralement à l'avance un jeune plant près du cep dont on prévoit la fin.

Pour mettre en perche, selon le terme consacré, c'est-à-dire pour former le corps de souche et lui faire atteindre la hauteur du treillage, on met de 6 à 8 ans ; pendant toute cette période, la récolte est insignifiante ; ce n'est que vers la 9me ou 10me année qu'elle devient abondante.

Le système de taille usité pour les treillages est le même que celui que nous avons décrit pour les lisses, nous n'y reviendrons pas.

A côté des avantages que présente ce système des grands treillages et que nous avons fait ressortir, il offre de grands inconvénients.

Vu la hauteur qu'atteignent ces souches, la taille et la vendange sont rendues difficiles et ne peuvent plus s'effectuer qu'à l'aide d'échelles.

C'est là un désavantage auquel on pourrait facilement remédier en abaissant les treillages jusqu'à portée de la main, c'est-à-dire en établissant des lisses telles que nous les décrirons plus loin.

On pourrait à ce sujet, cependant, présenter une objection : c'est que les cultures intercalaires mal comprises et à grand développement seront plus préjudiciables aux vignes en lisses qu'à celles en treillages. Il est aujourd'hui admis par tout le monde que deux cultures établies sur le même terrain se nuisent mutuellement ; mais les mêmes espacements étant conservés dans l'un et l'autre cas, les conditions resteront les mêmes au point de vue de l'alimentation.

L'inconvénient résultera donc de ce fait que les lisses basses, dont la hauteur totale ne dépasse pas 1 mèt. 80, seront en partie cachées si l'on cultive, ce qui n'est pas rare, des céréales ou d'autres plantes élevées et que les vignes ne pourront pas bénéficier, jusqu'à l'enlèvement de ces récoltes, de l'action directe et bienfaisante du soleil.

Mais la récolte de ces plantes se fait de bonne heure et les champs se trouvent découverts juste au moment où le raisin exige le plus de lumière et de chaleur. On aura soin également de n'ensemencer que jusqu'à une distance convenable des rangées de vignes, afin d'éviter autant que possible les inconvénients précités et de permettre en outre la circulation de chaque côté des treilles pour l'exécution des diverses opérations à effectuer (relevage, sulfatage, etc.). C'est là un point important, jusqu'ici trop négligé par le vigneron, auquel il en coûte de laisser improductive une partie de ses terres, si minime qu'elle soit. Mais cette improduction sera largement compensée par la plus-value en quantité et qualité des récoltes pendantes.

Nous voyons donc que dans les milieux à cultures intercalaires, qui ne constituent point un système rationnel, l'infériorité que semblaient présenter les lisses sur les treillages n'existe pas en réalité, mais qu'au contraire, comme nous allons le montrer, elles offrent de sérieux avantages.

En effet, chacun sait que plus le raisin est près de terre, plus il mûrit vite et plus il acquiert de qualités. Pourquoi ne pas profiter de ces avantages tout en les conciliant avec les conditions que l'on doit observer pour se préserver des gelées?

Les treillages donnent avec les mêmes cépages des vins jugés inférieurs à ceux des vignes basses. Ces différences de qualité dans le vin tiennent essentiellement aux différences de position des raisins.

Les treillages sont parfaitement exposés au soleil, mais étant éloignés de terre ils ne jouissent pas directement de la réflexion calorifique et lumineuse qui joue un si grand rôle dans la perfection des fruits et des bois mêmes, par suite leurs raisins mûrissent mal et tardivement.

D'autre part, les raisins des treilles se trouvent à des altitudes bien différentes et la maturité ne s'opère jamais simultanément pour tous les fruits, parfois même on remarque de grandes différences.

Ces difficultés peuvent disparaître en rapprochant les treilles de terre, autrement dit en adoptant d'une façon générale le système des lisses qui permettra une maturité meilleure et plus uniforme.

Comme nous le faisions remarquer en étudiant le vignoble des Hautes-Pyrénées, qui offre un système de culture à peu près analogue dans un pays où l'on redoute les gelées printanières, mais où la maturité est toujours suffisante, les vignes élevées à 2 mètres et plus au-dessus du sol remplissent bien leur but.

Mais dans un climat plus froid comme celui de cette région, où le raisin pour bien mûrir a besoin d'utiliser le mieux possible la chaleur de l'été, il est essentiel de se tenir dans un juste milieu qui, tout en préservant la souche autant que faire se peut de l'action des gelées, permettra une bonne maturité.

Les lisses répondent parfaitement à ce desiderata.

D'autre part, les treilles hautes sont d'une construction compliquée et toujours très coûteuse, et les lisses basses se prêtent admirablement au système beaucoup plus simple et plus économique qui consiste à substituer aux traverses en bois des fils de fer, et aux fourchauts des piliers en ciment ou en fer cornière.

Ces colonnes en ciment, plus grosses à la partie inférieure qu'à la partie supérieure, sont à section octogonale à diamètres inégaux, et au moment du moulage on introduit à leur centre dans toute leur longueur un ou plusieurs fils de fer galvanisés qui en augmentent la solidité.

Ces treillis, dont la hauteur totale ne dépasse pas 1 mètre 80, très appréciés à cause de leur économie, de leur solidité et de leur durée, sont déjà nombreux aux environs de Grenoble, et il est vraisemblable que dans un avenir prochain ils auront complètement et avantageusement remplacé les treillards actuels.

Au point de vue de la treille elle-même, nous ferons pour les hautains les mêmes objections que celles exposées précédemment pour les lisses. On laisse trop accumuler le vieux bois, ce qui donne très rapidement des bras secondaires décharnés d'une longueur démesurée ; on n'oubliera donc pas que le renouvellement des vieux bras et leur allongement répété chaque année sont les causes principales de la fécondité des souches.

Les archets et les rameaux de l'année sont palissés sur des treillages à mesure du développement de la végétation.

Dans beaucoup de points, le système de taille ordinaire a été remplacé par la méthode Sylvoz, qui en est en quelque sorte un perfectionnement et que nous étudierons avec détail dans un chapitre spécial.

Dans l'arrondissement de Saint-Marcellin, la conduite des vignes basses diffère de celle de Grenoble et rappelle surtout la culture de l'Hermitage. La vigne est dressée sur une tête et un seul sarment qui est taillé, les premières années, sur 2 ou 3 yeux francs. Plus tard on laisse 6 yeux à ce sarment, qui est alors courbé et attaché à l'échalas qui soutient la souche. Comme les souches s'élèvent rapidement, on réserve le plus souvent un courson d'attente pour le renouvellement de la souche par rabattage.

Les fig. 105 et 106 représentent deux souches d'âges différents qui montrent l'analogie de conduite avec l'Hermitage.

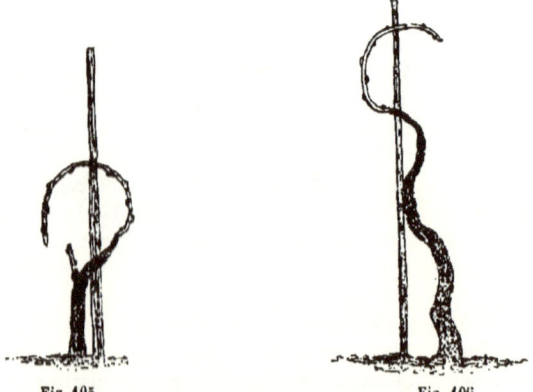

Fig. 105   Fig. 106

Taille des vignes basses à Saint-Marcellin.

On trouve aussi à Saint-Marcellin des souches dressées à 2, 3 et 4 bras. Les vignes y sont entretenues par le provignage.

Les vignes en lisses sont également conduites d'une façon différente de celle que nous avons vue à Grenoble. Ainsi, à Tullins, les bras de la souche, au lieu d'être étendus sur la traverse inférieure, sont dressés sur la traverse supérieure et les archets sont courbés de haut en bas (fig. 107).

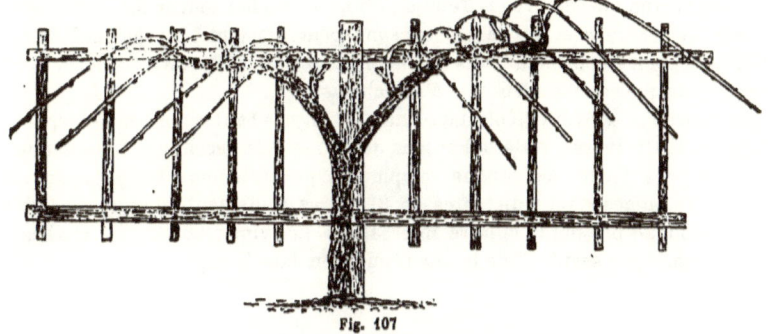

Fig. 107
Lisse de Tullins (d'après le D' Guyot)

De plus, on laisse à la base de chaque branche à fruit un courson de remplacement, ce qui évite l'allongement indéfini des bras.

Dans le vignoble de la Côte-Saint-André (arrondissement de Vienne), on trouve surtout des vignes basses dont la culture rappelle encore celle de la Drôme.

Les vignes basses qui dominent sont d'abord plantées à 80 centimètres au carré, mais les lignes sont bientôt brisées par suite du provignage qu'on y pratique.

Chaque souche, munie d'un grand échalas planté à demeure, est montée à 30 ou 40 centimètres sur une seule tige terminée par un seul sarment de 6, 7 ou 8 yeux que l'on recourbe et dont on attache l'extrémité à l'échalas au-dessous de la tête du cep, comme le montre la fig. 108.

On ne conserve pas de courson de retour; mais, d'une façon générale, à la Côte-Saint-André, c'est le premier œil de l'arçon qui donne toujours le sarment de l'année suivante; la souche monte ainsi moins rapidement le long de l'échalas.

Pendant le courant de la végétation on relève les pampres et on les attache 2 et même 3 fois le long du grand échalas, avant et après la fleur, et aussi en août.

A Vienne, la vigne est conduite comme à Condrieu et à Côtes-Rôties. Les ceps sont munis de grands échalas que l'on réunit par leur sommet en faisceaux de trois; on a ainsi des séries de pyramides triangulaires (voir vignoble des Côtes-Rôties, Lyonnais).

Les souches ont chacune un courson à deux yeux et une branche à fruit attachée à un petit échalas obliquement fixé au grand et que l'on appelle engarde; ce système de taille s'applique surtout au Vionnier.

Fig. 108
Taille de la Côte-
Saint André.

On trouve aussi à Vienne le Gamai du Beaujolais, conduit, comme dans ce vignoble, en souches basses à 3 ou 4 cornes, avec un courson et munies d'un échalas pendant les premières années.

On trouve aussi des treilles à Roussillon.

Dans l'arrondissement de la Tour-du-Pin, les souches sont en lignes dressées sur 3 ou 4 cornes et taillées à coursons généralement à un seul œil franc. Certains plants cependant, tels que la Mondeuse et le Pulsart, conservent un arçon, chaque souche est munie d'un échalas.

A Bourgoin, centre viticole important, les vignes hautes sont en lisses, dont la première traverse est à la hauteur du genou et la seconde à la hauteur de l'épaule; des fils de fer tendus remplacent généralement les palissons de bois. Les rangées sont distantes de 3 mètres seulement; malgré ce faible espace, on fait partout la culture intercalaire. Les vins récoltés aux environs de Bourgoin jouissent d'une bonne réputation dans la région.

DÉPARTEMENT DE LA SAVOIE

En Savoie, l'aspect général du vignoble offre de grandes ressemblances avec celui de l'Isère. Les vignes occupent surtout les rampes inférieures des hautes montagnes, ainsi que les mamelons; mais on en trouve aussi dans les alluvions du fond des vallées. La vigne, sous ce climat, monte jusqu'à 400 mètres et plus d'altitude aux bonnes expositions.

La vigne basse est la forme dominante, mais les souches sont conduites très irrégulièrement à un, deux, trois ou quatre bras et à des hauteurs variant de 20 à 50 centimètres. On trouve même des souches en tête de saule en Maurienne.

Le provignage détruit tout alignement dans les plantations, et la distance moyenne entre les ceps est d'environ 70 centimètres.

On plante soit au trou, soit au pal, des racinés ou des boutures; quelquefois aussi, on plante en fossés distants de 6 pieds et, pour garnir la vigne la troisième année, on recouche des sarments à droite et à gauche à 2 pieds de distance.

Cette méthode exige moins de plants, mais, par suite du recouchage, elle devient plus coûteuse et retarde la récolte; aussi, doit-on lui préférer la plantation pleine.

Dans les vignes basses, chaque bras porte un seul courson à deux yeux francs et souvent à un seul. En Maurienne, sur les vignes en tête de saule, on laisse 2 ou 3 crochets, quelquefois, quand la vigueur est suffisante, un archet de 7 à 8 yeux que l'on recourbe.

Cette taille trop courte ne convient pas à la plupart des plants de ce pays, qui sont d'une grande vigueur et exigent, pour produire, la taille longue. L'exemple, pour les vignerons de ce pays, est cependant saisissant, car, à côté de leurs vignes basses, relativement stérilisées, ils possèdent leurs grands treillages d'une fécondité admirable.

Aux environs de Chambéry, là où l'on récolte de bons vins, à Montmeillan,

Saint-Pierre-d'Albigny, chaque souche munie d'un échalas est dressée sur un, deux ou trois bras de 20 à 30 centimètres du sol.

A part les vignes basses, on rencontre à peu près partout des vignes en espalier sur fils de fer de 1ᵐ à 1ᵐ50 du sol, puis des treillages élevés, absolument semblables à ceux que nous avons décrits précédemment. Ces treilles, véritables charpentes, sont supportées à 2 mètres et plus par de forts piquets; des arbres vivants sont intercalés de loin en loin pour assurer la solidité.

Puis, on trouve aussi des arbres isolés, plantés en ligne ou en quinconce, destinés à supporter de grands ceps qui les recouvrent bientôt. Ces vignes en arbres sont communes aux environs de Chambéry et d'Aix-les-Bains. On les trouve surtout dans les bas-fonds humides, mais aussi ailleurs. Quelquefois les arbres sont reliés les uns aux autres par des guirlandes de rameaux, d'un effet vraiment féerique, qui ont maintes fois attiré l'attention et excité la curiosité des voyageurs se rendant à Aix-les-Bains.

Nous ne nous arrêterons pas sur ce système de culture, dont nous avons eu précédemment l'occasion de montrer les inconvénients.

Les vignes en treilles offrent ici les dispositions les plus variées, mais celle que nous avons décrite pour l'Isère est la plus répandue. Les rangées sont de 7 à 12 mètres les unes des autres et permettent, par conséquent, les cultures intercalaires.

Généralement ces treilles sont formées par un cordon ou bras principal, toujours très long, qui porte, à des distances souvent inégales, des bras secondaires, terminés chacun par un sarment qui a jusqu'à 1ᵐ,20 de long; ce sarment est incliné en trajectoire ou recourbé en demi-cercle avec son extrémité attachée suivant la perpendiculaire.

Ces treillages produisent beaucoup et on cherche à leur faire donner davantage encore en établissant des *sorties*. On dresse pour cela, perpendiculairement au treillage, des traverses sur lesquelles on couche horizontalement, à peu près au niveau de la partie inférieure de la treille, un beau sarment de l'année, un par cep le plus souvent. Ces sarments ou sorties que l'on renouvelle généralement tous les ans, se couvrent de raisins.

Parfois, vers le mois de juin, on ébourgeonne et on effeuille au-dessous des raisins, mais on ne pince que rarement. L'extrémité des pampres, toujours très longs, retombe de part et d'autre de la treille en formant des berceaux. Aujourd'hui cependant, de même que dans l'Isère, on pratique le rognage dans beaucoup de points.

C'est par ce temps de maladies cryptogamiques une bonne opération qui, avec celle du relevage, sont recommandables, surtout là où l'on fait des cultures intercalaires à grand développement. En effet, sous ces rideaux de verdure, les champignons parasites trouvent une atmosphère humide et chaude très favorable à leur développement. En supprimant l'excès de végétation, on favorisera l'aération, excellente à tous les points de vue, et on facilitera, d'autre part, l'application des remèdes à donner à la vigne.

La Mondeuse et le Persan, cépages à végétation exubérante, forment le fond de ces vignobles.

DÉPARTEMENT DE LA HAUTE-SAVOIE

La Haute-Savoie, vu l'altitude de ses montagnes et de ses plateaux, le voisinage des glaces éternelles et sa situation septentrionale, offre des surfaces moins étendues et moins favorables à la vigne que la Savoie.

Les bords du lac Léman, Evian et Thonon, les bords du lac d'Annecy, Saint-Julien et Séyssel, sont les centres vignobles du département. On trouve encore désséminées quelques vignes, mais de peu d'importance.

La caractéristique de la viticulture de la Haute-Savoie sont les cultures en *crosses* d'Evian que nous allons décrire.

Ces crosses sont constituées par de grands arbres morts auxquels on a laissé toutes leurs branches et qui sont recouverts du sommet jusqu'à la base par les ramifications des vignes qui poussent à leur pied.

Ces arbres qui représentent d'immenses échalas ramifiés ont de 30 à 40 centimètres de diamètre et de 8 à 10 mètres de hauteur ; ils sont écorcés avec soin dans la forêt puis amenés sur place, redressés et enfoncés d'un mètre et demi en terre, on en met environ 150 par hectare.

Généralement on place trois ceps au pied de chaque crosse, parfois un seul et quelquefois 4 ou 5. On choisit de préférence des plants enracinés de deux ou trois ans. Ces vignes sont surtout destinées à la production des vins blancs et le plant préféré est le Fendant ou Chasselas.

Le ou les jeunes plants une fois enterrés sont taillés à trois yeux au-dessus du sol (fig. 109). Si les trois bourgeons poussent bien, on conserve de préférence, à la première taille, le supérieur afin de monter la tige plus rapidement. On coupe rez souche les sarments inférieurs et on taille le plus élevé sur deux ou trois yeux (fig. 110 et 111).

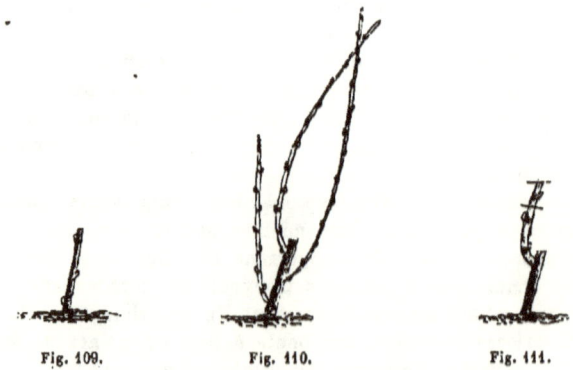

Fig. 109.   Fig. 110.   Fig. 111.

Premières tailles pour la formation des vignes en crosse.

A la troisième taille, le sarment le plus élevé sera encore seul conservé et taillé comme les précédents à deux ou trois yeux. S'il est très vigoureux on lui laisse 4 yeux et la souche à ce moment présente l'aspect de la fig. 112 ; après la végétation elle aura l'aspect de la fig. 113.

A la quatrième taille (4ᵉ année), on réserve souvent (fig. 113) sur l'œil le plus bas, un courson à un œil rarement à deux. Les rameaux intermédiaires sont supprimés et le plus élevé taillé encore à trois ou quatre yeux ; mais, si la souche est vigoureuse, on lui laisse de six à huit yeux (fig. 114).

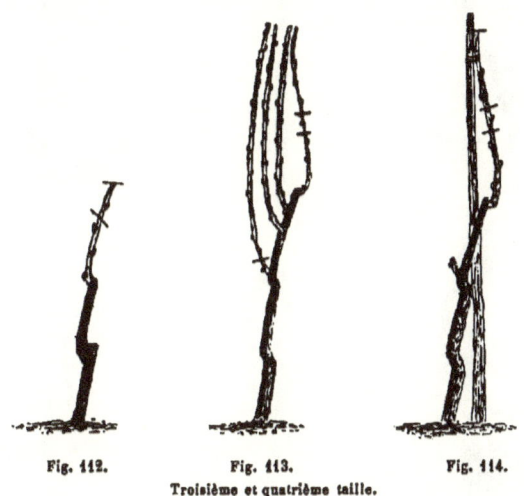

Fig. 112.   Fig. 113.   Fig. 114.
Troisième et quatrième taille.

A la cinquième taille, on continue le premier courson à un œil et on en réserve un deuxième à la base du rameau de l'année précédente (fig. 115) ou bien on laisse à la même place un bois long. Tous les autres sarments au-dessus sont encore supprimés, à l'exception du plus haut que l'on taille long et qui est attaché à l'échalas comme le représente la fig. 115. On réserve souvent encore un troisième courson en dessous de cette nouvelle taille.

A partir de la cinquième ou sixième année, on monte la vigne de 0ᵐ40 à un mètre par an, en laissant des coursons tous les 30 centimètres environ dans le but de fortifier la tige. Quelques vignerons même ne la montent que de trois à quatre nœuds par an, il faut alors de 20 à 25 ans au cep pour atteindre le sommet d'une crosse. La fig. 116 représente, d'après le Dʳ Guyot, un cep ainsi conduit.

Quelques viticulteurs, cependant, vont plus vite et opèrent de la façon suivante : ils prennent le sarment le plus fort de la troisième pousse, et le dressent de suite à 1ᵐ50 et même 2 mètres, jusqu'à l'embranchement de la crosse, en supprimant tous les autres sarments (fig. 117). Mais on ne conserve que les trois ou quatre yeux du sommet et on éborgne tous les autres ; c'est un procédé beaucoup plus rapide pour former la souche et obtenir des produits.

Généralement les jeunes vignes sont montées le long de la crosse, mais quelquefois on les guide le long d'un échalas voisin en attendant qu'on les fixe à l'arbre.

Fig. 115.
Cep à la cinquième taille.

Fig. 116.

Fig. 117.
Longue taille permettant l'élévation rapide du cep

Dès que la tige de la vigne est à la hauteur de la première branche de la crosse, on lui laisse à ce point un courson à deux yeux (fig. 118), on conti-

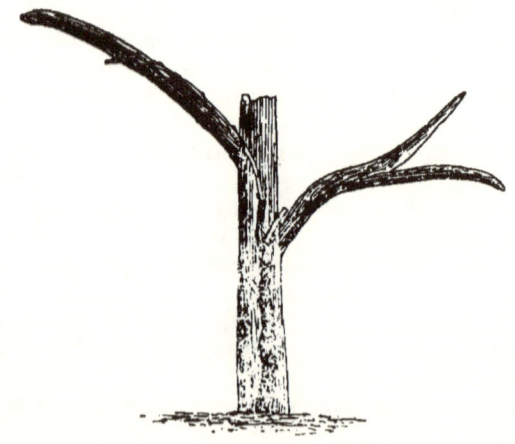

nue à faire monter la tige par un long bois et l'année suivante on conserve un courson de ramification au point de bifurcation.

Le rôle de chaque courson, laissé ainsi, à la naissance d'une branche, est de donner une ramification de la souche que l'on étendra par des tailles longues et qui fournira à son tour des coursons partout où il est nécessaire de subdiviser, et aussi à l'extrémité de chaque bras pour y reproduire successivement le courson à un œil et la branche terminale. Les branches à fruit sont recourbées en archet et attachées à la crosse, comme le montre la fig. 119, représentant une crosse en voie de développement.

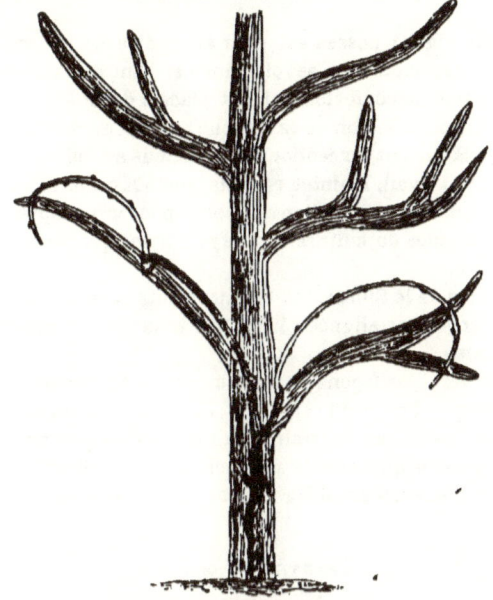

Fig. 119. Crosse en formation.

On comprend quelle puissance de végétation atteignent ces souches et on se figure la quantité énorme de raisins qu'elles peuvent produire.

Les souches basses d'Evian n'offrent rien de particulier, sinon le contraste le plus évident avec les vignes en crosse. Elles sont plantées à 75 centimètres et munies chacune d'un échalas.

A la taille de première année, on conserve de préférence le sarment supérieur quand il a végété pour former la tête de la souche à 15 ou 20 centimètres du sol. En mars, on coupe le sarment supérieur à un œil et on supprime l'autre.

Tous les sarments sortis de la tête sont taillés pendant 3 ou 4 ans à un œil seulement (fig. 120 A); on obtient ainsi une couronne sur laquelle seront assis 3 ou 4 bras que l'on taillera à un œil (fig. 120 B). Plus tard, les coursons de chaque bras seront taillés à deux yeux (fig. 120 C).

Au mois de mai on ébourgeonne ; à la fleur, fin juin et fin juillet, on relève et on attache les pampres à l'échalas, en août ou pratique un rognage.

Le remplacement des ceps se fait par provignage ; mais ici, généralement, on enfouit complètement une souche qui donne un sarment à sa même place et un autre à la place du manquant. On maintient l'alignement dans les plantations.

Fg. 120. — Tailles successives des souches basses.

La culture des **vignes basses** est pour ainsi dire divisée en deux camps l'un s'est inspiré des méthodes savoisiennes et l'autre des méthodes suisses.

Sur la limite existe la confusion qui fait place à des méthodes franchement dominantes, à mesure que l'on se rapproche davantage de l'un de ces pays.

Ce n'est point là un fait exceptionnel, car nous avons vu et nous verrons dans la suite de ce travail, maintes régions, surtout celles où la vigne ne joue pas le grand rôle dans la production agricole, épouser ou copier avec quelques variantes les systèmes de culture des pays voisins qui présentent des types pour la viticulture.

Sur les frontières de la Suisse, les défoncements se pratiquent comme dans ce pays; les vignes sont alignées à 0ᵐ80 en tous sens et chacune d'elles est munie d'un échalas.

Les tailles en vert, les façons et les fumures se font soigneusement. Enfin le cépage principal est celui du canton de Vaud, le Fendant ou Chasselas.

Du côté de la Savoie, au contraire, on ne défonce pas profondément; les vignes sont pêle-mêle, quelquefois sans échalas; les opérations en vert ne s'y pratiquent pas d'une façon aussi rigoureuse et les plants savoisiens dominent.

DÉPARTEMENT DE L'AIN

La viticulture, dans ce département, n'offre pas de traits caractéristiques qui lui appartiennent en propre. Ses méthodes de culture sont empruntées un peu à tous les vignobles environnants. Suivant les milieux que l'on considère, on retrouve les procédés ainsi que les cépages du Jura, du Mâconnais, du Beaujolais ou du Lyonnais; Gex et Nantua ont copié la Haute-Savoie; le Bugey avec ses vignes en foule sur les coteaux et ses treillages dans la plaine, présente, en tout points, les cultures de l'Isère et de la Savoie. Ce sont ces derniers traits les mieux caractérisés qui permettent de rattacher ce vignoble au groupe viticole de l'Est.

Sauf les Dombes et la Bresse, le climat et surtout le sol de ce département, conviennent à la vigne; les gelées de printemps font parfois du mal, mais, malgré cela, les récoltes se tiennent dans une bonne moyenne.

L'arrondissement de Belley, qui est le centre vignoble le plus important, comprend les 3 systèmes de culture que nous avons étudiés dans l'Isère : 1° des vignes basses avec ou sans échalas, à 2 ou 3 bras irréguliers taillés à 2 yeux francs; 2° des vignes en treillages dont les lignes distantes de 10 à 12 mètres comprennent entre elles les cultures intercalaires les plus variées ; 3° des vignes en treillons qui sont de bas treillages représentant les lisses de l'Isère. Le palissage et la conduite de ces vignes sont à peu près identiques à celles des grands treillages, avec cette différence, cependant, que les rangées sont rapprochées à 1 mèt. 50 environ et sans intervalle de culture.

Ces treillons, formés de deux traverses parallèles, sont soutenus par des piquets distants de 1 mèt. à 1 mèt. 50 environ. Les ceps portent 3 et 4 longs bois avec des coursons de remplacement à deux et trois yeux. Les longs bois sont courbés par dessus la perche supérieure et attachés par leur extrémité à la perche inférieure. C'est là une pratique que nous avons déjà rencontrée dans le vignoble du Jurançon.

Les treilles occupent généralement les plaines, bien qu'aux environs immédiats de Belley l'on rencontre des treillons sur les coteaux où se trouvent généralement les vignes basses.

Dans le Bas-Bugey, les vignes sont encore dressées sur deux ou trois bras portant chacun un ou deux crochets taillés à un ou deux yeux francs. L'ancienne habitude est de planter, comme dans le Haut-Bugey, en fossés de 4 mètres de distance ; c'est vers la troisième année seulement que l'on garnit la vigne par provinage en établissant des ceps à chaque mètre environ.

Ici, chaque cep est muni d'un grand échalas auquel on attache, à deux et trois reprises différentes, les pampres de l'année.

Nous citerons encore, à titre de comparaison, les vignes en perchettes du Revermont. Dans ce vignoble, on cultive aussi la vigne basse sans échalas en laissant à chaque souche un courson de remplacement à 2 yeux et un long bois de 8 à 10 yeux que l'on courbe en archet et dont l'extrémité est piquée en terre.

Les vignes en perchettes sont établies comme dans le Médoc, sur une traverse fixée horizontalement à 0,30 ou 0,40 cent. de terre. Les ceps sont à 0,80 ou 1 mèt de distance dans la ligne, et portent, comme les vignes basses, un courson à 2 yeux et un long bois de 0,50 à 1 mèt. attaché à la perche. Les vignes ainsi conduites sont très fertiles.

DÉPARTEMENTS DU JURA ET DU DOUBS

Le département du Jura est relativement peu important au point de vue viticole, en tant que surface occupée, bien que la vigne y pousse bien partout où elle existe et qu'elle y donne des produits très variés. Sa taille et sa conduite offrent des traits remarquables et caractéristiques que nous allons signaler.

Les ceps sont à 0,80 ou 1 mèt. de distance, et vers 3, 4 ou 5 ans, lorsqu'ils sont assez hauts et assez forts, on établit des *courgées*, qui sont des longs bois, au nombre de 1, 2 ou 3 par cep suivant leur âge et leur vigueur.

Nous représentons, dans la fig. 121, une souche ainsi conduite avec deux courgées. Le tronc se bifurque en deux bras terminés chacun par un long bois de 10 à 15 yeux. Chaque cep est muni de deux échalas qui servent à fixer chacune des courgées que l'on replie en archet ; leur extrémité inférieure est attachée à 0,25 ou 0,30 centimètres du sol. Quelquefois les souches n'ont qu'une courgée.

Dans les plaines et les milieux bas et humides, les courgées sont maintenues plus hautes que sur les coteaux et les lieux élevés, où l'on a moins à redouter l'action de l'humidité ou du froid. A mesure que les souches prennent de l'âge et de la vigueur, on augmente le nombre de bras et de courgées.

Fig. 121 — Taille à courgées du Jura.

Chaque année la courgée est supprimée à 2, 3 et quelquefois 4 yeux à partir de sa base et c'est ainsi le 2me, le 3me ou le 4me sarment qui formera la nouvelle branche, et c'est le seul que l'on conserve, tous les autres sont abattus à rez bois.

Pour avoir de beaux sarments de remplacement, après la fleur, on rogne les derniers bourgeons de la courgée à 2 ou 3 feuilles au-dessus du raisin, on empêche ainsi la sève de se porter en pure perte sur les rameaux de l'extrémité.

Cette taille présente pour cette région de précieux avantages: d'abord elle assure la fertilité de plants qui produiraient beaucoup moins à la taille courte, puis elle permet d'éviter en partie les effets de la gelée. Mais, à côté de cela, elle a l'inconvénient d'allonger les bras de la souche très rapidement. En effet, la méthode qui consiste à prendre, comme bois de remplacement, le 2me, 3me ou 4me sarment de la courgée précédente, accumule forcément chaque année plusieurs centimètres de vieux bois sur chaque bras, et au bout d'une période assez courte, on a des souches d'une grande étendue.

Quand la chose est nécessaire et qu'on le peut, on conserve sur les bras un sarment sorti du vieux bois. On taille ce sarment, destiné à former le nouveau bras, pendant un an ou deux et, dès qu'il est assez fort pour donner la courgée, on supprime immédiatement au delà tout l'ancien bois. La souche est ainsi renouvelée. On voit dans la fig. 122 une vieille souche portant sur ses bras deux jeunes sarments qui permettront de les raccourcir.

Quand la souche est trop vieille, contournée et couverte de cicatrices, on prépare son ravallement.

Pour cela, lorsqu'il sort sur le tronc un gourmand, on le conserve et on le taille pendant un an ou deux, et, dès qu'il est assez vigoureux, on coupe au-dessus la souche entière que l'on forme avec du nouveau bois (fig. 122).

Un moyen simple pour éviter cet allongement excessif des bras serait de conserver, à la base de chaque courgée, un courson à 2 yeux, par exemple,

qui donnerait deux vigoureux sarments, bien propres à fournir l'année suivante et la nouvelle courgée et le nouveau courson.

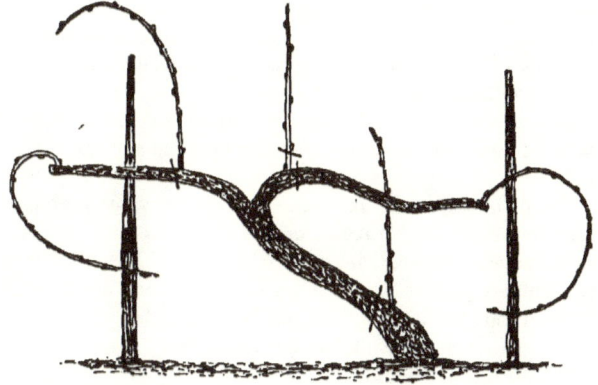

Fig. 122. — Vieille souche préparée pour le ravallement.

Dans le Jura, tous les plants ne sont pas conduits d'après le système que
nous venons de décrire, et ceux qui produisent à la taille courte sont conduits
à cornes et à coursons.

L'ébourgeonnement et le pinçage sont pratiqués partout avec soin.

Dans le département du Doubs, qui comprend un petit vignoble, on apporte
un grand soin à la vigne. C'est par provignage que se fait son entretien.

Le Pinot, le Pulsart, qui demandent de l'expansion, portent généralement
un long bois de 8 à 15 yeux, ainsi qu'un courson de renouvellement à 2 yeux.

A Besançon, les vignes sont conduites suivant plusieurs modes. Le plus
souvent elles sont isolées, munies chacune d'un échalas à demeure, parfois,
une traverse horizontale relie les échalas à 0ᵐ60 de terre; dans ce cas, les
vignes sont dites en *perches*. Quelquefois aussi, les échalas d'une ligne sont
reliés par leur sommet aux échalas de la ligne voisine et une perche réunit les
sommets entre eux, alors elles sont dites en chevalet.

Suivant le mode d'échalassage, qui ne change rien au principe de la taille,
on donne à la courgée différentes positions. Quand les ceps sont isolés, elle
est attachée droite le long de l'échalas ; quand ils sont en perche ou en
chevalet, elle est attachée obliquement ; quelquefois aussi elle est reployée
en demi cercle.

Comme dans le Jura le plus souvent, au lieu de garder un courson de remplacement, la nouvelle courgée est prise sur celle de l'année précédente ; mais
aussi la souche s'élève-t-elle très rapidement, ce qui explique les modes de
palissage employés.

On trouve aussi dans le Doubs des vignes conduites en souches basses à
deux ou trois cornes et à coursons à deux yeux francs.

En résumé, le vignoble de l'Est présente des caractères nettement tranchés
par sa topographie, sa climature et ses méthodes culturales. Chacun des départements que nous avons examinés offre les sols et les climats les plus opposés suivant les situations et les expositions.

De telles conditions ont nécessairement conduit à adopter pour chaque point des cépages spéciaux répondant aux exigences du milieu et des systèmes de culture offrant des garanties possibles.

Dans cette vaste région on trouve les trois systèmes de conduite de la vigne : en souches basses, en souches moyennes, lisses et treillons, et en souches hautes, treillages et hautains.

L'Isère et la Savoie renferment tous les types de ces cultures. Ces différents modes ne sont pas disposés au hasard, mais occupent généralement des situations identiques.

En effet, l'aire de la culture de la vigne dans cette vaste région peut être comparée à un immense amphithéâtre dont les parties supérieures seraient occupées par les souches basses ; les parties moyennes, par les lisses ou petits treillages ; enfin le pied des gradins, ou les bases des montagnes et des plaines, par les grands treillages à végétation luxuriante.

D'une façon générale on pourrait dire que la hauteur des souches est en raison inverse de l'altitude des lieux.

Nous avons montré précédemment, en nous reposant sur des données rationnelles, qu'il serait avantageux à tous points de vue de diminuer la hauteur des treillages pour ne faire que des lisses plus ou moins élevées, suivant les cas, mais toujours à la portée de la main, sans que les chances de sécurité pour la vigne ne soient en rien diminuées. C'est donc d'après ce système, beaucoup plus simple et plus économique, qu'il sera préférable d'établir la reconstitution dans tous les milieux où les ceps doivent atteindre une certaine hauteur.

Dans toute la région, les plantations se font soit sur défoncement général, soit sur défoncement partiel, en fossés. Le provignage est partout pratiqué parfois pour compléter les plantations, toujours pour l'entretien, aussi, excepté quelques points, les vignes sont pêle-mêle sans aucun alignement.

Les souches basses sont échalassées et les vignes à grande extension sont palissées avec luxe et le plus grand soin dans l'Isère, la Savoie et le Bugey. On a vu que les crosses d'Evian étaient l'objet d'un travail compliqué ; quant à la culture sur arbres vivants, qui constituent à proprement parler les hautains, elle tend à disparaître partout où elle est encore pratiquée.

Les vignes à grand développement portent en grand nombre des longs bois de 60 centimètres à un mètre et plus avec ou sans courson de retour. Les vignes basses sont taillées à coursons à un ou deux yeux francs. Ce n'est pas indifféremment que l'on pratique l'une ou l'autre de ces tailles, car on sait distinguer parmi les nombreux cépages cultivés ceux qui demandent la taille longue ou la taille courte.

La taille dans les vignobles à provignage perpétuel

(ERMITAGE — BOURGOGNE — CHAMPAGNE)

Ce titre général que nous adoptons pour désigner ce chapitre nous permet de grouper, en suivant la classification de M. Foëx, les vignobles de la Bourgogne, de la Champagne et de l'Ermitage, en plaçant en évidence le caractère commun le plus saillant, au moins au point de vue qui nous intéresse.

La Côte-d'Or et la Champagne offrent en effet des procédés culturaux et un ensemble de conditions à peu près analogues; le vignoble de l'Ermitage, quoique méridional par sa situation, présente avec elles de grandes ressemblances.

A part l'usage constant du provignage comme pratique culturale, ce groupe peut être caractérisé encore d'une façon générale par la culture en coteaux des cépages fins, le nombre considérable de ceps dans les plantations et la taille pratiquée sur une tige unique.

Dans la phase nouvelle que traverse la viticulture, la question de reconstitution est évidemment la plus grave que l'on ait à résoudre. A ce point de vue encore, ce titre embrasse des régions qui se présentent dans des conditions absolument identiques et exigent, en tant que culture, la même solution.

VIGNOBLE DE L'ERMITAGE

Le vignoble de l'Ermitage, d'une faible étendue, est compris dans le département de la Drôme; il donne des vins dignes de figurer parmi les premiers crus de France. C'est grâce à son sol, à son climat et surtout à son cépage spécial, la petite Syrah, que ce vignoble a acquis sa grande et légitime réputation.

Il est caractérisé par les défoncements profonds que l'on y pratique et qui atteignent et dépassent souvent 1 mètre. Pour les plantations qui se font très rarement, on pratique, à l'aide d'un pal de fer, un trou de 0^m80 à 1 mètre de profondeur, où l'on enfonce une bouture de 0^m70 à 0^m80. On tasse tout autour du terreau ou du sable et on laisse sortir deux yeux au-dessus de terre. Ce mode de plantation, d'ailleurs irrationnel, ne donne les premières années que des vignes très irrégulières, par suite d'un grand nombre de manquants. Les plants qui reprennent poussent très faiblement et ce n'est que la quatrième ou cinquième année que l'on obtient des sarments assez longs pour être provignés.

Le provignage est ici une opération essentielle. Il se pratique d'une façon spéciale. Le provin est creusé à 0^m70 de 0^m75 de profondeur et la souche que l'on y couche est ainsi à peu près complètement déracinée. De là la nécessité vicieuse de planter les boutures profondément.

La fig. 123 représente l'opération. La souche est abattue au fond de la fosse et on relève de chaque côté les sarments qu'on lui a conservés en leur laissant 3 ou 4 yeux au-dessus de terre. La fosse est ensuite remplie aux deux tiers en ayant soin d'interposer entre deux terres environ 20 kil. de fumier par provin.

La petite Syrah demande, pour donner suffisamment, une taille longue, et cette première année de provignage, par la longueur des sarments provignés, répond parfaitement à cette nécessité : aussi les bourgeons que l'on réserve extérieurement sont-ils très fructifères. La seconde année et les années sui-

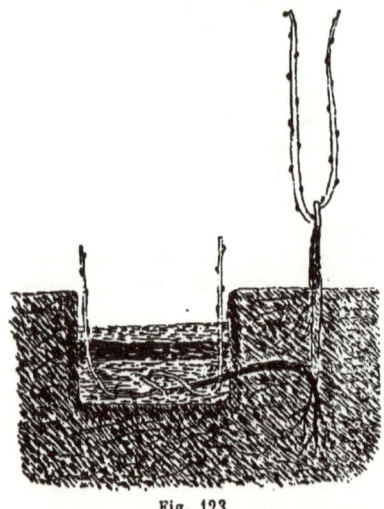

Fig. 123

Fig. 124

vantes on ne laisse plus qu'un sarment ou arçon de trois yeux francs (fig. 124). Quelquefois on réserve le plus bas possible un courson, au-dessus duquel on ravalle la souche quand elle est trop élevée. Les souches sont munies d'échalas contre lesquels on relève et on attache les rameaux de l'année. On ébourgeonne et on effeuille quand la chose est nécessaire. En somme cette taille de la Syrah, à l'Ermitage, présente d'étroits rapports, comme on verra, avec celle qui est appliquée au Pinot, en Bourgogne et en Champagne; la différence consiste seulement à choisir le plus souvent pour arçon le sarment le plus bas, au lieu de conserver pour cet objet le sarment supérieur, comme on le fait dans ces contrées; on évite ainsi l'allongement trop rapide de la souche.

Cette taille subit parfois de petites variantes. C'est ainsi qu'on laisse quelquefois un sarment de 4 yeux et au-dessous un courson de remplacement de 2 yeux, qui donne l'année suivante la nouvelle branche à fruit et le nouveau courson (fig. 125). De cette façon la souche ne s'élève que très lentement.

En suivant la méthode ordinaire, malgré les précautions, le cep s'élève rapidement, et au bout de peu d'années il faut le rabattre ou provigner.

Les figures 126 et 127 montrent la différence des résultats que l'on obtient par ces deux systèmes de taille. On conçoit aisément qu'en conservant comme nouvelle branche à fruit le deuxième ou troisième sarment de la fig. 126, la souche aura bien vite atteint le sommet de l'échalas, tandis que la souche de la fig. 127, rabattue chaque année sur le courson, ne s'élèvera que très lentement.

Le provignage sert à compléter les plantations, mais on le pratique en outre chaque année dans la proportion de 800 fosses par hectare pour remplacer les pieds les moins vigoureux.

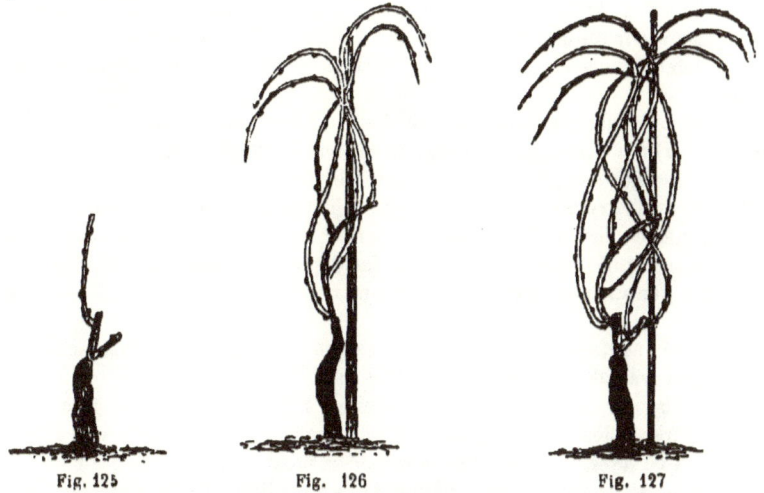

Fig. 125   Fig. 126   Fig. 127

Les procédés culturaux usités à l'Ermitage offrent, comme on le verra, une grande ressemblance avec ceux de la Bourgogne : les ceps sont formés d'une seule tige portant un seul sarment et le provignage s'opère par couchage de la souche.

Ce vignoble étant au sud de ceux qui, par analogie, peuvent être rattachés à ce groupe viticole, il présente avec eux, dans les procédés de culture, quelques différences dues aux conditions climatériques et dont la principale consiste en la plus grande profondeur des défoncements et provins.

VIGNOBLE DE LA HAUTE ET BASSE-BOURGOGNE

Le fond du vignoble de la Côte-d'Or est formé par deux cépages et leurs sous-races : le Pinot et le Gamai. Le Pinot est l'élément de qualité et se trouve exclusivement dans les grands crus ; le Gamai, au contraire, fournit la quantité. Ces deux cépages ont donné lieu à deux modes de culture différents que nous allons étudier séparément.

Le climat de la Côte-d'Or convient à la vigne, mais elle y redoute les gelées du printemps, la coulure et aussi la grêle ; c'est d'ailleurs ce qui s'observe sous la même latitude dans la plupart des contrées voisines des montagnes.

La Côte-d'Or doit la réputation de ses grands vins au choix et à l'unité de son cépage, le Pinot, qui trouve là les conditions qui permettent le développement parfait de toutes ses qualités.

On peut dire qu'en Bourgogne, les Pinots sont éternisés sur le même sol par les provignages annuels. Cette opération, bien connue des vignerons, consiste à coucher complètement dans des fosses, pratiquées en des points déterminés, les souches les plus vigoureuses et les plus fertiles, que l'on a soin de marquer de préférence avant la vendange pour en faire deux et trois ceps nouveaux par autant de sarments qu'on a laissé sur la souche enterrée. On laisse sortir au-dessus de terre les extrémités de ces sarments, que l'on taille à deux, trois yeux, suivant la vigueur. On fait de 400 à 700 fosses par hectare.

On rajeunit ainsi la vigne par quinzième en moyenne; les ceps environnants sont engraissés par une partie de la terre sortie des fosses, qu'on fume et qu'on remplit complètement la seconde année.

Ce provignage constant a eu pour grand mérite de conserver éternellement sur les mêmes terrains le cépage par excellence de la Bourgogne; mais il a aussi pour conséquence d'entraîner à des dépenses supérieures à celles nécessitées par un arrachage complet et une replantation opérée tous les 40 ou 60 ans.

Le provin coûte environ 10 centimes par quatre saillies ou pointes, c'est-à-dire à peu près 200 fr. par hectare et par an.

Mais, d'une façon générale, rien ne donne à supposer que le vin obtenu de la vigne franc pied ne serait pas aussi bon que le vin obtenu de la vigne provignée. A ce sujet, il est même des considérations qu'il ne sera pas superflu de rappeler à une époque où le phylloxera est venu jeter le trouble dans nos anciennes méthodes culturales, considérations que le Dr Guyot a signalées dans ses magnifiques *Etudes des vignobles de France*. D'abord on peut établir que dans la plupart des cas, sinon toujours, les faits le prouvent en maints endroits, qu'un cep à deux et trois membres au lieu d'un seul et taillés de la même façon que le membre unique donne une qualité de vin parfaitement identique. Il serait d'ailleurs facile et utile de s'en assurer dans les grands crus. D'autre part, on admet généralement que les produits des provins, notables la première année et abondants la seconde, sont des produits inférieurs. Donc, la vendange où entre le produit des provins d'un an et de deux ans est de qualité inférieure à celle qui résulterait de francs pieds à partir d'un certain âge. On a donc là une cause d'abaissement dans la qualité, cause qui n'existe pas dans le franc pied.

Ces quelques considérations permettent d'envisager l'avenir avec plus de sûreté, et les vignerons bourguignons n'ont nullement à redouter, pour la réputation de leurs vins, les conséquences des modifications qu'ils pourraient être amenés à introduire dans leur système de culture par suite de la reconstitution de leur vignoble.

Les vignes de la Côte-d'Or sont donc entretenues par le provignage et les plantations sont très rares. Quand on en fait, on plante en fossés transversaux à la pente de 0,35 de profondeur en plants enracinés ou en chapons coudés. Les fossés sont à 1 m. 60 de distance pour deux rangs; le second rang est garni par le couchage des premiers plants vers 3, 4 ou 5 ans, dès qu'ils sont assez vigoureux.

Dans tous les cas, le jeune cep est conduit à un seul sarment taillé à trois ou quatre yeux pour les Pinots et de deux ou trois yeux pour les Gamays. On choisit toujours le plus vigoureux et souvent le plus haut (voir fig. 128). La figure 129 représente une souche de 6 à 7 ans, et la figure 130 une souche de 15 ans que sa grande hauteur, ainsi que sa maigreur, vont bientôt obliger à

Fig. 128.   Fig. 129.   Fig. 130.

provigner. La figure 131 donne l'aspect d'ensemble d'une vigne de Bourgogne.

Contrairement à ce qui se fait dans le Midi, le courson est pris sur le sarment le plus élevé du cep, ce qui entraîne un allongement très rapide de la souche, dont il faut fréquemment atténuer les effets par le provignage.

Fig. 131.

On taille ainsi en février et mars toutes les souches à une seule tige excepté celles que l'on doit provigner et auxquelles on laisse autant de sarments qu'il est nécessaire. Dans les vignes de Pinots, on fait chaque année de 450 à 600 provins par hectare, avec 1,200 à 2,500 saillies. Ce nombre est dépassé d'un tiers environ pour les Gamais.

Après la taille, les souches sont attachées à un échalas de 1m,30 à 1m,50 de hauteur que l'on plante avant le débourrement. Dès qu'il est possible de distinguer les rameaux fructifères des autres, on procède à l'ébourgeonnage.

Dès que les sarments sont assez longs (0^m,40 environ), on les attache à l'échalas et en juillet on les rogne au-dessus de son extrémité.

Le *Gamai*, qui est le seul plant que l'on trouve à côté du Pinot dans la Côted'Or, constitue spécialement les vignes de plaine et des bas de côte où l'on ne peut obtenir des vins de premier choix.

Les plantations de Gamai se font aussi avec de simples boutures (*chapons*) ou des plants enracinés soigneusement sélectionnés. Ces plants sont couchés au fond de la fosse et relevés le long de la paroi la mieux exposée.

Cette disposition, contraire à celle adoptée dans le Languedoc, le Beaujolais et d'autres contrées où l'on plante verticalement, n'est pas favorable au développement de racines vigoureuses et profondes, mais elle détermine la naissance de nombreux faisceaux de radicelles presque superficiellement.

La première année, on taille le Gamai sur un seul sarment à deux yeux ; l'année suivante, sur deux coursons également à deux yeux.

Chaque cep de Gamai porte généralement deux coursons, mais souvent on n'en laisse qu'un seul. Cet unique courson est taillé le plus souvent, contrairement au Pinot, sur deux yeux seulement.

Ce plant, qui a la propriété de donner plusieurs bourgeons fructifères du même nœud, peut s'accommoder de cette taille bien sévère.

Les lignes distantes d'abord de 1^m,30 sont généralement doublées par le provignage la troisième, quatrième ou cinquième année ; plus tard, les lignes sont brisées, mais on conserve entre les pieds des distances à peu près égales.

A *Semur*, les vignes sont régulièrement disposées en lignes à 0^m,70 de distance. Les plaines et les plateaux sont plantés en Gamais qui, malgré le provignage d'entretien, commencé à 12 ou 15 ans, ne durent que 30 ans environ ; sur les coteaux, on cultive en *perches* le Pinot qui est éternellement entretenu par le provignage.

On défonce généralement à 0^m,50 ou 0^m,60 de profondeur et on met tous les ceps à leur place sans avoir recours au provignage, qui n'est employé que pour le remplacement.

Les souches de Gamai sont dressées dès la seconde année sur deux cornes ou becs avec un courson à deux ou trois yeux ; plus tard on ajoute parfois un troisième et un quatrième membre (fig. 132).

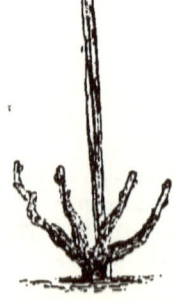

Fig. 132.

La culture en *perches* se pratique de la façon suivante : de la tige provignée qui a trois yeux hors de terre, on prend d'abord deux coursons que l'on taille sur trois ou quatre yeux (fig. 133) ; le plus haut arrive à la perche. Les années suivantes, on conserve successivement trois, quatre, cinq et même six membres qui portent chacun un sarment taillé sur quatre, cinq et six yeux. Ces membres deviennent très longs et sont attachés aux supports des perches. Il est remarquable de voir le Pinot, éternellement provigné, donner au bout de la branche unique de provignage autant de bras portant chacun trois et quatre yeux.

Cette méthode de culture contraste avec la taille rigoureuse que ce même plant subit à la Côte-d'Or et se rattache aux pratiques de l'Yonne.

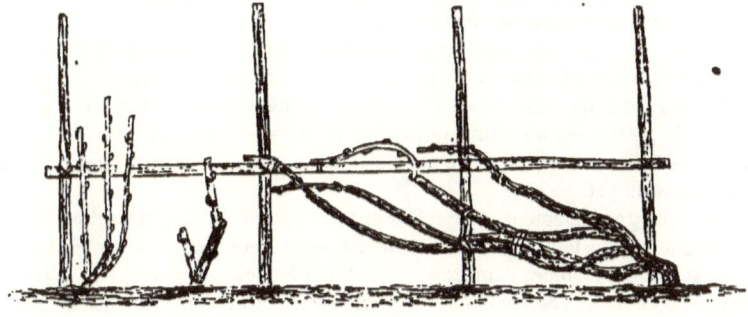

Fig. 133.

Quant à la culture des Gamais, elle offre la plus grande analogie avec celle usitée dans le Beaujolais.

DÉPARTEMENT DE L'AUBE

On trouve dans ce département un important vignoble, notamment dans l'arrondissement de Bar-sur-Seine, qui possède le climat, les terrains et les cépages de la Basse-Bourgogne dont il fait partie relativement à la viticulture.

A *Bar-sur-Aube*, on plante de préférence à 0ᵐ,40 les uns des autres des enracinés en fossés distants de 1ᵐ,20 à 1ᵐ,50.

Pour les Gamais, à la première taille on rabat le sarment le plus bas sur un œil ou deux; à la deuxième taille, on conserve deux ou trois yeux sur un seul sarment; à la troisième, trois yeux et quatre à la quatrième. On ne réserve toujours qu'un seul sarment; on allonge la souche de 30 à 40 centimètres en laissant sur la tige un courson de rabattage (fig. 134).

Fig. 134.   Fig. 135.

Les Pinots, ainsi que quelques autres plants, portent à leur extrémité un long bois replié en couronne et sur le tronc un courson de retour (fig. 135).

Ces ceps s'allongent très vite, car on prend la nouvelle couronne sur le deuxième et même le troisième sarment de la couronne précédente. Ici encore la vigne est entretenue par le provignage.

A *Bar-sur-Seine*, on pratique un genre spécial de provignage qui consiste à étaler sous terre de trois à cinq bras pris sur une même souche.

Les vignes sont plantées en trous isolés, généralement à 1 mètre de distance, de préférence en plants enracinés que l'on recourbe au fond des fossés. Ces fossés ne sont remplis qu'à moitié et les plants sont rabattus à deux yeux au-dessus du sol.

On taille généralement la première année, quelquefois cependant on attend la deuxième ; on laisse un seul sarment à un ou deux yeux. La troisième année, si l'on a plusieurs rameaux on les taille à deux ou trois yeux et on les écarte dans le but de former les membres. On cherche à obtenir de beaux sarments, que l'on enfouit sous terre la quatrième ou la cinquième année, ou ne laissant sortir que l'extrémité des rameaux. On a ainsi une souche souter-

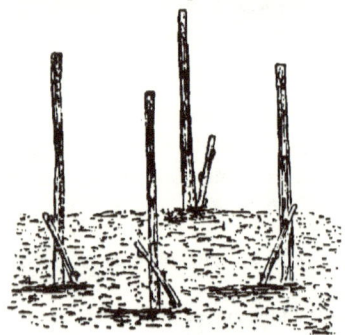

Fig. 136.

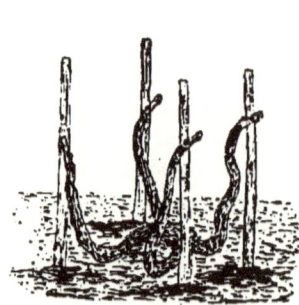

Fig. 137.

raine comme l'indique la fig. 136. Chaque saillie est ensuite conduite comme un pied isolé avec un échalas. C'est ainsi que 7 à 9,000 pieds plantés donnent de 28 à 30,000 ceps par hectare.

On trouve aussi des souches franc pied à 3, 4 et 5 bras quand on ne les enfouit pas sous terre dès le début (fig. 137).

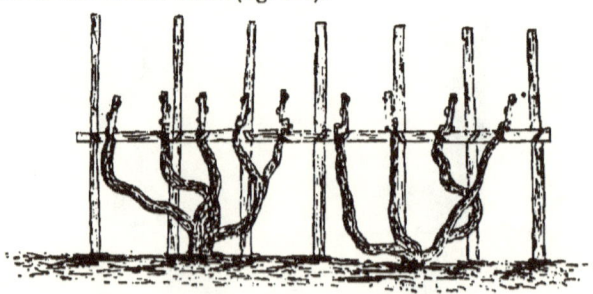

Fig. 138.

A Troyes, on rencontre des vignes en foule, entretenues par le provignage, qui donnent en certains points des ceps portant un seul courson à 2 ou 3 yeux, avec un cot de retour dans le milieu, et ailleurs, des souches dressées à 2 3 ou 4 membres, portant chacun un courson à 2 ou 3 yeux.

Mais la vigne en treille est la caractéristique de ce vignoble. On la trouve en plaine et au bas des coteaux. On plante en fosses de 1 mèt., dans lesquelles on place un plant raciné à chaque extrémité. Chaque fosse donne deux treillons qui, par le provignage, donnent chacun, à droite et à gauche, un treillon semblable. Les treillons sont formés à 4 ans ; on place alors un échalas de 1ᵐ 50 entre deux ceps et on attache une traverse à 0,70 de terre ; plus tard, on en met un tous les 33 centimètres (fig. 138). Aujourd'hui on tend à remplacer le bois par le fil de fer. Chaque cep donne 3 ou 4 membres qui peuvent se bifurquer et qu'on attache à la traverse. Chacun d'eux porte un courson de 2 ou 3 yeux pour le Gamai et de 4 à 5 pour le Pinot. Lorsque les membres sont vieux, ils sont rabattus sur un courson réservé.

Département de l'Yonne

Les vins de l'Yonne jouissent, depuis fort longtemps, d'une bonne réputation et sont connus sous le nom de *vins de Basse-Bourgogne*. Dans cette contrée, le principe est de tenir les coursons producteurs aussi rapprochés du sol qu'il est possible de le faire pour que le raisin touche à terre.

Aussi, la pratique dominante est-elle de laisser trainer les bras issus de chaque souche, au nombre de 3, 4 ou 5, sur chacun desquels on laisse un courson à 2, 3 ou 4 yeux que l'on attache à un échalas.

Dans l'*Auxerrois*, à la première taille, on ne laisse qu'un sarment rabattu sur un œil. A la seconde taille, on laisse deux sarments à deux yeux, et à la troisième, on réserve trois sarments qui forment les membres (fig. 139). A la troisième ou quatrième année, on place des échalas à demeure. Cette disposition rappelle celle qui a été décrite pour le Beaujolais et constitue un caractère qui marque une sorte de passage du groupe septentrional au groupe méditerranéen.

Fig. 139.

A Chablis, la vigne est cultivée d'une façon particulière ; on ne provigne pas : les lignes sont à 1ᵐ30 environ et les ceps à 0,75 dans la ligne. A la première taille, on laisse un sarment rabattu à un œil ; à la deuxième, on ne conserve encore qu'un sarment, le plus bas, à 2 yeux. A la troisième taille on opère de même ; on ne conserve que le plus beau sarment le plus près de terre, auquel on laisse la longueur de 3 yeux en éborgnant le dernier ; le sarment est alors incliné et attaché à l'échalas (fig. 140). A la quatrième taille, on supprime tous les rameaux qui ont poussé en grand nombre, sur le bras, auquel on laisse un courson à 2 yeux destiné à former un second membre ; le premier porte un courson taillé à 2 ou 3 yeux (fig. 141).

A la cinquième taille, sixième année, on donne 4 yeux au premier courson et 3 au deuxième (fig. 142) ; si on trouve un nouveau sarment convenable, on le taille à 2 yeux pour en faire un troisième membre. On laisse jusqu'à 4, 5 et même 6 membres. Comme l'indique la fig. 143, la vigne prend ainsi une forme en éventail, et chacun des bras, qui traînent sur le sol, est pourvu d'un échalas à son extrémité.

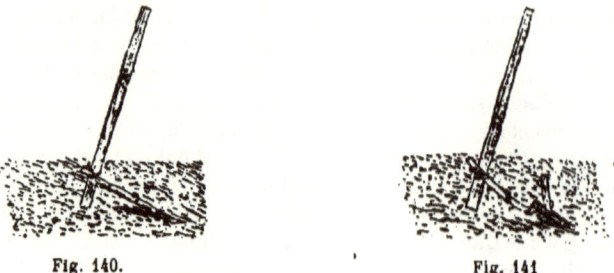

Fig. 140.   Fig. 141

Comme le fait remarquer M. Foëx, dans son *Cours complet de viticulture*, cette disposition est intéressante en ce qu'on |peut la regarder comme réalisant, après celle qui est adoptée en Champagne, où l'on ne laisse sortir du sol que la taille de l'année, un des types de vigne basse les mieux caractérisés. Les raisins étant très près de terre, ils peuvent acquérir un degré glucométrique élevé.

Mais ce système de taille a pour effet de retarder beaucoup la première récolte qui ne compte réellement qu'à la 5e ou 6e année.

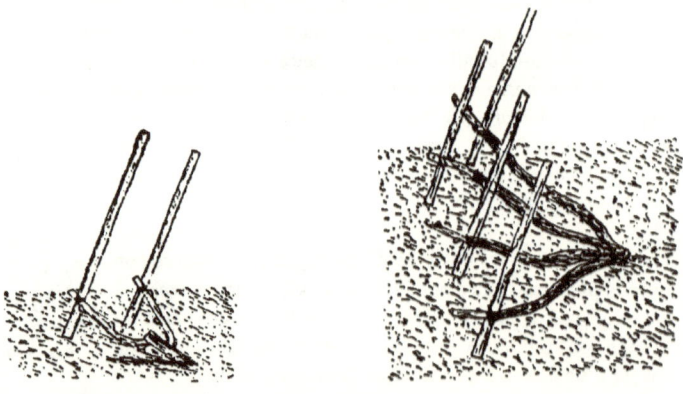

Fig. 142.   Fig. 143.

A Joigny, les vignes sont en lignes à 0m,80 environ de distance. On les dresse d'abord à deux coursons, puis à trois et quatre en éventail ou en gobelet, avec deux échalas par souche.

La fig. 144 donne l'aspect d'une souche de 3 ans avec deux coursons, et la fig. 145 celui d'une souche de 5 ans avec quatre coursons, ce qui est la règle générale. La fig. 146 représente une vieille souche de Joigny,

Dans le *Tonnerrois*, la vigne est plantée en boutures que l'on glisse dans une fente pratiquée obliquement et simplement avec une pioche. On a 'ainsi beaucoup de manquants à la première reprise et des sujets très faibles les premières années.

Fig. 144.
Vigne taillée à 3 ans.

Fig. 145.
Vigne taillée à 5 ans.

Fig. 146.
Vieille souche à Joigny.

On ne laisse, jusqu'à 3 ans, qu'un sarment à 2 ou 3 yeux et un courson à un œil sur chaque souche (fig. 147). La 5ᵉ année, on laisse 2 ou 3 yeux au courson destiné à former un 2ᵉ membre l'année suivante (fig. 148); on laisse alors un nouveau courson qui donnera à son tour un 3ᵉ membre; on en établit ainsi 3 ou 4 en ayant soin de réserver des coursons de retour pour les rabattre lorsqu'ils sont trop longs. Chaque membre qui ne porte qu'un seul courson à 2 ou 3 yeux reçoit un échalas.

Fig. 147.

Fig. 148.

La région que nous venons d'étudier et qui comprend la Côte-d'Or, l'Yonne, la Haute et la Basse-Bourgogne, est à la fois une de celles que l'on place au premier rang du vignoble français et une des mieux caractérisées par ses systèmes de culture.

La vigne y est partout cultivée en souches basses, à l'exception des treillons de l'Aube. Dans une partie de l'Yonne, les vignes sont en lignes et de

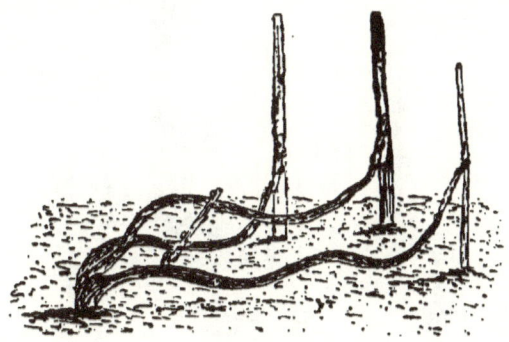

Fig. 149.

franc pied; partout ailleurs elles sont entretenues par le provignage et presque partout en foule.

La taille courte à 2 yeux, quelquefois 3, est appliquée au Gamai, qui, à part quelques exceptions, est dressé à deux coursons sur un même membre, tandis que dans le Mâconnais et le Beaujolais, il est établi en gobelet à 3 ou 4 bras.

Le Pinot, au contraire, est taillé à 3 et 4 yeux.

En somme, dans la Bourgogne, le but poursuivi, tant par la taille que par les autres opérations culturales, semble être de réduire la vigne à une faible végétation, afin de favoriser le développement des qualités des produits.

Dans la Côte-d'Or, l'Aube et l'Yonne, les vignes fines sont conservées par un provignage perpétuel.

VIGNOBLE DE LA CHAMPAGNE

La région qui donne les merveilleux vins de Champagne est comprise dans les arrondissements de Reims et d'Epernay.

Dans ce vignoble on ne trouve que les races d'un seul plant, le Pinot. Ici encore on a su faire le choix judicieux des cépages qui pouvaient profiter le mieux du sol et du climat.

C'est là un des problèmes les plus importants qu'aient à résoudre les viticulteurs et cependant jusqu'à ce jour, en maints endroits, on n'a pas paru s'en soucier. C'est ainsi qu'à chaque pas on rencontre sous les climats difficiles ou froids, des cépages qui n'arrivent jamais à parfaite maturité, alors que des plants précoces devraient seuls exister. En ce temps de reconstitution, on ne saurait donc trop insister sur le choix que l'on doit faire dans chaque région, parmi les nombreuses variétés de cépages, car de là dépend évidemment la qualité des vins produits.

On trouve dans la Champagne des méthodes culturales parfaitement établies et uniformément suivies. Quand on plante une nouvelle vigne, c'est sur

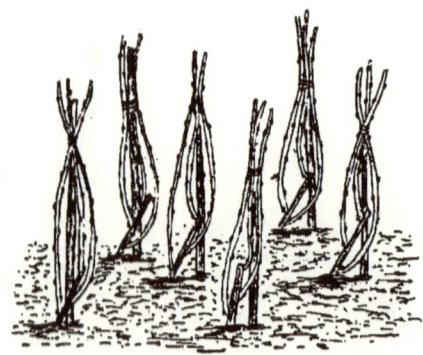

Fig. 150. — Vigne champennoise avant la taille.

un sol défoncé de 0ᵐ,35 à 0ᵐ,60, le plus souvent par suite de l'arrachage d'une ancienne vigne.

La plantation se fait généralement en fosses de 30 à 40 centimètres de profondeur avec des plants enracinés de deux ou trois ans ou des marcottes d'un an, au nombre de 16,000 à 20,000 qui, plus tard, donneront par le provignage de 40,000 à 60,000 broches par hectares. Jusqu'à la troisième ou quatrième année, les ceps restent en lignes distantes de 0ᵐ,80 ou 1 mètre; mais à partir de ce moment, on complète la plantation par le provignage.

En Champagne, chaque année, après le premier béchage, en mars et avril, on enterre tout le bois de deux ans, de façon à ne laisser en dehors que le sarment de l'année.

La fig. 150 représente une vigne avec tous ses sarments et ses échalas que l'on enlève en automne. On taille en février ou mars tous les sarments inutiles et on n'en laisse à chaque souche qu'un ou rarement deux. C'est alors qu'on fait la *bécherie*, sorte de culture générale à 15 ou 20 centimètres, qui dégage les racines poussées sur le bois de deux ans et permet de coucher ce bois dans la jauge ouverte comme le représente la fig. 151.

Fig. 151. — Béchage des vignes.

C'est après le couchage que l'on taille les rameaux sortant de terre à trois yeux francs pour les cépages noirs et à quatre yeux pour les cépages blancs. Ces rameaux sont choisis parmi les plus forts et les plus haut placés sur les souches. C'est à ce moment que l'on place les échalas.

La multiplication des ceps se fait en Champagne par *écart* et *avance;* c'est ce que l'on appelle *assixeter*.

On laisse aux ceps que l'on veut avancer ou écarter deux sarments à la taille précédente. Pour écarter, on choisira sur chacune des deux broches le sarment le mieux disposé, et au moment du béchage, on écarte ces sarments en en fixant un à l'aide d'un crochet à la place voulue pendant que l'on enterre l'autre. La fig. 152 indique cette opération.

Pour avancer, on conserve sur une des broches le sarment le plus bas que l'on couche dans l'alignement transversal des ceps; sur l'autre broche, au contraire, on conserve le sarment le plus élevé que l'on enterre jusqu'au rang supérieur, point où on le fait sortir pour le tailler.

Par ces écartements et ces avancements successifs, tout alignement est rompu et la vigne compte de 40,000 à 60,000 ceps à 30 ou 50 centimètres environ les uns des autres.

Le plus souvent, on ne laisse qu'une broche à chaque souche souterraine; quand elle est forte, cependant, on lui en laisse deux. Chaque souche a ainsi sous terre un développement considérable; formée de longues tiges portant de nombreux faisceaux de racines peu développées, mais vivant à la surface

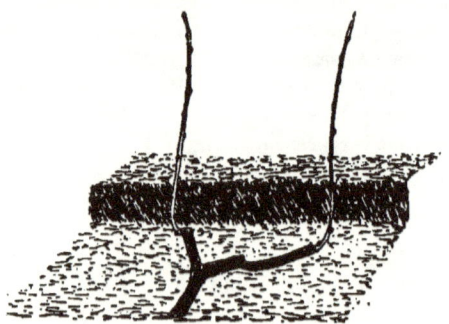

Fig. 152. — Assizelage des vignes en Champagne.

et par conséquent très accessible à l'échauffement, elle puise sa principale vigueur des racines mères; d'autre part, les rameaux fructifères étant très près du sol, les raisins sont parfaitement exposés à l'action de la chaleur rayonnée et réfléchie.

Dans ce provignage annuel, on n'enterre le vieux bois que très peu profondément, de façon à ce que tout le bois de la broche à trois yeux destiné à donner les rameaux de l'année soit hors de terre.

Quelquefois, cependant, dans le but de parer dans la mesure du possible aux dégâts que peuvent causer les gelées printanières, on laisse à la branche un œil de plus qui est enterré et que l'on sort dans le cas où les bourgeons extérieurs sont détruits.

C'est aussi par le provignage que l'on remplit les vides quand ils viennent à se produire. Pour cela, on réserve au béchage, près de l'endroit à garnir, une forte souche à laquelle on laisse autant de sarments qu'il en faut pour remplir le vide. Au mois d'avril ou mai, on enterre la souche et on relève les sarments aux points voulus.

Dans quelques communes de l'arrondissement de Reims, on plante régulièrement à 0m,40 sur des lignes distantes de 0m,60. Les vignes restent de franc pied et l'alignement est conservé; l'entretien se fait par plants rapportés et chaque cep est muni d'un échalas.

On distingue les vignes basses taillées à deux coursons à deux ou trois yeux et les vignes hautes qui portent un courson à deux yeux et une verge de dix à quinze yeux.

La fig. 153 indique une de ces souches dont la verge recourbée est fixée à l'échalas. Le plus souvent on conserve en outre sur le cep un courson à un œil au-dessus duquel on rabat la souche lorsqu'elle est trop haute. Comme partout les vignes sont relevées et rognées.

Toute cette vaste région viticole est, comme on voit caractérisée par l'usage habituel et constant du provignage comme procédé cultural.

Mais, à première vue, cette pratique du provignage, telle que nous venons de la faire connaître, ne semble-t-elle pas incompatible avec celle du greffage de nos cépages sur pied américain? L'expérience a démontré qu'il n'en était rien et que des souches greffées et provignées depuis plusieurs années conservaient, jusqu'à présent, une résistance suffisante à la condition que l'opération n'ait lieu que deux ans au moins après le greffage.

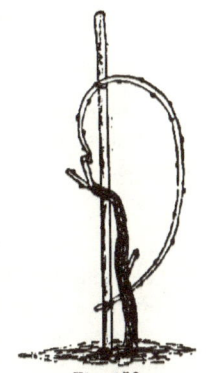

Fig. 153
Taille particulière pratiquée en quelques points de l'arrondissement de Reims.

M. Foëx, mon savant maître, directeur de l'École de Montpellier, poursuit, depuis 1877, ces très intéressantes recherches. Des essais de provignage de vignes de Champagne greffées sur Taylor se sont maintenues en bon état depuis cette époque jusqu'à ce jour.

Dans une lettre adressée au *Journal de l'agriculture* (le 14 février 1891), M. Foëx dit, en parlant de ces vignes : «Jusqu'ici, effectivement, les racines primordiales américaines les ont bien nourries et leur ont assuré une belle végétation». L'expérience semble donc confirmer cette opinion que les racines primordiales jouent dans la vie de la plante le rôle principal et que la destruction des racines françaises des provins ne peut avoir sur la vigne qu'une influence secondaire. C'est là un fait d'une importance d'autant plus grande qu'il est permis d'espérer que ce problème, si ardu, de la recherche des porte-greffes pour les terrains crayeux, aura bientôt une solution satisfaisante.

Des expériences que poursuit M. Ravaz au Comité de viticulture dans les terrains crayeux de la Champagne de Cognac, il résulte, en effet, que si le Berlandieri, quand il est greffé et que les circonstances sont tout à fait défavorables, jaunit parfois, les greffes sur les hybrides de Cabernet×Berlandieri N°⁸ 333 (Tisserand) et 329 de l'École de Montpellier ne se chlorosent pas jusqu'à présent, même dans les plus mauvais sols de Cognac.

On est donc en droit de compter sur des procédés certains pour la reconstitution des vignobles dont le sol a été jusqu'ici réfractaire à la végétation des vignes américaines.

D'ailleurs, nous l'avons discuté précédemment en nous reposant sur nos connaissances actuelles, les viticulteurs n'ont pas à craindre les conséquences des modifications qu'ils pourraient faire subir à leur système de culture, par suite de la reconstitution sur pieds américains.

La taille dans le vignoble du Nord-Est

Dans cette région, placée à l'extrême limite de la culture de la vigne, nous comprendrons les intéressants vignobles des anciennes provinces d'Alsace et de Lorraine.

Les départements du *Haut-Rhin* et du *Bas-Rhin*, qui constituaient l'ancienne province française, produisent des vins, surtout en blanc, qui possèdent de réelles qualités.

Le climat de l'ancien département du Haut-Rhin, comme celui du Bas-Rhin, est très favorable à la vigne, à l'exception de quelques points moins privilégiés; ainsi les gelées blanches ne s'y font presque pas sentir.

La vigne y est dressée et taillée suivant une méthode originale que le Dr Guyot a justement dénommée *culture en quenouille* à cause de son aspect.

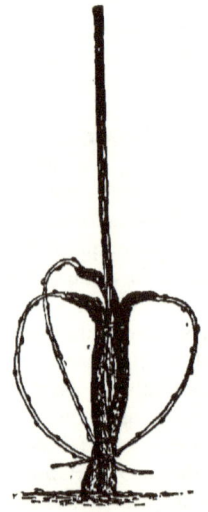

La fig. 154 représente une souche ainsi conduite. Au pied de chaque cep est planté à demeure un fort échalas de 2m50 à 3 mètres de haut. Autrefois surtout on plantait dans le même trou, les uns à côté des autres, 2 ou 3 ceps; aujourd'hui on n'en met qu'un le plus souvent ; ce ou ces plants donnent trois troncs que l'on élève en moyenne de 0m60 à 1 mètre et que l'on attache à l'échalas. L'extrémité de ces membres est ployée horizontalement en dehors et chacun d'eux porte un long bois de 0m75 à un mètre que l'on recourbe et dont on attache la pointe au tronc à 0m 20 du sol.

Ces longs bois doivent pourvoir à la production du bois et à la production du fruit. Les rameaux de la partie moyenne et inférieure ne devant produire que des fruits, on les pince en juin et juillet; au contraire, les bourgeons de la base étant surtout destinés à fournir les bois de remplacement sont attachés le long de l'échalas.

Fig. 154
Vigne en quenouille

Il est à la fois rationnel et avantageux de ne mettre qu'un plant par échalas et de prendre sur le tronc les trois membres destinés à former la quenouille.

Dans certaines localités on ne laisse de longs bois que sur deux membres et le troisième, à tour de rôle, est taillé à courson; dans d'autres, au contraire, on laisse jusqu'à deux courbes par bras.

L'abaissement horizontal de la tête des membres est une bonne pratique, quelquefois délaissée, qui évite l'allongement des bras de la souche. Le cep s'étendra simplement en largeur, ce qui facilitera l'aération et par suite la maturité. Si l'on a soin, l'année suivante, de tailler le premier sarment sorti à la base sur un ou deux yeux, qui donneront de vigoureux rameaux, on pourra ensuite raccourcir l'épaule.

De cette façon on évite l'allongement exagéré des membres et on a des souches régulières. Dans la plaine, où les gelées de printemps sont plus à craindre, la tête des souches est établie à 0m90 ou 1 mètre; sur les hauteurs on la tient à 0m60 environ.

Autrefois la vigne se garnissait par provignage; aujourd'hui on plante en plein. La première taille se fait à deux ou trois yeux, la seconde à 0m30 et la quatrième à Cm80; la quatrième année, souvent la cinquième, on laisse la courbe.

Les tailles en vert se font avec soin. On ébourgeonne avant la fleur; en juin on relève et on attache, puis on rogne les rameaux à fruit le long des courbes à deux ou quatre feuilles au-dessus du dernier raisin. Les vignes restent généralement de franc pied et on les remplace quand elles sont épuisées.

' Outre les vignes en quenouille, on trouve à Thann des vignes dites *en traverses*.

Cette méthode consiste à attacher à de petits échalas, placés à 1 mètre les uns des autres, des traverses horizontales à 0m50 du sol. La fig. 155 représente cette disposition.

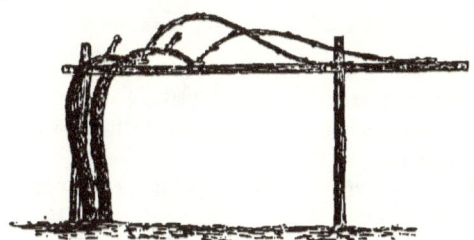

Fig. 155.— Vigne en traverse à Thann

Au pied de chaque échalas sont deux ceps qui montent presque à la perche où ils sont fixés. Chaque cep porte un long bois dont l'extrémité est attachée à la perche et un courson de renouvellement près duquel on raccourcit les membres lorsqu'ils sont trop allongés. Ces vignes produisent moins que les vignes en quenouilles, mais donnent un vin supérieur, parce que les raisins sont près de terre et ont une maturité égale et plus complète.

Dans le Bas-Rhin, sauf quelques détails, la culture de la vigne est la même en principe que celle du Haut-Rhin. D'une façon générale, la vigne en quenouille caractérise la viticulture de l'ancienne Alsace.

A partir de Vissembourg cependant, on trouve un système de conduite particulier, la culture en *kammerbau* de la Bavière. Cette méthode est incommode et dispendieuse: nous allons la décrire pour en faire connaître l'originalité.

Le kammerbau, qui est une chambre à vigne, consiste en une série de châssis, portés par des pieux, sur lesquels la souche doit s'étaler absolument comme sur les tonnelles de jardin.

La fig. 156 représente ce mode curieux de culture; les pieux dépassent le sol de 0,50 à 0,80 et portent des longrines. Les pieux sont à 0,80 dans un sens et à 1ᵐ50 environ dans l'autre. On conçoit aisément que toutes les opé-

Fig. 156. — Conduite en kammerbau.

rations de culture sont rendues très difficiles par ce mode de palissage. Le vigneron doit ramper sous les châssis pour cultiver le sol et ne peut pénétrer dans la vigne que par enjambées.

Pendant les deux premières années, la vigne n'est pas taillée; la troisième, on la coupe sur terre; la quatrième année, la tige est attachée à la longrine du kammerbau et son extrémité est courbée et fixée horizontalement à cette longrine.

L'année suivante, on établit deux branches à fruit disposées en espalier et portant chacune à leur base un courson de remplacement. Quelquefois, les vignes ont trois bras.

Les tailles en vert sont négligées. Dans le mois de septembre, on supprime l'extrémité des rameaux que l'on fait consommer en vert aux vaches ou que l'on fait sécher pour l'hiver. Les ceps sont de 60 cent. à 1 mètre de distance et les rangs sont généralement à 1ᵐ40, groupés par trois, quatre et cinq, en formant des planches séparées entre elles par un fossé ou un espace libre d'un mètre au moins.

Dans les intervalles et les carrés, on cultive de l'herbe de prairie et d'autres plantes fourragères, de sorte que la vigne est exploitée presque autant pour la production de fourrage que pour la production du vin.

Le principe de cette taille à long bois et coursons de retour est tout à fait rationnel; mais les mauvaises pratiques usitées en détruisent tous les bons effets.

D'ailleurs, l'établissement d'un pareil palissage est très coûteux et d'autre part les façons à donner au sol ou à la vigne sont rendues très difficiles.

Rien ne serait plus facile que de substituer à cette méthode un système de
conduite qui, en conservant les quelques avantages du kammerbau, suppri-
merait ses nombreux inconvénients.

LA TAILLE EN LORRAINE

Le vignoble lorrain diffère essentiellement par le palissage, la taille et la
conduite des vignes de celui d'Alsace.

Nous venons de voir, en effet, dans cette dernière contrée, que la conduite
en quenouille et en kammerbau donne à chaque cep une grande arborescence
et que la taille à longs bois et coursons est partout généreuse.

En Lorraine, au contraire, les ceps sont très rapprochés, d'apparence
chétive et ne portent que de petits bras avec des coursons de deux à quatre
yeux.

Dans le département des *Vosges* on ne rencontre que peu de vignes. Presque
partout on plante en fossés distants de 1ᵐ25 environ ; on met une rangée de
plants de chaque côté du fossé. A la troisième ou quatrième année on double
les rangs de ceps en garnissant par provignage l'intervalle des fossés.

La vigne ainsi peuplée a environ 40,000 ceps à l'hectare. Chaque souche
est dressée à deux bras très près de terre portant chacun un courson à deux
ou trois yeux (fig. 157). Pour les Pinots cependant, un des bras porte un long
bois de cinq à huit yeux, qui quelquefois est
replié en couronne (fig. 158).

En mai on procède à un sérieux ébourgeonnage, qui consiste à jeter bas tous les bourgeons qui n'ont pas de raisins, à l'exception
de deux qui sont montés contre l'échalas et
destinés généralement à établir la taille de
l'année suivante ; ceux qui ont des raisins
sont pincés à deux feuilles au-dessus du plus
haut fruit.

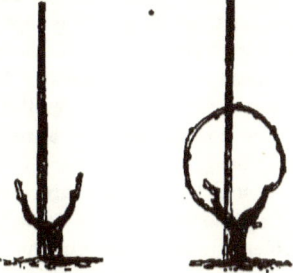

Fig. 157.　　　Fig. 158.
Taille de la vigne dans les Vosges

Dans les Vosges, la gelée de printemps est
le plus terrible fléau de la vigne ; aussi est-on
en droit de s'étonner que sous un climat aussi
redoutable on ne cherche pas à bénéficier des avantages de certaines méthodes de conduite, ni à tirer parti des plus grandes garanties que procurent
les tailles à long bois.

Chaque bras est ensuite taillé comme s'il s'agissait d'un cep isolé suivant
la méthode ordinaire : pour les plants communs, chaque bras porte généralement un courson à deux yeux et un à quatre ; pour les plants fins, un courson
de renouvellement à 2 yeux et un long bois de 7 à 8 yeux ; quelquefois, le
courson n'existe pas. La fig. 159 donne l'aspect d'une souche en cuveau avec
ses longs bois recourbés.

Le long de chaque échalas on élève le rameau pris sur l'œil le plus bas des
coursons, quelquefois, des courbes ; toutes les opérations, on le voit, sont
pratiquées sur les vignes en cuveau comme sur les autres vignes.

Le département de la *Meurthe* jouit d'un climat moins rigoureux que celui des Vosges ; cependant les gelées de printemps y font encore beaucoup de mal.

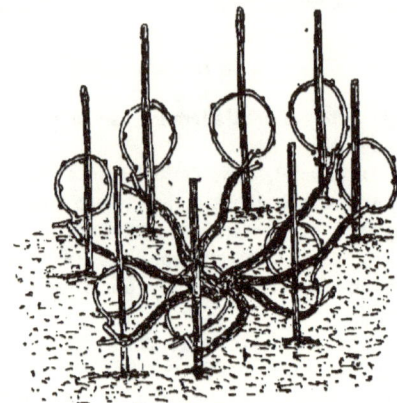

Fig. 159. — Taille en cuveau.

Ici encore on suit la méthode lorraine qui consiste en l'établissement d'une petite souche à deux bras, très près de terre, portant, pour les plants ordinaires, chacun un courson à deux ou trois yeux ; pour les plants fins, l'un des bras porte un long bois de sept à huit yeux que l'on recourbe en cercle. Comme dans les Vosges, deux des bourgeons les plus bas sont dressés et attachés à l'échalas ; tous les autres, à l'exception de ceux portant des fruits, qui sont pincés à une ou deux feuilles au-dessus des raisins, sont supprimés. Les contre-bourgeons sortis après l'ébourgeonnage et le pinçage sont à leur tour jetés bas.

Ce sont là les traits caractéristiques de la méthode lorraine.

Le département de la *Moselle* offre encore un des climats les moins favorables à la bonne production de la vigne ; les gelées printanières, la coulure, une imparfaite maturité, y sont à redouter ; néanmoins, il donne des vins d'une finesse et d'une perfection remarquables.

Ce vignoble se distingue aussi par la variété et l'intelligence des cultures qui y sont pratiquées.

La conduite la plus générale est la même que celle des Vosges et de la Meurthe, avec cette différence généralement observée que la plantation se fait par trous isolés et que la vigne est garnie de franc pied dès le début, sans avoir recours au provignage : c'est là un avantage.

La souche est le plus souvent dressée sur deux bras, près de terre, portant l'un un courson de deux yeux, l'autre un courson de quatre yeux ; pour les cépages fins on laisse à ce dernier de sept à huit yeux et on l'attache à l'échalas tout droit, ou bien en le recourbant en cercle.

Dans tous les cas le rameau le plus beau est élevé verticalement le long de l'échalas et constitue le sarment de renouvellement ; les tailles en vert se pratiquent comme dans les départements précédents.

Les vignes sont entretenues par provignage, ce qui détruit tout alignement.

A côté de cette taille, généralement pratiquée, on trouve, dans la Moselle, d'autres conduites spéciales, dont la principale est celle dite *en cuveau*.

Pour l'établir, on met dans de petites fosses deux plants que l'on laisse pendant deux ans sans être taillés. Au commencement de la troisième année, on recèpe les souches au niveau du sol; il sort alors de nombreux sarments. A la taille suivante, on en choisit quatre par souche que l'on coupe sur quatre yeux chacun ; tous les autres sont supprimés; on couche les sarments gardés et on les dispose en cercle tout autour des troncs. Chaque rameau ou bras est muni d'un échalas et le cuveau est ainsi constitué par 8 échalas.

La 1re année de son établissement, le cuveau a un diamètre de 60 centim. environ, mais il s'agrandit successivement jusqu'à prendre plus d'un mètre de diamètre.

Dans le département de la *Meuse*, les pratiques de la viticulture sont absolument les mêmes que celles que nous venons d'étudier pour les trois départements précédents.

On fait les plantations pleines ou bien par moitié avec l'intention de les compléter à 3 ou 4 ans par le provignage. Les souches sont encore très basses et le principe dominant est d'élever le long de l'échalas un ou deux sarments, de supprimer tous les bourgeons sans fruit et de pincer les autres. Le plus souvent ici on ne conserve qu'un sarment; dans ce cas, il est pris sur le 2e ou 3e bourgeon de la couronne et les ceps s'élèvent très rapidement ; on réserve alors un courson sur le tronc de la souche pour le rabattre lorsqu'il sera trop haut.

Quand il y a deux sarments, le plus élevé sert à faire la couronne et le plus bas le courson de remplacement à 2 yeux qui donnera le courson et le long bois de l'année suivante. Ce dernier système donne des ceps à la fois plus vigoureux et plus fertiles.

Dans la Meuse, les vignes sont entretenues par le provignage.

Dans cette région de l'extrême Nord, malgré les rigueurs du climat, la vigne est encore une culture qui assure de forts revenus.

Il faut évidemment rapporter ce résultat à l'adoption de bons principes et de bonnes pratiques viticoles. On y trouve l'association de la taille courte et de la taille longue et la distinction parfaite des plants auxquels elles conviennent le mieux respectivement. Les tailles en vert, pratiquées partout avec soin et en temps voulu, sont une des caractéristiques de la viticulture de cette région.

La taille dans le bassin parisien et la région limite de la vigne

La région qui nous reste à étudier forme en France l'extrême limite de l'aire de culture de la vigne. Nous allons voir quels sont les systèmes de taille et de conduite adoptés sous ce climat extrême, où l'on trouve encore, dans quelques parties, des vignobles d'une certaine importance.

Dans la *Seine-et-Marne*, aux environs de Melun, on cultive la vigne en planches de 3 à 5 rangs et en billons. Les ceps, munis de petits échalas, sont  dressés à 15 ou 20 cèntim. de terre sur 2 ou 3 bras portant chacun un courson à 2 yeux, quelquefois 3. La figure 160 représente une souche ainsi conduite après la taille.

A Provins, les vignes sont disposées en rangées rapprochées et accouplées deux par deux. Les ceps sont à 50 centim. entre les rangs et à 80 centim. dans la vigne. Chaque couple est séparé de son voisin par un ados de 1 mètre.

Fig. 160
Souche après la taille aux environs de Melun.

Le système de taille usité rappelle celui du Gâtinais et d'Orléans. On forme sur chaque cep une tête de saule à 10 ou 15 centim. du sol en rognant pendant les trois premières années chaque sarment à un seul œil. Ensuite on laisse 3 coursons à 2 yeux, ou bien, ce qui se fait généralement, un court à 2 ou 3 yeux, un à 4 ou 6, et un troisième de 80 centim. à 1 mètre de long appelée *nouée* qui reste libre jusqu'après les gelées de printemps. La figure 161 représente une vigne ainsi taillée. En mai, la nouée est recourbée et le coude est mis en terre ; on laisse sortir verticalement 5 ou 6 yeux. Ces sarments ainsi enterrés forment des racines que l'on peut utiliser, mais c'est comme branche à fruit qu'ils jouent le principal rôle.

La figure 162 représente une variante de cette taille.

A Fontainebleau, les vignes sont également dressées en tête de saule avec 1, 3 et jusqu'à 4 cornes, comme dans le Gâtinais, mais on ne conserve jamais 2 ed ongs bois, comme à Provins.

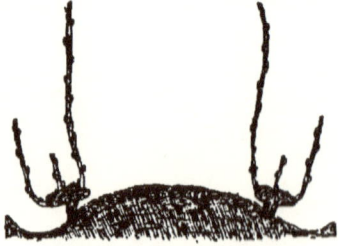

Fig. 161.
Conduite de la vigne à Provins.

Fig. 162.
Autre taille à Provins.

On ébourgeonne, on rogne et on lie partout avec soin. C'est là que se trouve

Thomery, célèbre par la culture des raisins de table qui mérite un examen spécial et dont nous parlerons plus loin.

A Coulommiers, la viticulture est caractérisée par ce fait qu'on laisse à chaque cep deux courgées la 3e ou 4e année ; l'une est enterrée pour donner un jeune plant et l'autre est repliée en raquette et attachée à l'échalas dont est munie chaque souche.

Cette double courgée n'est donnée que quand on a besoin de plants. La fig. 163 représente une souche taillée à Coulommiers.

Fig. 163
Souche taillée à
Coulommiers.

Dans la *Seine-et-Oise*, les souches sont généralement très basses, dressées à cornes et à coursons. La taille est en général trop restreinte et trop courte.

A Mantes, les vignes, d'abord plantées à 1 mètre, sont garnies par le provignage la troisième ou quatrième année. Les ceps en foule et munis d'échalas sont taillés à cornes et à coursons à deux yeux. Les vignes sont entretenues indéfiniment par provignage et subissent les opérations de tailles en vert.

A Etampes, les vignes sont moins bien soignées ; elles sont rarement munies d'échalas, on lie ensemble les rameaux de deux ou trois souches voisines. Les quatre ou cinq premières années on taille à un œil pour former la tête du cep, ensuite on laisse deux ou trois crochets à deux yeux, rarement à trois. Les plantations se font à plein et le provignage n'est employé que pour le remplacement des manquants.

A Corbeil, les vignes, garnies dès le début, sont munies d'échalas et disposées en billons. Pour former la tête, on taille à un œil les premières années ; on laisse ensuite trois ou quatre coursons taillés à deux yeux. On ébourgeonne en mai, on relève en juin et on rogne en juillet.

Aux environs de Rambouillet, on trouve encore des vignes conduites à peu près de la même façon ; cependant, à Meudon et à Montmorency, on rencontre parfois, sur quelques cépages, un long bois de 60 à 80 centimètres que l'on pique en terre ou que l'on attache au cep voisin.

A Argenteuil, si connu pour la production de ses fruits, on cultive aussi la vigne. Généralement, après la taille, les ceps sont recouchés comme en Champagne. Chaque souche est munie d'un échalas.

Dans le département de la *Seine*, on trouve aussi quelques vignes ; suivant les cépages, elles sont conduites à cornes et à coursons ou bien à crochets avec un long bois dont l'extrémité est piquée en terre ou attachée au cep voisin. La fig. 164 représente une souche avec long bois piquée en terre comme l'on en trouve aux environs de Paris.

Fig. 164.— Taille de la vigne dans
la Seine.

Dans l'*Eure-et-Loir*, la vigne est rabattue pendant les premières années sur un seul sarment à un ou deux yeux.

La quatrième année, si le plant est vigoureux, on lui laisse deux sarments taillés à deux yeux chacun. Ces sarments sont destinés à former les membres les années suivantes.

La fig. 165 représente en trois croquis les tailles successives de 3, 4 et 5 ou 6 ans. On voit également que les souches sont munies d'échalas plantés obliquement.

A partir de ce moment, plus tôt ou plus tard, suivant la vigueur des ceps, la vigne est conduite différemment.

Ainsi, à Chartres, dès que la végétation est suffisante, on laisse au cep un

Fig. 165. — Tailles successives des premières années dans l'Eure-et-Loir.

crochet et un long bois. L'archet qui est toujours pris au-dessous du courson à six ou huit yeux, on le recourbe et son extrémité est enfoncée en terre comme le représente la figure 166. Quand la souche a deux bras, on dispose naturellement le courson sur l'un d'eux et l'archet sur l'autre.

Fig. 166. — Taille d'une souche établie à Chartres.

Mais sous ce climat, où les gelées printanières sont très à redouter, on dispose souvent l'archet d'une façon différente, afin d'en éviter en partie les funestes effets.

On lui donne de douze à quinze yeux au lieu de six ou huit et on le laisse libre jusqu'en mai, époque à laquelle on l'enterre vers son milieu.

A part sa grande fertilité, ce long bois joue le rôle des sarments de précaution que nous avons vu conserver dans l'Hérault; c'est là un avantage dont on ne saurait trop tirer parti dans les vignobles septentrionaux, où les gelées causent tant de dégâts.

Dans ce pays, il y a lieu de distinguer les vignes en *riots* et les vignes *mères* qui présentent, au point de vue des façons culturales, des différences notables, mais le cadre que nous nous sommes tracé ne nous permet pas d'insister sur ces pratiques originales.

Dans le département de l'*Eure*, le climat est très peu favorable à la végétation de la vigne qui n'y peut faire espérer que des produits trop incertains, tant par la qualité que par la quantité. Aussi ne trouve-t-on dans ce département qu'un vignoble tout à fait restreint. Les quelques vignes plantées sont entretenues par le provignage et cultivées suivant des principes analogues à ceux du département précédent.

Les plantations se font en fossés à deux mètres de distance les uns des autres; les plants courbés au fond des fossés sont coupés à trois yeux au-dessus du sol.

La deuxième année, si la végétation le permet, on laisse deux sarments que l'on taille à deux yeux; à la troisième ou quatrième année, dès que les sarments sont assez longs, on forme à 50 centimètres de la ligne de plantation un rang de provins. Les années suivantes, on continue les provignages et on établit ainsi trois nouveaux rangs de ceps entre les rangées primitives. Ce n'est qu'à 7 ou 8 ans et même plus tard que la vigne est complète.

Quand les plants sont jeunes, on les conduit à deux coursons, le plus bas à

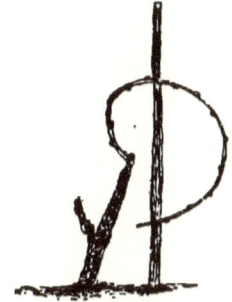

Fig. 167. — Taille des premières
années dans l'Eure.

Fig. 168. — Taille des vieilles
souches dans l'Eure.

deux yeux et l'autre à trois ou quatre comme le montre la fig. 167. Plus tard, quand les ceps sont en pleine vigueur, on ne laisse qu'un courson et on établit une courgée de dix à douze yeux que l'on recourbe et que l'on fixe à l'échalas (fig. 168).

Le département de la *Sarthe* offre un climat beaucoup plus favorable à la vigne; cependant son vignoble n'occupe qu'une surface peu étendue. Presque partout, la vigne est conduite en souche basse avec un ou deux bras portant chacun un courson à un ou deux yeux francs. Quelquefois, cependant, les ceps portent quatre, cinq et six bras munis d'autant de coursons.

Le plus souvent on ne met pas d'échalas et les plantations perpétuées par le provignage sont en foule. On rencontre aussi, quelquefois, dans les parties basses, des vignes en *rangées* ou *lisses* taillées à plusieurs coursons et à verges.

Il est évident que la viticulture de ce pays aurait tout à gagner de modifier son système de taille beaucoup trop réduit et d'adopter des cépages répondant aux exigences du climat. Cette dernière observation peut s'appliquer à toute la région que nous venons d'étudier, car à peu près partout on trouve des cépages à maturité trop tardive et dont les fruits n'atteignent jamais la perfection que posséderaient ceux des plants bien appropriés.

L'abaissement de la qualité des vins de ces contrées est dû à l'adoption de cépages choisis dans des climats plus chauds, alors que l'on devrait toujours demander aux pays plus froids les plants qui doivent entrer dans la constitution d'un vignoble.

Il est probable qu'en empruntant au Nord-Est les bons cépages qu'il possède, on pourrait reculer la limite de la culture de la vigne dans le Nord-Ouest ou tout au moins permettre son extension sur les points où elle existe déjà en assurant des récoltes lucratives.

TABLE DES MATIÈRES

Extrait du *Progrès agricole et viticole*

Montpellier. — Imprimerie Serre et Ricôme, rue Vieille-Intendance.

SUR

L'HYBRIDATION DE LA VIGNE

PAR

A. MILLARDET

PROFESSEUR A LA FACULTÉ DES SCIENCES DE BORDEAUX

Correspondant de l'Institut

Extrait des *Mémoires de la Société des Sciences physiques et naturelles de Bordeaux*,
t. II (4ᵉ Série).

PARIS

G. MASSON, ÉDITEUR

120, boulevard Saint-Germain.

BORDEAUX.

FERET ET FILS, LIBRAIRES

15, cours de l'Intendance.

1891

ESSAI

SUR

L'HYBRIDATION DE LA VIGNE

————— .

I

Considérations générales.

On sait ce qu'est un hybride : c'est le produit du croisement de deux espèces différentes. Le mulet, issu de la jument et du baudet, en est l'exemple le plus universellement connu peut-être, et, pour cette raison, on désigne fréquemment les hybrides sous le nom de mulets.

Par le terme de métis on désigne le produit du croisement non plus de deux espèces distinctes, mais de deux races de la même espèce. Ainsi deux variétés de chiens, deux races de poules appariées ensemble produisent non des hybrides, mais des métis.

A ces deux phénomènes différents correspondent des termes différents, ceux d'hybridation et de métissage.

D'une manière générale, l'hybridation est un phénomène rare dans les deux règnes à l'état de nature, tandis que le métissage, à l'état de domestication ou de culture, est fréquent.

Une propriété extrêmement remarquable distingue en général, sauf de très rares exceptions, les hybrides des métis. Tandis que chez ces derniers la sexualité reste normale, chez les hybrides elle est presque toujours sérieusement atteinte : le mulet par

exemple est incapable de procréer, de même les hybrides de
serin et de chardonneret, etc.

Les exemples précédents ont été tirés du règne animal, de
préférence, parce qu'ils sont connus de tout le monde. Le règne
végétal n'en fournirait pas moins. Les saules, ronces, rosiers,
glaïeuls, etc., laissent reconnaître au botaniste une foule d'hybrides. La plupart de nos races de céréales et de légumes ne se
maintiennent pures qu'à la condition d'être isolées : lorsqu'elles
sont rapprochées, elles ne tardent pas à dégénérer par le métissage. Les melons sont un exemple classique pour ce dernier cas.

Ces données élémentaires étaient nécessaires pour s'entendre
au préalable sur ce qu'on doit entendre par un hybride de vigne,
et pour faire apprécier l'intérêt considérable qu'offrent ces hybrides au point de vue purement scientifique.

D'après cela, en effet, les vignes désignées communément sous
le nom d'*Hybrides Bouschet*, étant le résultat du croisement de
diverses races (*Teinturier, Aramon, Alicante,* etc.) d'une seule
espèce (*V. vinifera*), constituent des métis et non des hybrides.

Quant à l'intérêt scientifique qui s'attache aux hybrides de
vignes, il provient de l'exception remarquable, unique même en
tant qu'étant portée à ce degré, que font les hybrides en question
à la loi d'altération de la sexualité énoncée plus haut. Non seulement le croisement a réussi jusqu'à présent entre toutes les
espèces de vignes que j'ai tenté d'hybrider (quinze espèces du
Nouveau-Monde et deux de l'Ancien), mais tous les hybrides,
quelle que soit leur complexité, même les hybrides quaternaires
(formés par le concours de quatre espèces), se laissent croiser à
leur tour soit entre eux, soit avec leurs parents, soit même avec
d'autres espèces et sont pleinement féconds. En un mot, ces
hybrides se conduisent comme des métis (¹).

_____

(¹) L'observation suivante peut servir à montrer combien l'hybridation est facile
dans les vignes.

Sur un pied de *Chasselas*, cultivé dans une orangerie, je cueille en septembre
quatre grappes (*A, B, C, D*) de grandeur et d'aspect moyens qui avaient été
fécondées naturellement. Je compte, pour chaque grappe, le nombre de grains

Cette promiscuité sans pareille s'exerce aussi bien à l'état sauvage que sous l'influence de la culture. Il m'en a coûté quelque peine pour faire admettre ce fait par les botanistes [1]. M. Viala, au cours de sa mission en Amérique, en a reconnu la parfaite exactitude [2].

L'hybridation de la vigne mérite donc d'être étudiée au point de vue purement scientifique. Quant à son importance pratique, deux mots suffiront à la faire apprécier. En effet, non seulement l'hybridation artificielle nous a déjà dotés, en dix ans, de porte-greffes supérieurs à tous ceux qu'on connaissait jusqu'ici, mais

---

qui ont atteint une grosseur normale; j'en extrais les pépins et jette ces derniers dans un verre d'eau. Les pépins capables de germination tombent seuls au fond de l'eau; j'en fais le compte.

Sur ce même pied de *Chasselas* se trouvaient trois grappes (*E, F, G*) qui, en mai, avaient été castrées et fécondées par le pollen d'un même pied de *V. riparia*. Je compte de la même façon leurs baies de grosseur normale et les pépins bien constitués de ces dernières.

Voici les résultats de ces dénombrements :

A pour 39 baies, fournit 64 pépins normaux, soit.....					164 0/0
B — 17	—	29	—	—	170 0/0
C — 26	—	39	—	—	150 0/0
D — 33	—	52	—	—	154 0/0

Soit pour les quatre grappes non hybridées une moyenne de 160 pépins pour 100 baies.

E pour 39 baies, fournit 45 pépins normaux, soit.....					115 0/0
F — 21	—	33	—	—	157 0/0
G — 29	—	50	—	—	172 0/0

Soit pour les trois grappes hybridées une moyenne de 148 pépins pour 100 baies.

Les différences entre ces moyennes sont si faibles qu'elles peuvent être regardées comme nulles, et cela avec d'autant plus de raison qu'on trouve d'une grappe à l'autre, aussi bien dans le cas de fécondation naturelle que dans celui d'hybridation, des différences de fécondité beaucoup plus considérables (grappes *E* et *G* surtout, 115 0/0 et 172 0/0).

On peut donc dire qu'il n'y a pas de différence notable dans la puissance fécondante du pollen du *V. riparia* appliqué au *Chasselas* comparée à celle du pollen du *Chasselas* lui-même.

Ce fait curieux m'a amené dernièrement à rechercher si le pollen d'une espèce américaine ne serait pas favorisé en quelque manière dans la fécondation d'un cépage européen. Je donnerai quelque jour le résultat de ces essais, s'il en vaut la peine.

[1] Millardet, *Histoire des principales variétés et espèces de vignes d'origine américaine*, p. 153 et suiv.

[2] P. Viala, *Une mission viticole en Amérique*, 1889, p. 170 et suiv.

encore elle nous a fourni des producteurs qui, à une résistance complète au phylloxera et au mildiou, joignent une abondance et une qualité de fruits à peu près satisfaisantes. Or il est extrêmement remarquable qu'un résultat aussi complexe ait pu être atteint en si peu d'années. Il semble par conséquent qu'il n'y ait aucune variation désirable qu'il soit impossible d'obtenir avec le temps, si l'on réfléchit combien est grande la variabilité de la vigne, combien extraordinaire sa faculté d'hybridation et la fertilité de ses hybrides. L'hybridation constitue, on le sait, la cause la plus puissante de variation. Si par la culture seule le *V. vinifera* a pu nous donner les innombrables variétés actuellement cultivées, quels merveilleux résultats ne devons-nous pas attendre, lorsqu'à la culture nous joindrons l'hybridation!

Pour aujourd'hui je me bornerai à traiter presque exclusivement de la technique de l'hybridation.

II

Constitution de la fleur de la vigne. — Floraison et fécondation.

—

Considérons, en premier lieu, la constitution de la fleur de la vigne et la façon dont se font naturellement la floraison et la fécondation chez cette plante.

Toutes nos vignes cultivées sont des plantes fertiles, et leurs fleurs, offrant à la fois les organes mâles (étamines) et femelles (pistils), sont appelées, pour cette raison, hermaphrodites (fig. 1 *a, b*).

A l'état sauvage, il n'en est point ainsi. Le *V. vinifera*, qui est la souche de toutes nos variétés cultivées, comme tous les autres *Vitis*, présente en effet deux sortes d'individus : les uns fertiles, ont des fleurs hermaphrodites (fig. 1 *c.*); les autres, stériles, ont des fleurs mâles, c'est-à-dire dans lesquelles on ne trouve que les organes mâles complètement développés; les organes femelles y

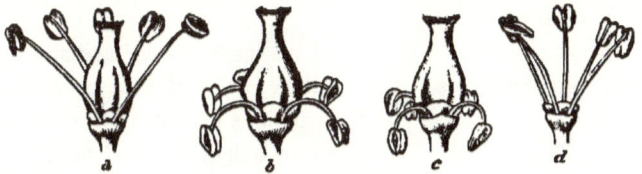

Fig. 1.

a, fleur hermaphrodite de *Chasselas* à étamines longues. — *b, id.* d'*Albanillo bianco* à étamines courtes. — *c, id.* de *Rupestris-Cinerea* à étamines courtes. — *d*, fleur mâle de *Rupestris-Ganzin.*

sont plus ou moins atrophiés (fig. 1, *d*). Le pistil n'y est représenté que par un globule plus ou moins gros et plus ou moins dissemblable quant à la forme et la structure à un pistil normal, et sur lequel se trouve rarement un rudiment de style.

D'après cela, on peut considérer les fleurs mâles comme dérivant de fleurs hermaphrodites, dans lesquelles le pistil, ainsi qu'on l'a vu précédemment, aurait été frappé d'une atrophie plus ou moins complète. On trouve fréquemment, en effet, parmi les plantes mâles (surtout chez le *V. rupestris*), tous les· degrés dans le développement du pistil depuis sa disparition à peu près complète jusqu'à son développement presque normal. Aussi ne faut-il pas s'étonner si, en certaines années, dans certaines conditions qui sont favorables au développement du pistil, celui-ci arrive à tout son accroissement dans des fleurs habituellement mâles, et si celles-ci deviennent fertiles. J'ai vu, par exemple, une fois en dix ans, le *Cordifolia rupestris de Grasset*, plante habituellement stérile, porter une· petite récolte. Le greffage produit quelquefois le même effet sur les plantes mâles : il provoque le développement du pistil, et ces plantes deviennent fertiles. J'ai constaté ce fait deux fois; dans un de ces cas, sur la plante que je viens de nommer; mais je ne saurais dire si cette fertilité produite par le greffage est persistante.

Il y a encore entre les fleurs hermaphrodites et les fleurs mâles une différence extrêmement curieuse et importante, ainsi qu'on va le voir : les étamines des unes et des autres ne sont pas semblables.

On sait que l'étamine est constituée par deux parties distinctes : l'anthère, petit corps renflé, bilobé, qui contient la poussière fécondante (pollen) et qui est au sommet de l'étamine; et le filet, mince filament translucide, de cinq à huit millimètres de long, qui supporte l'anthère (fig. 2, *a*). Or, dans les fleurs mâles, les filets sont à peu près deux fois aussi longs que dans les fleurs hermaphrodites, et de plus, tandis que dans les fleurs mâles, pendant la floraison, les filets restent droits, dans les fleurs hermaphrodites ils se recourbent en dehors et même au-dessous de la fleur, de manière à éloigner autant que possible les anthères du stigmate (fig. 1, *c*, *d*).

Ceci à l'état sauvage.

Nos plantes cultivées ont toutes, comme on l'a vu plus haut, des fleurs hermaphrodites (fig. 1, *a* et *b*; fig. 2, *a*); et ceci se comprend facilement, l'homme n'ayant pas manqué de sélectionner les plantes fertiles seules, à l'exclusion des autres. Mais si les fleurs des variétés cultivées sont toutes pourvues d'étamines, ces dernières ne sont pas toujours semblables. Chez la plupart de nos cépages, chose curieuse, les étamines ont des filets longs et

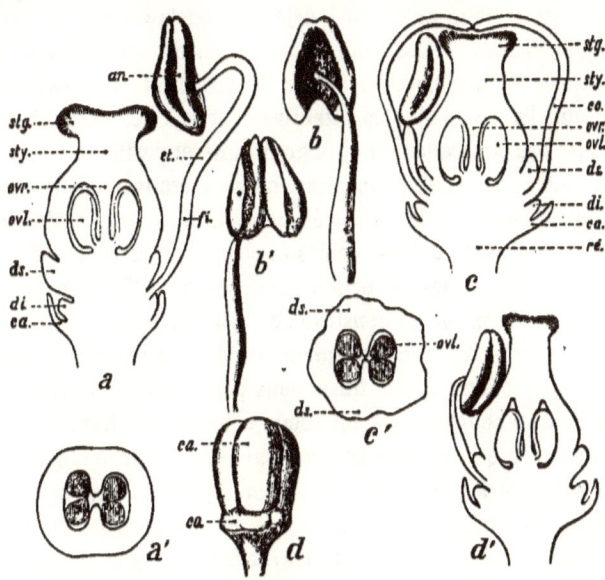

Fig. 2.

a, coupe longitudinale d'une fleur de *Malbec* au moment de la chute de la corolle. Une seule étamine a été figurée. — *a'*, coupe transversale de l'ovaire de cette fleur un peu au-dessus du point d'insertion des ovules. — *b*, étamine d'*Isabelle* vue par le dos. — *b'*, la même; le filet est vu de côté, l'anthère par la face ventrale. Les loges de cette dernière viennent de s'ouvrir et laissent échapper le pollen. — *c*, coupe longitudinale d'une fleur hermaphrodite de *V. cordifolia* dont la corolle est en place. — *c'* coupe transversale de l'ovaire de la même fleur un peu au-dessus de l'insertion des ovules. — *d*, fleur de *V. æstivalis* encore fermée. — *d'* coupe longitudinale d'une fleur hermaphrodite de *V. æstivalis* un peu avant son épanouissement; la corolle a été enlevée. — et. = étamine. — an. = anthère. — fl. = filet. — ovr. = ovaire. — ovl. = ovule. — sty. = style. — stg. = stigmate. — d. s. = disque supérieur ou nectaires. — d. i. = disque inférieur. — ca. = calice. — co. = corolle. — ré. = réceptacle de la fleur.

droits comme dans les fleurs mâles des plantes sauvages (fig. 1, *a*, et fig. 2, *a* et *b*), tandis que chez un plus petit nombre les étamines sont courtes et recourbées sous la fleur, pendant la floraison, comme cela a lieu dans les fleurs hermaphrodites à l'état sauvage. Le *Chasselas*, le *Malbec*, l'*Aramon*, par exemple, ont des étamines longues et droites; tandis que le *Muscat d'Alexandrie*, le *Damas blanc*, le *Bakator*, la *Panse jaune*, l'*Albanillo bianco*, le *Schiraz*, etc., possèdent des étamines courtes et recourbées.

Ce dernier fait, mentionné déjà par quelques auteurs, mais presque oublié, a été remis dernièrement en lumière par M. Rathay [1], professeur à l'école de viticulture de Klosterneuburg, qui l'a examiné plus attentivement que ses devanciers et en a tiré des conséquences d'un grand intérêt pratique.

Cet auteur, en effet, ayant examiné comparativement le pollen contenu dans les anthères des étamines à filets longs et droits et celui des anthères à filets courts et courbes, a constaté qu'il y a entre les deux sortes de pollen, en outre de différences remarquables de forme et de constitution, des différences essentielles au point de vue du fonctionnement. Tandis que le premier pollen émet très facilement des tubes dans l'eau pure ou sucrée, celui des étamines courtes n'y subit aucun changement. Il en tire cette conclusion que ce dernier pollen ne germe pas sur le stigmate et n'est pas apte à opérer la fécondation. La fertilité généralement beaucoup moindre, la coulure plus fréquente des cépages à étamines courtes et courbes, corroborent singulièrement ces conclusions.

. J'ai répété ces observations sur le pollen de plusieurs fleurs à étamines courtes soit sauvages, soit cultivées (*Rupestris-Cinerea, Rupestris-Æstivalis, Scuppernong, Albanillo bianco*), et deux de mes hybrides fertiles franco-américains, et les ai trouvées exactes [2]. Mais si l'observation semble vraie, au moins jusqu'à plus ample information, les conclusions qu'en tire l'auteur ont

---

[1] Emerich Rathay, *Die Geschlechtsverhaeltnisse der Reben.* — Wien, Wilhelm Frick, 1888.

[2] Le pollen de *Scuppernong* seul, placé dans l'eau sucrée, a présenté un commencement de germination bientôt arrêtée.

besoin d'être restreintes. De ce que le pollen des étamines courtes ne germe pas dans l'eau sucrée, il ne résulte pas nécessairement qu'il ne germe pas sur le stigmate. De fait, je possède environ trois cents hybrides obtenus par le pollen de ces fleurs à étamines courtes nommées plus haut *(Rupestris-Cinerea, Rupestris-Æstivalis, Scuppernong)* qui ne germe pas dans l'eau sucrée, et qui sont la preuve certaine que ce pollen est capable de germer sur le stigmate et d'opérer la fécondation. — On voit qu'un supplément d'information est nécessaire pour élucider complètement le point intéressant dont il s'agit.

On comprend maintenant comment se produit la fécondation de la vigne soit à l'état sauvage, soit dans nos vignobles. A l'état sauvage, les plantes à fleurs mâles se trouvent mélangées aux plantes à fleurs hermaphrodites, et le plus souvent, paraît-il, elles sont en plus grand nombre que ces dernières. C'est par elles que la floraison commence et par elles qu'elle se termine, de façon que leur pollen ne manque jamais à la fécondation des plantes fertiles. Mais comment parvient-il à ces dernières ?

Les insectes, qui sont les agents les plus habituels du transport du pollen d'une plante à une autre, n'interviennent pas ici ou seulement d'une façon exceptionnelle. Les fleurs de vigne sont petites, sans apparence, sans nectar, et ne sauraient les attirer : aussi ne sont-elles visitées que très rarement par eux. Il faut dire cependant qu'elles ont un parfum très pénétrant dont la fonction nous échappe encore.

C'est le vent qui transporte le pollen des plantes mâles aux fleurs hermaphrodites. Sous son influence les pampres s'agitent, les feuilles battent doucement les grappes et, à chaque secousse, le pollen, devenu libre par l'ouverture des anthères, s'égrène dans l'ondée aérienne qui le dépose au passage sur les stigmates des fleurs hermaphrodites. Il y a sans doute une énorme proportion de pollen perdue, mais la fécondité des plantes mâles est tellement prodigieuse qu'il en reste encore suffisamment pour assurer la fécondation.

Le port dressé des étamines des fleurs mâles favorise la dissé-
mination du pollen. Dans cette position, en effet, les étamines
donnent plus de prise au vent et le pollen est plus facilement
emporté par lui. Au contraire, dans les fleurs hermaphrodites,
ainsi qu'on l'a vu plus haut, les filets sont courts et, de plus, en
quelques secondes, dès que la corolle est tombée, ils se recourbent
et amènent les anthères au-dessous de la fleur. Ce mouvement
a pour effet d'éloigner les anthères du pistil, de prévenir d'une
manière plus ou moins complète la fécondation de la fleur par
son propre pollen et, par conséquent, d'en favoriser la fécondation
par le pollen d'une plante mâle qu'apporte le vent. On sait du reste,
depuis Darwin, que le croisement des individus dans la fécondation est un cas très fréquent, le plus fréquent probablement.

Il y a donc très fréquemment, sinon le plus souvent, à l'état
sauvage, croisement des individus dans la fécondation, les fleurs
hermaphrodites se comportant à peu de chose près comme des
fleurs femelles. A quoi et dans quelle mesure leur servent leurs
étamines ; quelle peut bien être au juste la fonction de ce pollen
qui germe si difficilement ? Encore deux questions qui ne
pourront être résolues que par une expérimentation attentive. Ce
qui est certain pour moi dès maintenant, c'est que les plantes à
fleurs hermaphrodites, en l'absence de plantes mâles, sont fréquemment ou complètement stériles ou du moins très peu fertiles [1].

Ainsi s'opère la fécondation de la vigne à l'état sauvage. On
voit combien les conditions sont favorables à la production des
hybrides.

---

[1] Je possède, dans mon jardin, un pied hermaphrodite de *V. cinerea* et un de
V. Berlandieri, mais pas de pieds mâles de ces deux espèces. Ces deux plantes
fleurissent quinze jours au moins après les autres vignes du jardin, de sorte que
leurs fleurs n'ont pas de pollen étranger à leur disposition. Chaque année elles
sont couvertes de fleurs. Or, le *V. Berlandieri* m'a donné une seule fois une
douzaine de fruits ; quant au *V. cinerea*, il n'a jamais porté qu'une seule grappe,
à savoir une grappe dont j'avais opéré la fécondation artificiellement, à l'aide de
pollen étranger.

J'ai vu chez M. le Dr Davin, à Pignans (Var), un individu hermaphrodite très
ancien et d'un grand développement de *V. Berlandieri* dont toutes les grappes
avaient coulé, sauf deux dont il avait opéré l'hybridation, en accrochant à chacune
d'elles, régulièrement pendant plusieurs jours, une grappe en fleur de *Cabernet*·

A l'état cultivé, les phénomènes généraux de la fécondation sont essentiellement les mêmes, à part toutefois cette différence que, dans nos vignobles, il n'y a pas de plantes mâles et que toutes les fleurs par conséquent sont hermaphrodites. Mais nous avons vu que parmi ces dernières, suivant les cépages, les unes ont des étamines longues et droites à pollen germant facilement, les autres des étamines courtes et recourbées à pollen ne germant que très difficilement ou pas du tout.

Il est certain que le pollen des premières est aussi apte à opérer la fécondation que celui des plantes mâles sauvages; quant à celui des fleurs à étamines courtes, il est infiniment probable que s'il jouit de la même propriété (ce qui paraît certain) ce n'est qu'à un degré infiniment moindre ou dans des conditions particulières.

Ici se posent quelques questions. Puisque dans les plantes cultivées à étamines longues le pollen jouit de ses propriétés fécondantes dans toute leur plénitude, il peut y avoir fécondation du pistil d'une fleur par son propre pollen. Cette fécondation a-t-elle lieu? si elle se produit, est-ce plus ou moins souvent que la fécondation croisée (c'est-à-dire par du pollen étranger à la fleur ou même à la plante) et quels sont les effets de ces deux fécondations directe et croisée? A toutes ces questions il m'est impossible de répondre d'une manière absolument précise et satisfaisante. Cependant je ferai remarquer, avant de passer outre, que beaucoup de ceps de vigne en treille, absolument isolés et solitaires, fructifient régulièrement et abondamment. Si donc ici il y a croisement, ce ne peut être qu'entre fleurs du même individu, ce qui, nous le savons d'une manière générale, est sans influence notable sur la fructification.

J'ajouterai que le croisement dans la fécondation des fleurs à étamines longues est hors de doute. C'est par des croisements subspontanés de ce genre qu'ont été produits les hybrides Bouschet. Plusieurs autres faits prouvent encore leur existence. Ayant castré, un jour, une grappe de Chasselas, dans une treille, cette grappe fournit encore un nombre presque normal de grains. Dans ce cas, la fécondation des fleurs castrées avait été opérée par du pollen provenant des autres fleurs qui s'épanouissaient en même temps sur la treille.

Ainsi, pour les fleurs à étamines longues, il y a ou il peut y avoir croisement dans la fécondation entre les individus. On peut ajouter qu'il est présumable, d'après les lois de la physiologie, que si ce croisement n'est pas nécessaire à une bonne fructification chez un grand nombre de cépages à étamines longues, il peut lui être occasionnellement très utile. Peut-être aussi remplit-il d'autres fonctions dans les phénomènes si complexes de la reproduction.

Quant aux cépages à étamines courtes, les observations citées plus haut de M. Rathay me semblent avoir démontré qu'ils ne fructifient convenablement que lorsqu'ils sont plantés à côté de cépages à étamines longues fleurissant en même temps, dont le pollen supplée à l'impuissance plus ou moins grande de leur pollen propre.

A l'état cultivé comme à l'état sauvage, c'est l'air qui est l'agent principal du transport du pollen. Je dis principal et non exclusif, car il m'arrive tous les ans, dans le Midi, d'observer sur les fleurs de la vigne deux petits coléoptères, le *Dasytes griseus* Küster et le *Scraptia fusca* Latr., en grande abondance, le *Dasytes* surtout [1]. Ces deux bestioles sont extrêmement fréquentes au moment de la floraison. Très familières, elles volent d'une souche à l'autre et courent sur les fleurs pendant la castration, sur les pinces et les doigts de l'opérateur qu'elles gênent souvent. Ce sont des mangeuses de pollen : elles le dévorent sur les anthères et vont le chercher jusqu'à la surface des stigmates. Elles sont tellement couvertes de poussière pollinique qu'elles ne peuvent manquer d'en déposer fréquemment sur les stigmates. De fait, il m'est arrivé cinq ou six fois de voir des grappes castrées, mises à l'abri du pollen apporté par le vent, dans des cornets de papier,

[1] Je dois la détermination de ces deux insectes à l'obligeance de M. Pérez, mon collègue à la Faculté des sciences de Bordeaux.

être fécondées par ces insectes qui s'introduisaient par les fissures
du cornet. En outre de ces deux amateurs de pollen, je n'ai guère
rencontré sur les fleurs de la vigne qu'une petite *Cétoine* brune,
commune, et seulement très rarement.

Revenons maintenant à la floraison. Je prendrai pour type le
Chasselas, que j'ai étudié d'une manière plus spéciale.

Les fleurs d'une grappe de *Chasselas* s'épanouissent successivement suivant l'ordre de leur développement. La floraison complète
d'une grappe dure plus ou moins longtemps, suivant la grandeur
de cette dernière et diverses autres circonstances, trois à cinq
jours en moyenne, si le temps est favorable.

L'épanouissement des fleurs est subordonné essentiellement à
la température. A 15° c., on voit déjà quelques fleurs s'ouvrir de
temps en temps; mais ce n'est qu'à partir de 17° que la floraison
se fait d'une manière normale. De 20 à 25°, elle marche très
rapidement. La lumière solaire est sans action sur l'épanouissement, en tant que lumière : elle n'agit que par le calorique qui
l'accompagne. En effet, les grappes placées dans l'obscurité complète épanouissent tout aussi complètement et rapidement leurs
fleurs que celles qui sont placées à la lumière diffuse ou même
aux rayons solaires directs, pourvu que les températures, dans
les trois cas, soient les mêmes ([1]). Si, dans les grappes placées à

([1]) Voici un exemple :
Chasselas cultivé dans une orangerie.
Le 15 mai au soir, je fais entrer dans une grande boîte en carton mince un
rameau de *Chasselas* portant une grappe qui a commencé à fleurir le matin même
et dont j'ai supprimé, aux ciseaux, toutes les fleurs épanouies. Dans la boîte
est suspendu un thermomètre. Celle-ci se ferme facilement et à peu près hermé-
tiquement.
Le 16, à 7 heures du matin, le soleil donne sur la boîte, qui est fermée. La
température de l'intérieur de celle-ci est de 22°c. Dix fleurs viennent de s'épanouir.
— La boîte est refermée.
A 10 heures 15, cinquante fleurs sont épanouies. Il est remarquable que pour
toutes ces fleurs l'épanouissement est complet : toutes les corolles sont tombées.
Température dans la boîte, à ce moment, 32° c. — La boîte est refermée.
A 3 heures du soir. il n'y a pas d'autres fleurs épanouies. L'épanouissement a
donc cessé à partir de 10 heures 15 au plus tard.
Le lendemain, l'épanouissement continue.

l'ombre ou sous les masses du feuillage, les fleurs s'épanouissent habituellement d'une façon incomplète, cela tient sans aucun doute à une nutrition insuffisante de ces fleurs amenée par un commencement d'étiolement.

La floraison du *Chasselas* commence de bonne heure, vers sept heures du matin, lorsque la chaleur de la nuit a été normale, si le temps est beau, et dès que la température atteint 15° c. Pendant une heure environ, c'est-à-dire aussi longtemps que la chaleur n'atteint pas 17° c., quelques fleurs seulement s'ouvrent; mais dès que la température devient plus élevée, l'épanouissement se fait plus rapide : vers neuf heures, on peut voir les fleurs s'ouvrir de minute en minute, souvent plusieurs à la fois sur la même grappe. Puis le nombre des fleurs qui s'ouvrent diminue rapidement, et de dix à onze heures du matin l'épanouissement est presque terminé. C'est tout au plus si, dans l'après-midi, une ou deux fleurs s'ouvrent encore sur des grappes où, dans la matinée, quarante à cinquante fleurs se sont épanouies.

Ainsi lorsque le temps est beau et chaud. Mais si la nuit précédente a été froide, si la matinée est fraîche, le ciel couvert, le temps humide ou pluvieux, l'épanouissement est retardé jusqu'à l'amélioration des conditions extérieures, c'est-à-dire jusqu'à ce que la température atteigne 15 à 17°. Dans ces conditions, il peut ne commencer que très tard dans la matinée ou même être reporté à l'après-midi. Il peut aussi se faire très lentement et irrégulièrement durant toute la journée et même, si la température reste insuffisante, être retardé jusqu'au lendemain. Si ces conditions défavorables se prolongent deux ou trois jours de suite, l'épanouissement complet n'a plus lieu : la corolle ne tombe plus, elle est seulement détachée à sa base et soulevée à un ou deux millimètres de hauteur. Alors elle reste définitivement sur la fleur comme un capuchon qui enferme les anthères et le stigmate (sensiblement comme en *a*, fig. 3).

Ce mode d'épanouissement entraîne généralement une coulure considérable chez tous les cépages, surtout chez le *Malbec*, le plus coulard de tous dans le Sud-Ouest. On pourrait désigner les fleurs qui le présentent sous le nom de *fleurs encapuchonnées*, pour les distinguer de celles où la corolle tombe, c'est-à-dire où l'épanouissement est normal.

En observant avec attention une fleur qui s'épanouit, on voit d'abord la corolle se séparer du réceptacle de la fleur par une fissure circulaire étroite (fig. 3, *a*). Cette déchirure est déterminée par l'allongement rapide des étamines qui soulèvent la corolle. L'accroissement des étamines continuant peu à peu, la corolle remonte de plus en plus le long de leurs filets. Puis les pétales s'écartent les uns des autres de la base au sommet, tout en restant cohérents par ce dernier, ce qui lui donne la forme d'une étoile à cinq rayons (fig. 3, *b*); enfin elle oscille et tombe (fig. 3, *c*). L'ensemble de ces phénomènes dure le plus souvent de cinq à dix minutes.

Au moment de la chute de la corolle, les anthères se trouvaient un peu au-dessus et à côté du stigmate. Dès que la corolle est tombée, elles s'écartent latéralement du centre de la fleur, fuyant pour ainsi dire le stigmate, d'un mouvement assez rapide qui devient plus lent peu à peu (fig. 3, *d*). Il dure de cinq à dix minutes, après lesquelles on constate que les anthères sont éloignées de trois à quatre millimètres du stigmate et que les filets font avec le pistil un angle de 40 à 50° (fig. 3, *e*). Bientôt les anthères

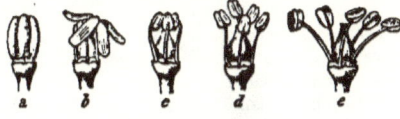

Fig. 3.

Épanouissement de la fleur du *Chasselas* suivant l'ordre des lettres *a*, *b*, *c*, *d*, *e*.

oscillent sur leur point d'attache de manière à tourner en dehors la face qui était primitivement accolée au stigmate et sur laquelle se produisent les fentes qui donnent issue au pollen (fig. 3, *e*, et fig. 1, *a*). Ces mouvements des anthères, comme ceux des filets des étamines, ont pour effet de prévenir la fécondation du pistil par le pollen de la même fleur et de favoriser la fécondation par du pollen étranger.

Au moment où la corolle tombe, les anthères sont encore fermées et on n'aperçoit pas de traces de pollen sur le stigmate. C'est seulement pendant le mouvement des étamines en dehors, deux, trois, cinq minutes, ou plus, après la chute de la corolle, que les anthères s'ouvrent. Le pollen paraît au bord des fentes, se détache à la moindre secousse ou même tombe par son propre poids (fig. 1, *a*; fig. 2, *b'*; fig. 3, *e*).

Ainsi le pollen n'est pas déposé sur le stigmate, sous la corolle, avant la chute de celle-ci, comme le disent quelques auteurs, au moins dans les cas de floraison normale. Ceci n'a lieu que dans les fleurs que j'ai appelées *encapuchonnées* ([1]).

---

[1] Il semblerait, à première vue, que dans les fleurs encapuchonnées où les anthères et les stigmates sont protégés d'une manière durable par la corolle, la fécondation devrait être plus assurée que dans les fleurs à épanouissement complet. C'est le contraire qui est la vérité, et l'encapuchonnement des fleurs est une des causes les plus fréquentes de coulure. Je l'ai dit plus haut déjà à propos du *Malbec*. Voici, pour le *Chasselas*, quelques exemples précis :

A. — Le 15 juin, la floraison d'une grappe *A* de ce dernier cépage, cultivé en serre, vient de se terminer. Je compte et marque les fleurs qui sont complètement épanouies et celles qui sont encapuchonnées. J'enferme la grappe dans un sac de crin. Le 1er août, les fruits sont mûrs; je les récolte et les compte.

Voici les nombres :

Fleurs complètement épanouies sur la grappe *A*... 88
Nombre de baies normales fournies par ces fleurs.. 55
Coulure, 38 0/0.
Fleurs encapuchonnées sur la grappe *A*.......... 24
Nombre de baies normales fournies par ces fleurs.. 4
Coulure, 84 0/0.

B et C. — Le 15 juin (même plante qu'en *A*), sur une grappe *B* qui termine sa floraison, je retranche toutes les fleurs à épanouissement complet et conserve seulement les fleurs encapuchonnées. Celles-ci sont au nombre de 132. Je mets un sac de crin.

Le même jour (toujours sur la même plante), sur une grappe *C* qui termine sa floraison, je supprime toutes les fleurs encapuchonnées et ne garde que celles à épanouissement complet, au nombre de 116. — Mis la grappe dans un sac de crin.

Le 1er août, les fruits sont mûrs; je les cueille et les compte.

Fleurs encapuchonnées de la grappe *B*.......... 132
Nombre de baies normales fourni par ces fleurs .. 40
Coulure, 70 0/0.
Fleurs à épanouissement normal de la grappe *C*.. 116
Nombre de baies normales fourni par ces fleurs .. 49
Coulure, 58 0/0.

Il semblait naturel d'attribuer cette coulure au manque d'action du pollen sur les ovules de la même fleur : du moins les travaux de Darwin donnaient à cette

Au moment où la corolle tombe, le stigmate possède son développement définitif : il est frais, non humide et retient facilement le pollen. Peu après, on peut le voir devenir humide ; puis généralement apparaît à son extrémité une petite perle de liquide qui persiste souvent plusieurs jours, diminuant ou même disparaissant aux heures les plus chaudes de la journée pour reparaître le soir et le matin. Lorsque, pendant plusieurs jours, le temps est sec et chaud, cette sécrétion ne se produit pas, au moins dans la journée. En général, mais non toujours, l'apport du pollen sur le stigmate détermine la disparition complète de cette perle liquide après douze à vingt-quatre heures. L'humidité du stigmate est évidemment favorable au développement du pollen apporté sur cet organe. Cependant elle ne paraît pas indispensable, car il m'est arrivé bien souvent, dans le Midi, par des temps très secs, de déposer du pollen sur des stigmates sans trace apparente d'humidité et d'obtenir d'excellents résultats de ces hybridations. Je dois dire toutefois que, dans ces cas, l'absence

---

explication une certaine vraisemblance. Mais une recherche plus attentive m'a démontré l'inexactitude de cette interprétation.

En effet, ayant compté comparativement d'une part le nombre de baies provenant des fleurs complètement épanouies et celui des pépins fournis par ces baies, et d'autre part le nombre de baies provenant des fleurs encapuchonnées, ainsi que le nombre des pépins contenus dans celles-ci, l'avantage dans la fécondité des baies a été pour les fleurs encapuchonnées. — Voici les chiffres :

Total des baies provenant des fleurs complètement épanouies
(grappes *A* — *pro parte* — et *C*).................... 104
Total de leurs pépins................................ 105
Total des baies provenant des fleurs encapuchonnées
(grappes *A* — *pro parte* — et *B*).................... 44
Total de leurs pépins................................ 60

C'est-à-dire que 100 baies provenant de fleurs complètement épanouies ont fourni.. 100 pépins.
Tandis que 100 baies provenant de fleurs encapuchonnées ont fourni.. 136 pépins.

Or, j'ai remarqué, en examinant les stigmates des fleurs encapuchonnées, après avoir enlevé la corolle et les anthères avec précaution, que tous ces stigmates portaient bien du pollen, surtout sur leurs bords, mais qu'ils étaient absolument secs et que le pollen ne semblait avoir germé nulle part.

D'après cela, c'est à la sécheresse du stigmate et au manque de germination du pollen dans la plupart des fleurs encapuchonnées qu'il faut attribuer leur coulure habituelle.

de l'humidité dans la journée ne prouve pas que l'humidité manquât également pendant la nuit.

Les détails qu'on vient de lire sur la floraison du *Chasselas* me semblent devoir s'appliquer, en ce qu'ils ont d'essentiel, à toutes les vignes cultivées qui ont des étamines longues. Ils s'appliquent également, *mutatis mutandis,* aux fleurs mâles des plantes sauvages. Quant aux vignes cultivées à étamines courtes, j'ai omis de suivre l'épanouissement de leurs fleurs; mais il semble probable que ce dernier offre de l'analogie avec celui des fleurs hermaphrodites des vignes sauvages. Chez ces dernières, on constate, comme caractère spécial, une très grande rapidité et une grande amplitude dans les mouvements que font les étamines pour s'éloigner du pistil. Tandis que dans les fleurs à étamines longues, les filets des étamines n'arrivent à former avec le pistil qu'un angle de 45° à 60° seulement; dans ces dernières, ils se recourbent jusque sous l'ovaire (fig. 1, *b* et *c*), et au lieu d'employer pour ce mouvement, comme chez les premières, plusieurs minutes, ils l'exécutent en quelques secondes seulement. On dirait quelquefois, tellement ces mouvements sont rapides, que les filets sont de véritables ressorts.

III

Technique de l'hybridation artificielle.

—

Nous voici arrivés à l'hybridation artificielle.

Une première et très grande difficulté résulte de la différence des époques de floraison des diverses espèces de vignes américaines et de nos variétés européennes. Ainsi, le *V. riparia* fleurit quinze jours au moins avant nos cépages et le *V. rupestris* huit jours. Les *V. œstivalis* et *cordifolia* commencent à peine leur floraison quand la vigne européenne vient de terminer la sienne. Ce n'est que huit à dix jours après que cette dernière a passé fleur que le *V. Berlandieri* d'abord et le *V. cinerea* ensuite commencent à fleurir. Les *V. rubra* et *rotundifolia* terminent la série, et il y a entre leur floraison et celle de nos cépages un intervalle de trois à quatre semaines.

Heureusement que chez quelques espèces, le *V. rupestris* surtout, la floraison des plantes mâles vigoureuses dure très longtemps. Lorsque les grosses grappes sont défleuries, on voit apparaître une foule de grappillons qui, pendant une quinzaine de jours, fournissent encore du pollen en quantité suffisante. Il m'est arrivé fréquemment aussi, pour les hybridations les plus tardives, d'utiliser les fleurs que m'offraient les boutures mises de bonne heure en pépinière.

Mais ces ressources sont habituellement insuffisantes, et, pour faire coïncider les époques de floraison, on est obligé de la retarder chez les plantes précoces, de l'avancer chez les tardives.

Il y a divers moyens de retarder la floraison. Le meilleur, je crois, consiste à conserver sur la souche que l'on veut retarder un long sarment que l'on couche dans un fossé rempli ensuite de terre, ne laissant sortir que le dernier œil. Au moment favorable, on le retire de terre, on pince la pousse terminale, et les rameaux qui se développent successivement fournissent pendant longtemps des fleurs à divers degrés de développement.

On peut aussi laisser les longs bois comme ceux dont je viens de parler à l'air libre. Quinze jours avant la floraison, on pince toutes les pousses à 6 ou 8 centimètres au-dessus de leur base. Il s'en produit d'autres qui, quinze jours ou trois semaines après la floraison normale, présentent des fleurs en bon état.

Lorsqu'il s'agit de plantes mâles que l'on ne craint pas de fatiguer, dès que leurs pousses ont 15 à 20 centimètres de long, on les pince toutes à 6 ou 8 centimètres de leur base. Un mois à six semaines après, ces plantes sont chargées de fleurs.

Enfin on peut encore se servir de marcottes en pots que l'on aura préparées dès l'année précédente, en ayant soin de faire sur la marcotte, au niveau du fond du pot, une ligature au fil de fer, pour forcer les racines à se développer à l'intérieur du pot. A la fin de février, on détache les marcottes de la plante mère, on met les pots dans une cave ou une glacière d'où on les retire au moment opportun pour les mettre à l'air libre. Ce procédé donne de très bons résultats pour les plantes mâles, qui fournissent ainsi d'excellent pollen.

Pour avancer la floraison, on enferme la plante dans une caisse vitrée. On peut même prendre la précaution de mettre de temps en temps sur ses racines une couche de 0^m25 de fumier frais. Avec beaucoup de soins, on peut avancer la floraison de huit à douze jours par ce moyen.

Les marcottes en pots, mises à temps en serre chaude, donnent aussi de bons résultats. Mais je dois dire que, jusqu'à présent, ces deux derniers procédés ne m'ont réussi que pour les plantes mâles. Les fleurs fertiles ne supportent pas ces différentes manipulations et tombent invariablement après la floraison.

Les plantes qui doivent servir de père et de mère étant supposées prêtes pour l'opération, nous avons maintenant à nous occuper des fleurs qui doivent être fécondées. On choisit, sur la plante destinée à servir de mère, une ou plusieurs grappes de grandeur moyenne, bien nourries, qui aient déjà une dizaine do fleurs épanouies. Avec des ciseaux très fins on détache toutes ces dernières fleurs aussi bien que les fleurs les plus en retard, les plus petites par conséquent, qui ne fleuriraient que quatre ou

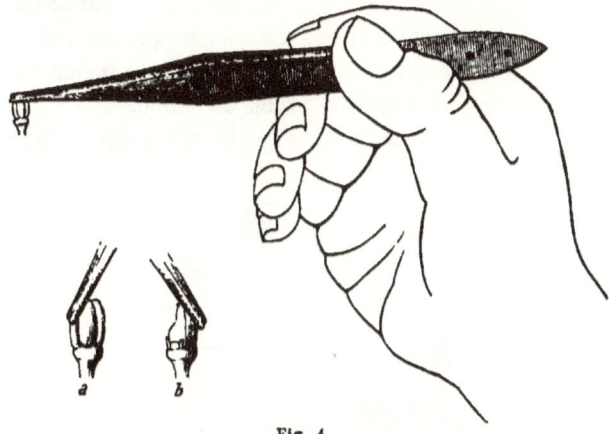

Fig. 4.

Castration d'une fleur de vigne. En *a* et *b*, la pince prend la corolle obliquement, successive-ment des deux côtés, afin de ne pas blesser le stigmate.

cinq jours plus tard. On peut aussi employer pour cette opération la pince fine qui sert à castrer : avec les mors on saisit le pédicelle des fleurs que l'on veut retrancher, on serre et on tire à soi.

Les pinces à castrer sont de fines pinces en acier de 8 à 10 centimètres de longueur, à mors longs et aigus, de 1 milli-mètre d'épaisseur au plus à l'extrémité (¹). Avec les mors, l'opérateur saisit l'extrémité de la corolle soit transversalement (fig. 4), soit un peu obliquement (fig. 4, *a* et *b*). Il imprime à la pince un léger mouvement de torsion et tire à lui. Le plus souvent la corolle tout entière et quelques anthères se trouvent arrachées ainsi du premier coup. Quelques coups de pince supplémentaires

(¹) On les trouve chez les fabricants d'instruments de chirurgie, sous le nom de *pinces fines à dissection.*

sont ensuite nécessaires pour arracher les autres anthères. Une fleur castrée, on passe à une autre, et ainsi de suite jusqu'à la dernière. On examine ensuite avec attention la grappe tout entière pour voir s'il n'y reste pas quelque anthère, ce qui arrive fréquemment.

La castration est en général une opération très simple. Il faut seulement un peu d'adresse et d'habitude pour ne pas écraser ou blesser le stigmate, qui souvent n'est guère qu'à un millimètre au-dessous du sommet de la corolle, quelquefois moins encore. Tout stigmate blessé devient incapable de fécondation.

La castration peut se faire à toute heure de la journée et par tous les temps.

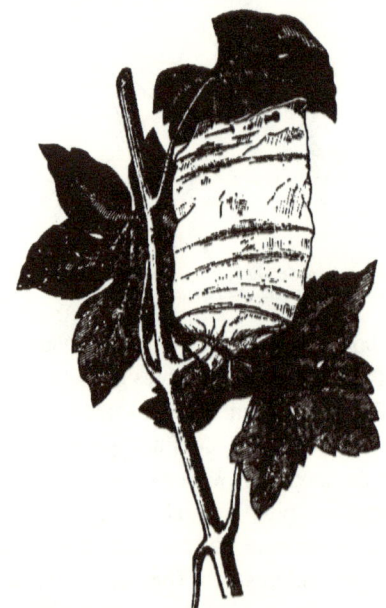

Fig. 5.

Grappe castrée recouverte d'un sac de gaze, tendu par une spirale de laiton intérieure et retenu à une feuille par une épingle.

Dès qu'elle est terminée, on applique le pollen ou, si on ne doit le faire qu'après quelque temps, on enveloppe la grappe avec précaution dans un sac de papier huilé (15 à 20 centimètres de haut sur 10 à 12 de diamètre) ou un sachet de gaze fine contenant un fil de laiton roulé en spirale qui sert à le tendre dans tous les sens. L'ouverture en est assujettie à la queue de la grappe par un fil ordinaire ou un fil mince de fer ou de laiton (fig. 5). Cette précaution est indispensable pour empêcher la fécondation par un pollen autre que celui qu'on veut employer. Je me sers aussi souvent, pour plus de commodité, de simples triangles en papier résistant (fig. 6, *a*), que j'enroule comme un cornet autour de la grappe et de la tige, assujettissant les extrémités du triangle avec

Fig. 6

Grappe castrée enfermée dans un cornet de papier. — *a*, forme du triangle de papier.

des épingles, ainsi que le montre la figure 6, de manière à ne laisser que des ouvertures aussi petites que possible. Ces cornets

3

suffisent contre le pollen que transporte le vent, mais ils permettent l'entrée du sac aux insectes dont il a été question précédemment. Néanmoins, je les regarde comme suffisants au point de vue pratique et n'emploie les sacs de papier ou de mousseline que lorsque toute cause d'erreur doit être écartée et quand l'apport du pollen doit être retardé plusieurs jours.

Reste à considérer l'application du pollen.

La grappe destinée à fournir ce dernier doit offrir plusieurs fleurs fraîchement épanouies. On cherche parmi ces dernières une fleur dont les anthères soient ouvertes. S'il n'y en a pas en cet état, on expose la grappe au soleil pendant quelques minutes. Sous l'influence de la dessiccation, les anthères s'ouvrent et le pollen se présente entre leurs valves, sous forme d'une fine poussière jaunâtre ou blanchâtre (fig. 2, *b'*). Avec la pince on saisit une de ces fleurs par la partie supérieure du pédicelle, on l'arrache et on touche légèrement et successivement, avec ses anthères, les stigmates dont on veut opérer la pollinisation. Une fleur mâle suffit à en polliniser une dizaine. On continue la même opération jusqu'à ce que tous les stigmates de la grappe qu'il s'agit d'hybrider aient reçu du pollen. On enferme alors et sans tarder la grappe pollinisée dans un sac de papier ou de mousseline ou dans un cornet de papier, ainsi qu'il a été dit plus haut, pour prévenir l'apport du pollen étranger. Huit à dix jours après, on enlève ces abris et on les remplace par des sacs de crin destinés à protéger les fruits contre les oiseaux et les insectes. L'opération est terminée.

Grâce à toutes ces précautions, on obtient à peu près un grain de raisin pour deux ou trois fleurs castrées et pollinisées, et il est excessivement rare que tous les pépins obtenus ne soient pas hybridés. Ce cas se présente à peine quatre à cinq fois sur mille et s'explique par quelque castration incomplète.

A ceux qui trouveraient ces opérations trop délicates, je proposerai le procédé suivi par Bouschet de Bernard et, plus récemment, par le docteur Davin.

Au moment où la grappe que l'on veut féconder artificiellement commence à fleurir, on y accroche une ou deux grappes en pleine floraison de l'espèce qui doit servir de père. Chaque matin on répète la même opération, après avoir enlevé la grappe de la veille, jusqu'à ce que la floraison soit terminée. Sur tous les pépins que fournira cette grappe, j'estime qu'il peut y en avoir de un tiers à la moitié qui sont réellement le produit de l'hybridation. Je sais que le docteur Davin a obtenu par ce procédé une plus forte proportion de graines hybridées, mais il ne faut pas oublier que dans ses essais la plante mère était un *V. Berlandieri* fertile, par conséquent à étamines courtes.

On peut appliquer le pollen sur les fleurs castrées ou immédiatement après la castration ou seulement quelques jours plus tard. D'une manière générale, aussi longtemps que les stigmates ne sont pas desséchés, de couleur brune, ils sont capables de fécondation. J'ai conservé des stigmates en bon état pendant huit à neuf jours.

Puisque les stigmates gardent leur vitalité pendant plusieurs jours, on peut se demander quel est, pendant ce laps de temps, le moment le plus opportun pour l'application du pollen. L'expérience m'a appris que c'est le quatrième ou le cinquième jour après la castration ([1]). Cela tient vraisemblablement à ce que, par

---

([1]) C'est ce que prouve l'expérience suivante :

Le 9 juin, je castre six grappes d'*Aramon* et immédiatement après j'applique (à 2 heures du soir), sur une de ces grappes (A), le pollen de *Rupestris de Fortworth*. Toutes ces grappes sont aussitôt renfermées dans des sacs de gaze fine.

Le lendemain (10 juin), je passe en revue avec attention les fleurs de toutes les grappes castrées la veille et supprime toutes celles dont les ovaires ou les stigmates ont été lésés par les pinces pendant la castration, ce qui se distingue facilement à la couleur brune des parties blessées. Les grappes sont renfermées de nouveau dans leurs sacs.

Après cette opération, il reste :

Sur la grappe A, 212 fleurs en bon état.
— B, 87 —
— B', 155 —
— C, 140 —
— C', 98 —
— D, 88 —

Le 11 juin, à 2 heures, application du pollen du même *Rupestris de Fortworth,*

cette dernière opération, on ouvre prématurément une foule de fleurs qui ne se seraient épanouies que quelques jours plus tard.

Dans ce qui précède, j'ai supposé que l'opérateur employait, pour la fécondation, du pollen frais pris sur des fleurs fraîches.

---

par le même procédé que pour la grappe A, sur les grappes B et B'. — Remis les grappes dans les sacs.

Le 14, à 2 heures, même opération avec le même pollen pour les grappes C et C'.

Le 16, à 2 heures, même opération avec le même pollen pour la grappe D. Je remarque que sur cette grappe un grand nombre de stigmates sont bruns (morts) et que la plupart ont perdu leur fraîcheur. Les stigmates humides constituent à peine un quart du nombre total des fleurs.

Pendant ces huit jours et même après, le temps a été exceptionnellement sec et chaud.

Le 20, les sacs de gaze sont remplacés par des sacs de crin.

Fin septembre, les grappes sont cueillies et examinées avec soin. Leurs baies fertiles, de grosseur normale, sont comptées; de même les millerandées, stériles. Les pépins en sont extraits et nettoyés, puis jetés dans un verre d'eau. Ceux qui vont au fond du verre (fertiles) et ceux qui surnagent (stériles) sont comptés à part.

Voici les chiffres :

Grappe A.

212 fleurs ont fourni 109 baies normales, fertiles, et 12 baies millerandées, stériles.

Ces 100 baies ont donné 127 pépins fertiles et 7 stériles;

C'est-à-dire que 100 fleurs ont produit 51 baies fertiles et que 100 baies fertiles ont produit 116 pépins fertiles,

Ce qui fait 59 pépins fertiles pour 100 fleurs fécondées.

Grappes B et B'.

212 fleurs ont fourni 113 baies normales, fertiles, et 12 baies millerandées, stériles.

Ces 113 baies ont donné 157 pépins fertiles et 27 stériles;

C'est-à-dire que 100 fleurs ont produit 46 baies fertiles et que 100 baies fertiles ont produit 138 pépins fertiles,

Ce qui fait 64 pépins fertiles pour 100 fleurs fécondées.

Grappes C et C'.

238 fleurs ont fourni 134 baies normales, fertiles, et 0 baie millerandée, stérile.

Ces 134 baies ont donné 263 pépins fertiles et 39 pépins stériles;

C'est-à-dire que 100 fleurs ont produit 56 baies fertiles et que 100 baies fertiles ont produit 196 pépins fertiles,

Ce qui fait 110 pépins fertiles pour 100 fleurs fécondées.

Grappe D.

88 fleurs ont fourni 21 baies normales, fertiles, et 1 baie millerandée, stérile.

Ces 21 baies ont donné 23 pépins fertiles et 2 pépins stériles;

C'est-à-dire que 100 fleurs ont produit 23 baies fertiles et que 100 baies fertiles ont produit 19 pépins fertiles,

Ce qui fait 26 pépins fertiles pour 100 fleurs fécondées.

C'est donc la fécondation du 14 juin, c'est-à-dire au cinquième jour après la castration, qui a produit le résultat le plus avantageux au point de vue du nombre des graines.

Il est important de savoir s'il est possible de maintenir les fleurs
fraîches pendant plusieurs jours et d'utiliser le pollen sec.

Pour conserver en bon état les fleurs sur lesquelles doit être
pris le pollen, il faut avoir soin d'abord de ne s'adresser qu'à des
grappes sur lesquelles il n'y ait encore qu'un petit nombre de
fleurs épanouies. Après les avoir cueillies par un temps sec, on
en roule une à quatre ensemble, suivant leur grosseur, dans une
ou deux feuilles de vigne bien sèches, sans les comprimer, et on
met ce petit paquet dans un étui de papier, que l'on ferme en le
froissant à chaque extrémité. Le tout est déposé dans un lieu frais
et sec. Après trois jours, on examine les grappes. S'il y a des
traces d'humidité sur les feuilles (buée plus ou moins forte), on
ouvre le papier à chaque bout de l'étui pour faciliter l'accès de
l'air et prévenir la moisissure et la fermentation. De cette façon, les
fleurs se conservent de cinq à sept jours en bon état. Elles s'ouvrent successivement dans le paquet, de telle façon qu'au moment
où on en a besoin on en trouve toujours qui sont fraîchement
épanouies. Si alors les anthères n'étaient pas ouvertes, quelques
minutes d'exposition au soleil suffiraient à déterminer la rupture
de leurs loges et la mise en liberté du pollen.

Ce procédé réussit admirablement avec les fleurs mâles. Lorsqu'on ouvre le paquet, la plupart des corolles sont détachées; elles
tombent au moindre choc et les anthères s'ouvrent. Dans ce cas,
au lieu de prendre péniblement avec la pince et une à une les
fleurs en question, pour toucher successivement, avec leurs
anthères, les stigmates des fleurs à féconder, je me contente de
promener la grappe mâle à la surface de la grappe castrée; le
pollen s'échappe en véritables nuages, couvrant tous les organes,
les stigmates comme les autres.

On peut aussi, à l'aide des grappes (mâles surtout) qui sont
dans l'état dont je viens de parler, préparer une grande quantité
de pollen pur. Pour cela, on fait tomber avec précaution toutes
les corolles qui tiennent encore, puis on place la grappe sur une
feuille de papier dans un lieu sec. On la secoue de temps en
temps; le pollen sort des anthères et tombe sur le papier. Après

vingt-quatre heures de séjour à l'air libre dans un lieu sec, on le verse dans une boîte ou un petit tube de verre court, où il se conserve très bien. Ce pollen est d'un emploi très commode. On en prend de petites quantités sur un pinceau à aquarelle sec, et on touche légèrement avec ce dernier les stigmates que l'on veut polliniser. Il faut avoir autant de pinceaux que de sortes de pollen, ou avoir soin, pour ne pas mélanger ces derniers, lorsqu'on veut changer de pollen, de plonger le pinceau dans l'alcool et de le laisser sécher.

On a vu tout à l'heure qu'il est possible de conserver fraîches des fleurs pendant six à sept jours. Passé ce temps, elles sont généralement envahies par la pourriture, et le seul moyen de conserver plus longtemps le pollen est alors de laisser sécher le tout. Pour cela, vers le sixième jour on ouvre définitivement les étuis de papier doublés d'une feuille de vigne dans lesquels se trouvent les grappes fraîches, et on secoue ces dernières sur une feuille de papier. Les fleurs se détachent ainsi que la corolle, les étamines et les anthères, et tombent sur le papier où on les étale en couche mince. Il ne reste entre les mains de l'opérateur que la grappe, qui est jetée. La feuille de papier est mise dans un lieu sec, aéré, où tous les débris qui la couvrent se dessèchent complètement en trois ou quatre jours. On conserve cette poussière dans une boîte. Elle est d'un usage très commode pour l'hybridation. On peut en préparer facilement de très grandes quantités. Pour polliniser les grappes castrées, d'une main on tient sous ces dernières une feuille de papier, tandis que de l'autre on verse doucement la poussière de la boîte sur les différentes parties de la grappe qu'il s'agit de féconder. On verse de nouveau la poussière recueillie sur le papier dans la boîte et on recommence. Après deux ou trois opérations, on peut être certain que la fécondation est assurée et on met de côté la boîte pour d'autres hybridations.

Nous avons réussi, M. de Grasset et moi, plusieurs hybridations par ce procédé, avec des fleurs cueillies depuis quinze jours et desséchées depuis neuf à dix. Il est clair qu'avec la poussière de débris de fleurs dont je parle, on pourrait hybrider au pinceau comme avec le pollen pur dont il a été parlé plus haut. En effet, lorsqu'on examine à la loupe les débris de toutes sortes, anthères, corolles, étamines qui la constituent, on voit qu'ils sont absolument couverts de pollen qui s'attache facilement et en quantité au pinceau.

Cette dernière méthode offre plusieurs avantages : une grande facilité de préparation du pollen, la rapidité de la pollinisation des stigmates, et la possibilité de conserver du pollen utilisable pendant deux semaines. Ce serait là, d'après Wichura, Nietner et divers auteurs, la longévité maximum du pollen dans les saules, les rosiers, etc. Je n'ai pas essayé de pollen plus vieux; mais M. P. Castel, ancien président de la Société d'Agriculture de l'Aude, m'affirmait, en septembre 1890, que depuis plusieurs années il fait couramment, sur une grande échelle, des hybridations de vignes au pinceau avec du pollen de l'année précédente. C'est là un fait extrêmement intéressant tant au point de vue botanique qu'à celui de la pratique.

Le pollen (des étamines longues) de la vigne germe facilement et presque immédiatement dans l'eau pure et l'eau additionnée de 1 à 10 0/0 de sucre. Dans l'eau pure ou sucrée à 4 0/0, en vingt-quatre heures, au mois de juin, par une température normale, les tubes polliniques du *Chasselas* atteignent une longueur de un demi-millimètre à un millimètre. Je me suis assuré que dans l'*Aramon* pollinisé par son propre pollen, par une température normale, quarante-huit heures après que le pollen a été déposé sur le stigmate, on trouve déjà des tubes polliniques dans l'intérieur de l'ovaire, au voisinage du micropyle; huit heures plus tard (c'est-à-dire après cinquante-six heures), on en voit qui ont pénétré dans l'endostome. Mais comme la papille mucellaire est épaisse et constituée par une douzaine de couches de cellules, il faut au boyau pollinique un assez long temps pour la traverser, et ce n'est que le cinquième jour après le dépôt du pollen sur les stigmates (dans le *Chasselas*) que j'ai été à même de constater la fécondation de l'oosphère. Au huitième jour *(Chasselas)*, l'embryon est constitué par une petite boule d'une trentaine de cellules. A ce moment, l'endosperme est formé; l'ovaire et l'ovule commencent à grossir rapidement, et, du dixième au douzième jour, alors que les ovaires et les ovules non fécondés n'ont pas changé, on voit dans ceux qui sont fécondés les proportions doublées : les ovules ont alors deux millimètres de long.

On sait qu'en général, après la fécondation d'une fleur par le pollen soit d'une race, soit d'une espèce distincte, rien, ni dans les fruits ni dans les graines qui sont le résultat du croisement, ne peut servir à reconnaître ce dernier, les fruits et les graines restant conformes à ce qu'ils sont habituellement dans la plante mère. Il y a cependant quelques exceptions à cette règle et justement dans le genre vigne. Ainsi, Henry Bouschet et son père ont observé plusieurs fois, au cours de leurs croisements entre l'*Aramon,* l'*Alicante,* la *Carignane* et le *Teinturier* (ce dernier fonctionnant comme père), qu'un certain nombre de fruits, au lieu d'avoir le jus incolore comme il l'est naturellement dans ces cépages, l'avaient coloré en rouge comme dans le père *(Teinturier).* Cette particularité était pour eux la preuve que le croisement avait réussi, et les graines provenant des fruits ainsi modifiés étaient semées à l'exclusion des autres ([1]). Il existe encore sur cette question d'autres données que l'on pourrait discuter ([2]). Mais comme les faits bien établis seuls doivent être pris en considération, je crois plus utile de passer outre et d'en rapporter deux bien certains, dont je dois la connaissance au baron Antonio Mendola, un des ampélographes européens actuels les plus éminents. Il m'écrivait, à la date du 7 février 1883 : « J'ai obtenu de belles variétés par la fécondation artificielle selon la méthode de M. Bouschet... Dans divers croisements, quoique rarement, j'ai observé un changement de coloration sur la grappe fécondée.

([1]) *Bulletin de la Société d'Agriculture de l'Hérault,* 1865, p. 39 et 40.
([2]) Même recueil, 1864, p. 339, et 1865, p. 123.

Ainsi, ayant fécondé le raisin blanc *Sanginella* de Naples par le pollen du *Sabalkanskoï* rouge de Crimée, plusieurs baies de la grappe fécondée montrèrent la couleur rouge du *Sabalkanskoï*. J'ai vu les mêmes phénomènes sur les *Muscats blancs* fécondés par les rouges; mais je n'ai jamais observé l'inverse, c'est-à-dire la décoloration de raisins noirs par l'action du pollen des variétés à fruits blancs. »

La modification de la couleur normale du fruit par le croisement est donc un fait bien établi. Mais il est à remarquer que, jusqu'à présent, il n'a été constaté que dans le métissage. Malgré les très nombreuses hybridations que nous avons faites M. de Grasset et moi, jamais un cas de ce genre ne s'est présenté à nous. Jamais non plus nous n'avons observé de variations dans la forme des graines qui sont le résultat direct de l'hybridation. Nous les avons toujours vues offrir uniquement les caractères de celles de la plante mère. Une graine d'*Aramon* conserve toujours les caractères d'une graine d'*Aramon* et n'en présente pas d'autres, qu'elle soit le produit de la fécondation normale de l'*Aramon* ou de son croisement avec les *V. riparia, rupestris* ou autres. La réciproque est également vraie.

Je disais, au commencement, que toutes mes tentatives d'hybridation ont réussi avec la plus grande facilité. Il y a cependant à cette règle une exception que je dois signaler parce qu'elle est unique et qu'elle présente de curieuses particularités.

En 1884, je pollinisai cinq grappes castrées de *V. rupestris* par l'*Aramon-Teinturier-Bouschet*, plante à étamines longues et qui n'offre rien d'anormal dans sa fructification. La coulure fut presque générale, et je ne récoltai que cinq pépins bien constitués en apparence, mais dont aucun ne germa.

L'opération inverse donna le même résulat. Une grappe tout entière d'*Aramon-Teinturier* (ces grappes sont très grandes) pollinisée par un *Rupestris* mâle ne produisit que quelques baies dont aucun pépin ne leva.

En 1885, je pollinisai une grappe entière de ce même cépage

par un *Rupestris-Cinerea* à étamines courtes. Une autre grappe fut aussi pollinisée par un *Rupestris-Æstivalis* à étamines également courtes. (Je savais par d'autres essais que le pollen de ces deux plantes jouit d'une activité sinon entière, du moins à peu près normale.) Sur chacune de ces grappes, il se développa de vingt à trente baies normales. Mais presque tous les pépins furent très petits et creux. Il n'y en eut que quatre de grosseur normale, dont trois étaient creux; l'unique qui fut bon en apparence ne germa pas.

L'opération inverse fut faite avec le même *Rupestris-Æstivalis,* c'est-à-dire que ce dernier fut pollinisé par l'*Aramon-Teinturier.* Il en résulta un nombre normal de baies et de graines (74), bonnes en apparence, mais dont neuf seulement germèrent.

Une grappe de ce même *Aramon* pollinisée par un *Riparia-Æstivalis* mâle dont le pollen est très actif, produisit un petit nombre de baies fertiles dans lesquelles se trouvèrent très peu de graines (12) normales en apparence, mais dont aucune ne germa.

Et cependant une dernière grappe du même cépage pollinisée par le *Rupestris-Ganzin* mâle, plante à pollen très actif, produisit une ample récolte de baies bien développées. Celles-ci fournirent soixante et un pépins sensiblement normaux, mais tombant assez lentement au fond de l'eau. Sur ce grand nombre de graines trois seulement ont germé.

Voilà donc un cépage qui ne se laisse hybrider que très difficilement et d'une manière tout à fait irrégulière et capricieuse.

IV

Principales combinaisons dans le croisement.

—

Il resterait à discuter un point très important : celui des combinaisons les plus favorables au but que l'on se propose par l'hybridation. Faute d'une expérience suffisante, je me bornerai pour aujourd'hui à quelques rapides indications.

Un hybride d'*Aramon* et de *Rupestris* peut être produit de deux façons : ou bien en fécondant le *Rupestris* par l'*Aramon* ou bien par l'opération inverse. Ce dernier cas présente lui-même deux variantes, l'*Aramon* pouvant être fécondé par des fleurs mâles (à étamines longues) ou bien par des fleurs hermaphrodites (à étamines courtes) de *Rupestris*.

Bien que la possibilité de ce dernier genre d'hybridation soit niée par M. Rathay *(op. cit.)*, elle existe cependant, ainsi que je l'ai fait remarquer plus haut. Mais je manque d'observations pour dire au juste si l'hybridation avec ce pollen est plus ou moins facile qu'avec le pollen des fleurs mâles; ce dernier cas toutefois me semble plus probable. Il m'est également impossible de déterminer d'une façon exacte les résultats de ce mode d'hybridation pour les plantes qui en sont le produit. Tout ce que je peux dire aujourd'hui, c'est que les deux cent cinquante à trois cents hybrides de ce genre que nous possédons actuellement, M. de Grasset et moi, sont en général notablement inférieurs comme vigueur et résistance aux mêmes hybrides faits avec du pollen de fleurs mâles. Ce dernier mode d'hybridation est celui qui nous a donné les meilleurs résultats au point de vue de la vigueur et de la résistance au phylloxera, et celui que nous avons pratiqué sur la plus grande échelle depuis 1880.

La comparaison des hybrides obtenus en fécondant une variété

européenne par le pollen mâle d'une espèce américaine ou inversement en fécondant la plante américaine hermaphrodite de la
même espèce par le pollen (provenant d'étamines longues) de la
même variété européenne, nous a amenés depuis quelque temps,
M. de Grasset et moi, à la constatation d'un fait général très
curieux et des plus importants : l'*influence prépondérante de la
plante qui fonctionne comme père* dans ces croisements.

Nous possédons, en effet, des centaines de chaque sorte de ces
hybrides, par exemple *Aramon* × *Rupestris* (¹) et *Rupestris*
× *Aramon, Alicante-Bouschet* × *Rupestris* et *Rupestris* × *Alicante-
Bouschet*, etc.; d'une manière générale et sauf de rares exceptions,
les hybrides dans lesquels le *Rupestris* est le père sont plus résis-
tants au phylloxera, à grappes beaucoup moins grandes et à fruits
beaucoup plus petits que cela n'a lieu dans les hybridations
inverses. En hybridant l'européen par l'américain, on obtient une
très haute résistance au phylloxera, mais la fructification est
insuffisante. Par l'opération inverse, la fructification est bonne,
mais la résistance a disparu en grande partie. Cette loi, qui semble
ne souffrir que très peu d'exceptions, a, on le conçoit facilement,
une importance considérable au point de vue pratique.

Il est vrai que Darwin ne l'admet pas comme loi générale, mais
pour le genre vigne elle existe certainement, et il est bien probable que ce n'est pas là un fait isolé. On en connaît d'autres,
sinon identiques, du moins analogues. Ainsi, dans un ouvrage
récent (²), M. Nietner nous dit (p. 409) : « L'expérience a appris
que dans les hybrides artificiels de rosiers, la fleur a plus d'analogie pour la forme avec celle de la plante mère, tandis que le
feuillage et le port général se rapprochent davantage de ceux du
père... L'influence du père se fait sentir surtout dans l'habitus
général de l'hybride, mais elle est également prépondérante dans
la couleur de sa fleur. » Aussi conseille-t-il de choisir pour mères
les variétés à fleurs doubles et d'une belle forme et pour pères

---

(¹) Le signe × signifie fécondé par.
(²) Th. Nietner, *Die Rose*. Berlin, 1880.

celles à belle végétation et dont la fleur est remarquable par un coloris brillant, lors même qu'elles seraient peu doubles.

Je n'ai pas fait de recherches bibliographiques sur ce sujet, mais je ne doute guère qu'on ne puisse trouver dans la littérature botanique d'assez nombreux exemples de cas où l'influence tantôt du père, tantôt de la mère, sur certains organes de l'hybride, se montre prépondérante.

Tous les hybrides faits jusqu'à présent par M. de Grasset et moi ne contiennent du sang européen et américain que dans deux proportions différentes : ou bien un demi de chaque ou trois quarts de l'un contre un quart de l'autre.

Parmi les premiers, les plus simples sont constitués par un cépage européen seulement et une seule espèce américaine (*Aramon* ✕ *Rupestris*). D'autres sont un peu plus complexes et formés d'un seul cépage européen et de deux espèces américaines (*Aramon* ✕ *Cordifolia-Rupestris*). Enfin il y en a qui sont constitués par deux cépages européens et deux espèces américaines (*Aramon-Rupestris* ✕ *Carignane-Riparia*). L'étude de ces diverses combinaisons ne nous a encore révélé aucune particularité importante.

Quant aux hybrides à trois quarts de sang, s'ils contiennent trois quarts de sang américain (*Chasselas-Riparia* ✕ *Riparia*), ils sont tellement semblables à l'américain et leur fructification par conséquent est tellement rudimentaire, qu'ils ne peuvent servir que de porte-greffes. Il est permis d'attendre des hybrides à trois quarts de sang européen (*Chasselas-Riparia* ✕ *Chasselas* ou inversement) une fertilité notable, mais leur résistance au phylloxera et au mildiou sera-t-elle suffisante? Deux à trois années seront encore nécessaires pour répondre à cette question (¹).

(¹) J'ai déjà traité brièvement ce sujet dans une notice insérée au volume du *Congrès international d'agriculture*, tenu à Paris en 1889, p. 714 : *Notes sur les résultats de l'hybridation de la vigne.*

V

Éducation des Hybrides.

—

Cette notice serait incomplète si je n'indiquais les précautions à prendre pour la conservation et le semis des graines obtenues par l'hybridation aussi bien que les soins particuliers qui sont nécessaires aux hybrides pendant leur jeune âge.

On laisse les grappes fécondées artificiellement aussi longtemps que possible sur les souches, afin d'en parfaire la maturité. Après les avoir cueillies par le beau temps, on les suspend en un lieu sec, puis, en décembre ou janvier, lorsque la pourriture y apparaît, on sépare avec précaution les pépins des râpes, pulpes, etc. On les lave et on jette ceux qui surnagent et sont creux. Ceux qui tombent au fond de l'eau sont essuyés dans un linge fin, et quand ils ne présentent plus de traces d'humidité, mis dans une boîte en lieu sec.

Au premier printemps, un mois avant l'époque du semis, les pépins sont immergés pendant cinq à six jours dans l'eau pure en faible épaisseur (un centimètre à deux) pour que l'air s'y renouvelle facilement. Durant cet intervalle on change l'eau deux ou trois fois.

On les retire alors. On remplit de très petits pots à fleurs de terre de jardin ou de bruyère humide jusqu'à un centimètre du bord. On tasse la terre et on dépose dessus les pépins sortant de l'eau. On recouvre d'un centimètre de sable fin humide. Les pots sont placés dans des assiettes où on maintient un peu d'eau et recouverts d'une lame de verre. Ils sont conservés à une température basse ou modérée.

Cette stratification dure trois semaines ou un mois. Elle a pour effet de rendre les germinations plus nombreuses et la levée plus rapide et plus régulière.

On peut semer en plein air ou sur couche chaude. Dans ce dernier cas, sous l'influence d'une température comprise entre vingt et trente-cinq degrés centigrades, suivant les heures de la nuit et de la journée, vers le quinzième jour paraissent les premières plantes, et au trentième la germination est terminée. Lorsqu'on obtient, en moyenne, quatre-vingts germinations pour cent pépins semés, on a lieu d'être satisfait.

En plein air, la germination dure deux ou trois fois plus longtemps. Un bon tiers des graines ne germe pas ou trop tard ou seulement l'année suivante.

Nous avons l'habitude, M. de Grasset et moi, de semer les graines les plus précieuses sur couche chaude et sous châssis, en pots de sept à huit centimètres de diamètre, dans de la terre de bruyère qui a été purgée préalablement de toute espèce d'insectes par le sulfure de carbone. Dans les premiers jours de mai, lorsque le danger des gelées n'existe plus et que les jeunes plantes ont une hauteur de cinq à sept centimètres, elles sont dépotées en plein air, soit dans des grands pots de vingt-cinq centimètres de diamètre, soit en pleine terre, à la même distance les unes des autres. Il est bon, dans l'un et l'autre cas, de purger préalablement la terre des pots ou le sol des insectes qui peuvent s'y trouver, par une énergique application de sulfure de carbone. C'est le seul moyen de se mettre à l'abri des larves de noctuelle qui exercent quelquefois de grands ravages sur les jeunes plantes, pendant les deux ou trois premiers mois de leur existence. On arrive ainsi, si le sol est de bonne qualité et bien préparé, et en ayant soin d'aider à la végétation par quelques engrais liquides (floral), à obtenir, à la fin de la saison, des tiges de 1 mètre à 1m50 de longueur et par conséquent des plantes bonnes à être mises en grande culture dès l'année suivante.

On pourrait, dès la première année, au moment du dépotage, introduire le phylloxera dans les pots ou dans le sol où végètent les jeunes plantes, de manière à juger rapidement de la résistance de ces dernières. Pour diverses raisons, nous avons jusqu'ici suivi un autre procédé, M. de Grasset et moi.

Au mois de mars de l'année qui suit le semis, toutes les plantes les plus vigoureuses sont transplantées en plein vignoble, après un bon défoncement, aux distances habituelles ; et, à partir de ce moment, la plantation est traitée comme une vigne ordinaire. Comme elle a été établie sur une vieille vigne morte du phylloxera et arrachée dès la seconde année, toutes les plantes se trouvent envahies par l'insecte. A la troisième année, les racines des plus belles sont visitées avec attention, et si l'examen n'y fait pas reconnaître la présence de l'ennemi, elles sont empoisonnées par des poignées de racines phylloxérées. La même opération est répétée une seconde fois, l'année suivante, pour les pieds où le phylloxera n'a pas encore paru, de telle sorte qu'à la quatrième ou cinquième année il est possible de juger exactement du degré de résistance à l'insecte, tant par le développement des plantes que par l'état de leurs racines.

Dès l'année qui suit celle du semis, quelques plantes mâles se mettent à fleur, un plus grand nombre à la suivante, la plupart à la troisième année. Les plantes fertiles fleurissent plus tardivement ; je dois dire cependant que nous avons obtenu deux fois, sur sept à huit mille hybrides, quelques baies dès l'année après le semis, malgré la transplantation par conséquent. Mais ce sont là de très rares exceptions, et, en général, les plantes fertiles ne commencent à fleurir qu'à la troisième ou à la quatrième année, et ce n'est guère avant la sixième ou la septième que la grappe présente ses caractères définitifs.

Tous les hybrides, même ceux qui seront presque complètement réfractaires au mildiou lorsqu'ils seront arrivés à l'état adulte, sont extrêmement sensibles à cette maladie dans leur jeune âge et jusqu'à la fin de la première année. On n'arrive souvent à les sauver que par des traitements répétés à la bouillie, les hybrides à trois quarts de sang européen surtout. Pour ces derniers, une application de bouillie tous les dix jours est indispensable pendant la première année.

Il faut dire encore que parmi les hybrides américains aussi bien
que dans les franco-américains où l'espèce sauvage américaine
a fonctionné comme père, la moitié aux deux tiers environ des
plantes sont mâles; il y a en outre pas mal de plantes coulardes
et seulement un quart à un cinquième de plantes d'une fertilité
normale (hermaphrodites). Parmi ces dernières, les deux tiers
environ sont à étamines longues, et le reste à étamines courtes.
Toutes ces proportions varient dans des limites assez larges d'une
hybridation (c'est-à-dire suivant la nature des parents) à l'autre.

Il en est de même pour la résistance au phylloxera : il y a de
très grandes variations d'une hybridation à l'autre. Cependant, au
milieu de toutes ces irrégularités, l'influence de l'hérédité se
révèle de la façon la plus frappante, de sorte qu'on peut affirmer,
en thèse générale, que la résistance des hybrides est d'autant plus
grande que la somme de celle des deux parents l'est davantage
elle-même. L'influence prépondérante du père, dont il a été
question, masque ou contrarie quelquefois cette loi, mais ne la
détruit pas. Et, à ce propos, je dois ajouter que c'est vraisemblablement à la prépondérance du père qu'est dû ce fait si
remarquable chez quelques hybrides de l'immunité phylloxérique
complète : la résistance du père passant intégralement dans ses
descendants sans se laisser affaiblir en eux par la non-résistance
de la mère.

Mais je m'aperçois qu'au lieu de me borner, comme je le voulais
d'abord, à faire connaître la technique de l'hybridation et la
culture des hybrides, je me suis laissé entraîner plus d'une fois à
des considérations d'un ordre différent, relatives à l'effet des
diverses combinaisons que peut réaliser l'expérimentateur. Or,
c'est là un sujet encore bien obscur, qui ne pourra être abordé
avec fruit que lorsque plusieurs années d'observations seront
venues compléter mon expérience actuelle.

15 janvier 1891.

BIBLIOGRAPHIE.

Henry Bouschet. *Collection de vignes à jus rouge obtenues par le semis, après croisement des cépages méridionaux avec le Teinturier.* (*Bulletin de la Société d'Agriculture de l'Hérault*, 1864, p. 339.)

V. Ganzin. *De l'Hybridation artificielle.* (*Revue scientifique*, 30 juillet 1881.)

Millardet. *Notes sur les vignes américaines*, 1881, chapitre V.

P. Viala. *Les Hybrides Bouschet*, 1886, introduction.

G. Coudenc. *Étude sur l'hybridation artificielle de la vigne.* (*Congrès viticole de Mâcon*, 1887.)

G. Davin. *Hybridation des vignes.* (*La Provence horticole*, mars 1888.)

Bordeaux.—Imp. G. Gounouilhou, rue Guiraude, 11.

LA CHLOROSE

RECHERCHE DE SES CAUSES & DE SES REMÈDES

MÂCON, IMPRIMERIE PROTAT FRÈRES

LA CHLOROSE

RECHERCHE

DE SES CAUSES & DE SES REMÈDES

PAR

ÉMILE PETIT

Ingénieur

Membre des Comités phylloxériques départementaux de la Gironde et de la Loire
et de l'arrondissement de Roanne (Loire);
Secrétaire de la section de viticulture de la Société des Agriculteurs de France;
Lauréat du Conseil général de la Gironde;
Propriétaire-Viticulteur.

Prix : 1 Fr. 50

BORDEAUX

CHEZ FERET ET FILS, ÉDITEURS

COURS DE L'INTENDANCE, 15

1888

LA CHLOROSE

RECHERCHE DE SES CAUSES & DE SES REMÈDES

Dans une récente communication à la section de viticulture de la Société des Agriculteurs de France, relative à l'adaptation et incidemment à la chlorose, je rappelais l'importance de cette dernière question et insistais sur l'utilité des recherches relatives à ses effets et aux conditions dans lesquelles elle se produit, pour pouvoir de ces faits remonter aux causes, fixer celles-ci, et en déduire le remède. Il me semble que cette question des causes reste controversée plus qu'elle ne devrait l'être. Les faits d'observation et ceux d'expérience, bien qu'en quantité moindre, sont assez nombreux pour qu'on puisse, avec des chances de certitude, y chercher une lumière qui semble vouloir déserter la question.

Dans le courant de 1886, je précisai, dans une note insérée au compte rendu du Congrès de Bordeaux, une théorie de la chlorose que m'avaient suggérée des observations antérieures, et dont je retrouvais la confirmation dans l'examen d'un cas qui me parut typique au point de vue du raisonnement. Lors du Congrès, je ne rencontrai guère l'écho net de ces vues que chez le docteur Despetis, qui n'hésita pas à voir dans l'ordre des phénomènes respiratoires des racines, la cause immédiate de la chlorose, sans toutefois dégager aussi nettement qu'il nous apparaissait, la théorie de son mécanisme des influences accessoires encombrantes telles que celle de la chaleur.

Ce point de vue dut passer inaperçu, car on attribua alors, et depuis, à bien des causes autres que celles que nous avons dites, des insuccès plus ou moins permanents de plantations américaines, faits pour décourager, surtout en l'absence de la connaissance précise de leur origine et des conséquences pratiques qu'elle peut dicter[1].

---

(1) CAZEAUX-CAZALET ET COMICE DE CADILLAC.
(*Congrès viticole de Bordeaux*, 1886, f° 179.)
  « Tout le monde est d'accord pour attribuer la cause de la jaunisse du
» printemps à l'excès d'eau, au moment de la végétation, soit que cette
» eau agisse directement sur la plante, soit qu'elle agisse indirectement
» en modifiant l'état physique du sol sous l'action de la température exté-
» rieure. Le remède est connu : il suffit de drainer le sol.
  » La cause de la chlorose permanente est moins connue; tout au plus
» peut-on affirmer qu'elle est localisée à un genre de sols. On peut aussi
» rappeler : que les cépages américains non greffés y sont beaucoup moins
» sensibles que les mêmes cépages greffés; que sur les pieds les plus âgés
» elle apparaît rarement et avec moins d'intensité; que les pieds qui
» l'éprouvent n'ont de racines qu'au talon. »
  (f° 261.) « J'attribue la chlorose au manque des conditions nécessaires
» dans le sol pour L'ÉMISSION DES RACINES; c'est aussi, au plus haut degré,
» une mauvaise *adaptation* des cépages au sol qui permet à cette affec-
» tion de se produire. »
  « Il est peu probable que les faibles *différences de chaleur* qu'on a con-
» statées soient l'unique cause d'insuffisance des racines... Je crois plutôt
» à une *influence d'aération* et à une *insuffisance de fraîcheur durable*,
» par conséquent à une influence d'état physique du sol. »
  (*Journal du Comice de Cadillac*, janvier 1888. Rapport sur l'adaptation
de la jaunisse, par Cazeaux-Cazalet, secrétaire.)
  « Vous avez toujours pensé, dans ces études, que la jaunisse venait d'un
» DÉFAUT DE DÉVELOPPEMENT DES RACINES, soit à cause de l'*excès d'humi-
» dité*, soit à cause du *défaut d'ameublissement* du sol, soit à cause d'*im-
» pression reçue* de l'atmosphère par le feuillage. — Faits venant à l'appui,
» etc... »
DESPETIS.
(*Congrès de Bordeaux*, 1886, f° 219.)
  « Le tassement du sous-sol, l'*humidité stagnante* au printemps, une cer-
» taine quantité d'*eau* en excès, empêchant le RÉCHAUFFEMENT du sol des
» *terres de couleur foncée*, la lenteur de l'absorption de la *chaleur solaire*
» dans les terres blanchâtres, suffisent pour empêcher les racines de *respi-
» rer* et pour amener la production de la chlorose. »
  « Ce n'est que quand la température a acquis un certain degré que les
» radicelles commencent à absorber des matières organiques et surtout de
» l'acide carbonique. »
  « Si la chaleur pénètre autour des racines, la végétation reprend. Si au
» contraire les circonstances météorologiques défavorables persistent, la
» vigne se chlorose, se rabougrit de plus en plus... »
FOEX.
(*Congrès de Bordeaux*, 1886, f° 223.)
  « La chlorose se manifeste plus spécialement dans un sol froid (mais je
» ne crois pas que ce soit le défaut d'air pour la racine qui en gêne le fonc-
» tionnement) Les terres appelées ferrugineuses ont un pouvoir absorbant
» plus grand pour les RAYONS CALORIFIQUES *que les terres colorées*. La
» *coloration du sol* permet (probablement) aux terres d'absorber des
» quantités d'éléments nutritifs plus considérables que lorsqu'ils ne sont
» pas colorés. Dans les terres rouges ou colorées, les *jeunes racines* qui
» sont les agents actifs de l'absorption paraissent beaucoup plus hâtives

J'estime qu'en examinant les faits d'observations ou d'expérience acquis, il est facile d'y trouver la confirmation d'une

---

» que dans les terres grises. C'est probablement la cause la plus générale
» de la chlorose. »
(f° 226.) « La vigne s'alimente mal lorsqu'elle ne possède pas les radi-
» celles qui constituent ses organes d'absorption souterraine. Les *radi-*
» *celles* apparaissent dans les parties chaudes, peu après le débourrement;
» dans les parties froides, au contraire, l'apparition des radicelles n'ar-
» rive que longtemps après ce phénomène; la plante dépense pour créer
» son appareil extérieur et ne peut pas absorber de quoi renouveler ses
» réserves; de là, un épuisement qui se traduit par la disparition de la
» chlorophylle. »
Ménudier.
(*Congrès de Bordeaux*, 1886, f° 228.)
« On peut attribuer au manque de chaleur le développement de la chlo-
» rose. J'engagerais à transporter des terres rouges, argilo-siliceuses,
» foncées en couleur, sur des terres de champagne ou terres calcaires.
» Vous diminueriez ainsi considérablement la chlorose. »
Sahut.
(*Congrès de Bordeaux*, 1886, f° 238.)
Attribue la chlorose à des causes diverses : *Perturbations atmosphériques, soudure incomplète* de la greffe, plantation dans des sols *se réchauf-
fant mal*, manquant de *perméabilité*, de *profondeur* ou *d'oxyde de fer*
directement utile (f° 241.) « Dans les terres blanches qui, par conséquent,
» n'ont pas été colorées avec de l'oxyde de fer, dans les sols fortement
» argileux ou calcaires, pas assez ferrugineux, peu profonds et trop imper-
» méables, les vignes américaines, d'une manière générale, ne peuvent
» vivre longtemps et finissent par dépérir. »
Duchesse de Fitz-James.
(*La Vigne américaine*, en 1887, f° XIII.)
« Admet la théorie de M. Foëx qui attribue en grande partie la chlorose
» à l'*écart de la température du sol et de celle de l'air*, autrement dit : entre
» les conditions inverses présidant aux évolutions radiculaires et foliacées,
» et l'efficacité du sulfate de *fer* contre la chlorose. »
(f° 32.) Croit pouvoir conclure des études et rapports de MM. Sahut et
Cazeaux-Cazalet : « Dans tous les terrains argilo-calcaires, les racines
» trouvent les facilités nécessaires à leur existence pendant la durée
» (variable selon les terrains) des bons effets du défoncement. Mais une
» fois le terrain revenu à sa compacité première, ces racines subissent des
» *pressions* entravant à des degrés différents la circulation de la sève,
» depuis celui qui se traduit par une chlorose passagère lorsque l'excès
» d'humidité ou de sécheresse exagère momentanément l'effet de la *com-
» pacité*, jusqu'à celui où, après une ou plusieurs années de rabougrisse-
» ment, la vigne meurt. Certaines variétés, à produit direct, ont de grosses
» racines charnues, à la fois compressibles, élastiques et flexibles, que ce
» mélange de force et de souplesse arme pour la lutte contre les *pressions*
» *extérieures*. Leur cas se rapproche de celui des vignes françaises qui
» s'accommodaient des sols compacts. »
(f° 45.) Même explication par la compression *des racines par le sol*.
(f° 73.) Même explication par la *Compression*, en y joignant : *les effets de
la chaleur* variables suivant la coloration du sol (f° 75), *les effets du fer*
(f° 76), *les effets de la direction des racines* sur le cube nutritif dispo-
nible : « De l'angle formé par les racines avec la souche résulte un défaut
» de volume du cône nutritif qui se fait remarquer au bout d'un nombre
» d'années variable pour s'accentuer jusqu'à ce que la transformation par
» la greffe amène un *système radiculaire plus large* ou jusqu'à la mort du
» cep, à défaut. »
(f° 34 et 78.) Propose comme remèdes le *racinage superficiel* obtenu par
la surgreffe (affranchie), le bouturage à un œil, le choix des cépages, etc.

théorie, précieuse, si elle est exacte, en raison de la simplicité de sa formule et de la netteté de l'objectif qui s'en dégage (1).

C'est ce que nous allons essayer de faire, au fur et à mesure, en les passant successivement en revue.

Les points que j'ai nettement spécifiés sont particulièrement les suivants :

La chlorose a une *origine souterraine*.

La *composition chimique* d'un sol n'est qu'une cause d'ordre primaire, lointaine. Elle est l'origine d'un certain état physique.

L'*état physique* né de cette cause reste seul à considérer. Selon cet état, cause secondaire, un sol retient d'une façon différente l'air souterrain qui lui vient de l'extérieur et l'eau qui lui vient du sous-sol ou des pluies.

MILLARDET.
(Note sur les vignes américaines : *Journal d'Agriculture pratique* et *Feuille vinicole*, 22 déc. 1887.)

« Les *terrains blancs ou de couleur pâle* n'absorbent que très difficile-
» ment la *chaleur solaire* en raison même de leur coloration et restent
» froids. Quant à ceux qui, limités par un sous-sol imperméable, ou en
» raison de leur nature argileuse ou marneuse, retiennent une forte quan-
» tité d'*eau* ; ce n'est que tardivement, quelle que soit du reste leur cou-
» leur en juin, juillet ou même août, qu'ils arrivent à une *température*
» compatible avec les racines de la vigne. Celles-ci restent rudimentaires
» pendant un temps plus ou moins long et la partie aérienne du végétal
» subit dans son accroissement un arrêt correspondant. Le feuillage reste
» étiolé, chlorosé, et les pampres rabougris jusqu'au moment où la *cha-
» leur* ayant pénétré jusqu'aux racines, provoque leur développement.
» Dans les plus mauvaises conditions, l'étiolement et le rabougrissement
» durent toute la belle saison et se renouvellent chaque année, jusqu'au
» jour où la plante finit par périr.

» Il m'est malheureusement impossible d'en dire plus sur ce sujet qu'il
» y a trois ans. Le seul remède réellement efficace contre la chlorose. par
» excès d'humidité, c'est le drainage. Encore faut-il savoir que toutes les
» vignes américaines sont infiniment plus sensibles à l'humidité du ter-
» rain que celle qui l'est le plus, etc.

» ..... Après la FROIDEUR DU SOL, il convient de mentionner parmi les
» obstacles qui s'opposent à la reconstitution des vignobles par les vignes
» américaines, sa trop grande COMPACITÉ, etc. »

En résumé, les auteurs cités donnent surtout comme cause de la chlorose :

LE DÉFAUT DE DÉVELOPPEMENT DES RACINES (Cazeaux-Cazalet et Comice de
Cadillac.)

UNE CHALEUR INSUFFISANTE DU SOL Despetis, Foëx, Ménudier, Millardet).

DES CAUSES MULTIPLES, *fer, chaleur*, etc. (Ménudier, duchesse de Fitz-
James, etc.), en particulier *la compression par le sol* et sa *dureté ou compacité* (duchesse de Fitz-James, etc.)

•Nous nous bornons à ces citations; la chlorose a été attribuée à d'autres
causes, moins plausibles que celles-ci, dont plusieurs ont leurs côtés vrais.

(1) Voir : Compte rendu in-extenso du Congrès viticole de Bordeaux,
Feret éditeur, 1886, f° CXX à CXXVII; et *Feuille vinicole* de la Gironde,
Kerig, éditeur, n° du 13 janvier 1887. — Voir : f° 43, Annexe.

L'*eau*, cause tertiaire, agit mécaniquement. Ses effets se traduisent par la désaération du sol.

La *désaération* du sol, cause quaternaire, est contraire aux besoins normaux, respiratoires, des racines.

L'*asphyxie*, qui en résulte, reste finalement la cause cinquième et immédiate des phénomènes physiologiques qui entraînent la nutrition insuffisante et l'aspect languissant du végétal.

Les *moyens* à opposer à la chlorose, qu'il s'agisse d'agir sur le sol, le cépage, ou de rechercher les cépages susceptibles de s'accommoder des sols en vue, doivent surtout s'inspirer du *besoin d'air* des racines.

La sensibilité, généralement plus grande, des *vignes greffées*, à cette affection, doit tenir à l'obstacle mécanique apporté par la greffe à une circulation favorable, en particulier, à la formation du chevelu.

Il est bien entendu que cette théorie vise les circonstances les plus ordinaires des cas de chlorose grave, dite générale, c'est-à-dire ayant un caractère d'étendue et de durée, qu'on constate pour certains cépages, certains sols ou certaines conditions de sols; la chlorose pouvant aussi se manifester sous l'influence de causes, telles que l'extrême sècheresse, dans certains sols, et, plus généralement, de toutes celles qui peuvent entraîner un défaut de nutrition du cep (1). Nous ne voyons rien à en retrancher, ni d'essentiel à lui ajouter.

Examinons maintenant la série des principaux faits acquis, relatifs à l'action des divers éléments en jeu dans la végétation et susceptibles d'influencer la tenue de la vigne au point de vue de la chlorose. Pour plus de facilité, nous les grouperons, autant que possible, par nature de cause.

(1) L'état chlorotique est susceptible de se fixer comme tous les accidents végétaux. De même qu'en propageant des boutures ayant coulé on peut constituer une famille d'infertiles, on arriverait, en sélectionnant des boutures chlorosées, à avoir une famille d'anémiques, constitutionnellement chlorotiques. On ne peut guère qu'en conclure que la chronicité du mal constitue un élément défavorable à ajouter aux autres.

LUMIÈRE.

La lumière est un agent utile à la végétation. Son influence sur la nature chimique des phénomènes respiratoires dont les organes des plantes sont le siège, est connue.

Le manque de cet élément nuirait à l'accomplissement de fonctions réductrices nécessaires à la nutrition, et produirait, entre autres résultats apparents, le blanchiment des parties vertes, par suite de la disparition de leur chlorophylle. Ces effets cesseraient avec son retour.

Pratiquement, il n'y a pas à s'occuper de l'excès de ses variations, d'effet général sur un vignoble. Les accidents dits : coup de soleil, grillade, qui tiennent plus spécialement à l'action calorifique des rayons solaires, sont non moins distincts de la chlorose qui nous occupe.

CHALEUR.

Plus encore que la lumière, la chaleur est, par des raisons multiples, un agent essentiel à l'accomplissement des fonctions végétales.

Un défaut de chaleur, en entravant la nutrition du cep, est favorable à la production de la chlorose.

Un excès de chaleur à l'extérieur peut entraîner accidentellement des effets de dessication ou de désorganisation étrangers, nous venons de le dire, au cas qui nous occupe. Ces faits sont exceptionnels.

Sur les sols, les effets d'une chaleur, même excessive, sont différents suivant qu'il y a excès ou manque d'eau. Dans le premier cas, ils sont favorables. Dans le second, ils sont défavorables et susceptibles, plus spécialement pour certains sols, d'entraîner la chlorose par un arrêt de nutrition dû à leur dessication par évaporation trop complète du fait de cette chaleur, sans parler du durcissement qu'entraîne leur dessication. Mais ce second cas n'est pas le plus habituel ; généralement, au contraire, on voit, à l'arrivée des chaleurs, la chlorose s'atténuer par suite de la situation meilleure que créent aux racines, parallèlement, l'échauffement et la dessication du sol, favorables, pourvu qu'il n'y ait pas excès de ce dernier côté. Dans les deux cas, on le voit, c'est spécialement en agissant sur l'eau, plutôt que directement sur le végétal, que s'exerce l'action de la chaleur, envisagée au point de vue de la chlorose.

Ajoutons que, toutes choses égales, l'échauffement des sols sous l'influence des rayons solaires varie en intensité suivant leur nature et leur état cultural, les plus tassés et les plus désséchés s'échauffant plus durant l'été que les autres, ce qui s'explique facilement par la différence de conductibilité des couches formées d'éléments continus ou discontinus, et la différence des quantités de chaleur latente absorbées par l'évaporation suivant la quantité d'eau à évaporer et le plus ou moins d'activité de cette évaporation. (Par des raisons semblables, l'hiver, ces mêmes sols se refroidissent moins que les sols meubles ; les pluies uniformisent la température des sols.) La couleur des sols entraîne forcément des variations de leur pouvoir absorbant, mais on ne saurait, malgré l'importance des conditions calorifiques, trouver dans ces différences, l'expérimentation et l'observation semblent le prouver, la clef des effets observés, si ce n'est exceptionnellement.

En résumé, la chaleur est un agent indispensable à la végétation. Son action, soit sur le végétal à l'extérieur, soit surtout sur le sol qu'elle échauffe et dessèche avec répercussion sur le végétal, généralement favorable, peut en certains cas être défavorable. On peut la regarder comme n'ayant, sur la chlorose, qu'une influence d'un caractère accidentel et surtout indirect.

Il n'en est pas de même de l'eau.

EAU.

L'utilité de l'eau, élément constituant et véhicule, est non moins grande pour la végétation que celle des agents précédents.

L'air en contient les quantités les plus variables de sa

teneur possible sans, généralement, constituer pour cela, un obstacle à une végétation normale.

Il en est autrement du sol. Celui-ci ne saurait être impunément ni saturé de toute l'eau qu'il peut contenir, ni sec. Une certaine teneur moyenne lui est nécessaire pour que les racines d'un végétal donné puissent y puiser de quoi satisfaire aux besoins des organes qu'elles ont à servir (l'eau et les minéraux qu'elle transporte, l'air oxygéné indispensable). Aussi voit-on les racines de la vigne s'établir dans l'étage du sol où elles trouveront, avec les autres éléments qui lui sont utiles, particulièrement la quantité d'humidité dont elle a besoin.

Comprise dans ces limites, l'humidité favorise le grossissement et l'élongation normaux des racines de la vigne et le développement parallèle de ses organes extérieurs.

Un défaut de cet élément, contraire aux besoins d'absorption du végétal, entrave ce développement des racines et du cep et favorise le durcissement de leurs tissus. Ces effets, susceptibles de se traduire par la chlorose, vont s'aggravant jusqu'à la sécheresse extrême, spécialement dangereuse pour certains sols pourvus de propriétés capillaires spéciales et susceptibles en se desséchant d'un durcissement qui ne peut qu'être nuisible(1). Ils peuvent, dans les cas extrêmes, aller jusqu'à la cessation de l'absorption souterraine, voire même, finalement, la mort par inanition et dessication du végétal appauvri(2). Ils seront évidemment d'autant plus accentués que

_____

(1) Les extrémités de leurs radicelles protégées par l'éperon utile à leur allongement (qui se fait en un point très voisin) portent latéralement, sur une certaine longueur, les nombreux poils radicaux dont les jeunes cellules sont, avec celles des couches épidermiques de la racine, actuellement regardées comme constituant les organes essentiels de l'absorption. On conçoit quelle est la délicatesse de cet organisme et l'action nuisible possible, soit d'un durcissement capable de s'opposer à son avancement, soit de mouvements susceptibles de l'altérer.

(2) L'eau du sol est, nous l'avons dit, en particulier le véhicule nécessaire des molécules utiles à la constitution du végétal (provenant du sol, à l'exception du carbone qui résulte de la décomposition de l'acide carbonique de l'air par la chlorophylle des organes qui en sont pourvus, tels que les feuilles). La possibilité des phénomènes d'endosmose et de capillarité d'où résultent l'absorption souterraine et la circulation intérieure du végétal, est donc subordonnée à l'existence d'une couche d'eau suffisante au contact des particules terreuses et des cellules absorbantes des racines.
S'il n'y a pas en même temps dessication, l'inanition se traduira par la chlorose.
Ces effets se produisent suivant les sols et les cépages.
Voir note suivante c.

les cépages auront des organes extérieurs dotés de besoins
de nutrition ou de facultés d'évaporation plus considérables,
et des organes souterrains moins aptes à l'absorption (par leur
nature leur étendue ou leur situation). Si ces effets, au lieu
d'être graduels et limités, sont trop rapides et trop intenses,
la période d'inanition pourra être écourtée par l'arrivée de la
dessication.

D'après cela, en dehors du choix du cépage ou de la modification du sol, l'arrosage serait, dans ces cas-là, un palliatif.
Mais le procédé semble *a priori* d'autant plus difficile à réaliser
avec précision que ce sont, comme nous le verrons, ces
mêmes sols (argileux par exemple) susceptibles de se dessécher
le plus dangereusement, pour lesquels le moindre excès
d'eau a le plus d'inconvénients au point de vue de la chlorose
possible, et que, d'ordinaire, ce sont, comme on va le com-
prendre, les effets de l'eau, plus que ceux de son défaut, qui
les rendent nuisibles. (On risquerait, en particulier, à défaut
d'un sondage qui renseignerait sur l'état précis du sol, d'aggraver la situation qu'on voudrait amender.)

Un excès d'eau amène là chlorose. C'est, en effet, plus
particulièrement après la saison humide qu'on voit la chlorose
se produire dans *certains sols*, et à la suite des chaleurs qui
ont pu les assécher qu'elle disparaît ou s'amende.

Dans un *sol ordinatre*, compact surtout, noyé par des eaux
extérieures ou souterraines, la chlorose peut se manifester
d'une façon variable selon la nature du sol et la phase de la
végétation. Mais cette chlorose accidentelle disparaît avec
l'égouttage du sol et le retour des chaleurs. (Exemple : les
plantations américaines des alluvions limoneuses de la
Garonne à Preignac, à la suite des débordements de 1886.)

Si dans ce second cas l'eau ne peut qu'agir comme nous
l'avons dit(1), on peut aussi concevoir, bien qu'à première vue

---

(1) (*a.*) Les radicelles d'un même végétal nées dans un milieu aéré ne
peuvent vivre dans l'eau, et sont remplacées par d'autres d'une constitution différente, lorsqu'on les submerge, et réciproquement en ce qui concerne ses racines aquatiques. Il est, à priori, probable que les unes et les
autres ont pour l'eau et l'air des pouvoirs absorbants différents, placées
dans un même milieu, et que leurs effets d'absorption changent lorsqu'on
intervertit leur milieu, c'est-à-dire, en particulier, que les racines ter-
restres de la vigne ne peuvent fonctionner normalement dans l'eau.

(*b*) Une humidité excessive du sol entraîne un défaut d'absorption des
racines. Faut-il, en cette action du changement de milieu, voir seulement

ce soit moins saisissable, qu'il en est de même du précédent (celui de certains sols se comportant d'une façon spéciale en présence de l'eau, cas de la majeure partie des faits de chlorose). Expliquons-nous.

En l'espèce (c'est-à-dire dans le second cas, celui d'un *sol non réfractaire*, rendu tel par suite d'accidents hygrométriques). le mal vient moins encore de l'état hygrométrique du sol que des variations de cet état. Il est palpable, en effet, que des racines établies dans un étage moyennement convenable, s'il existe, ne peuvent voir les conditions d'humidité de leur milieu se modifier désavantageusement d'une façon sensible, sans en souffrir avec répercussion sur le végétal. L'asséchage est évidemment le remède à cette situation.

---

les effets physiologiques du défaut d'air oxygéné sur les racines? Peut être conviendrait-il de ne pas oublier le côté chimique ou physique de cette même action : par exemple, la dilution plus grande des éléments minéraux utiles dans un sol gorgé d'eau, ou même la modification apportée par la saturation au rapport des actions capillaires du sol et du végétal? (Le botaniste allemand Sachs, dans son traité de physiologie, imagine, pour l'explication des phénomènes d'absorption par les racines, un groupement des éléments solides, liquides et gazeux des sols, absolument plausible. On peut concevoir que la saturation, c'est-à-dire la disparition plus ou moins complète des vides qui occupent le centre des interstices des parcelles solides mouillées, et la substitution plus ou moins complète de l'eau au gaz qui les remplissait, puisse changer les conditions d'absorption, non seulement du fait de la différence du fonctionnement des cellules absorbantes dans un milieu insuffisamment oxygéné, mais encore du fait de la différence des propriétés capillaires d'un sol humide ou saturé, absorbant, plus ou moins contractile.) Nous ne mentionnons ce dernier ordre d'idées que pour mémoire, à titre d'hypothèse à examiner. La différence de perméabilité d'un milieu poreux pour l'air et l'eau, suivant son état de mouillage (sec, humide, gorgé), est un fait. Mais à priori l'action considérée semblerait devoir être favorable.

(c) Il en est autrement des cas de dessication. Là, l'influence de la modification de la résultante des forces capillaires en jeu, dans un sens défavorable au végétal, apparaît nettement. Au fur et à mesure que la dessication vient amincir la couche liquide, dont les particules qui composent les conduits capillaires du sol sont recouvertes, l'intensité de l'action capillaire du sol augmente nécessairement, jusqu'à tenir en échec la force d'absorption du végétal pour des teneurs en liquides d'autant plus grandes, évidemment, que le pouvoir d'attraction capillaire, inhérent à la constitution de ce sol sera plus considérable. (Ce fait qu'une même quantité d'engrais produit des effets moindres sur un sol argileux qu'avec un terrain sableux, doit tenir de même, particulièrement, à des causes capillaires.)

Ainsi peut s'expliquer que les facultés chlorotiques des sols, qu'il s'agisse de la chlorose par humidité ou par sicité, marchent parallèlement. Les actions immédiates (désaération, défaut d'apports liquides) sont différentes, mais procédant de la même cause (capillarité), les facultés qui les engendrent vont de pair.

Et si les mêmes cépages sensibles à la chlorose par humidité le sont aussi aux effets de la sécheresse extrême, ce serait, en particulier, par suite d'une puissance d'absorption moindre, sans parler des conditions qui peuvent résulter des niveaux d'établissement de leurs racines, (soit même de besoins supérieurs.)

Mais ce n'est point là le cas le plus ordinaire des vignes chlorosées par l'humidité.

Un sol peut n'être en aucune de ses parties un milieu suffisamment convenable. Tout au plus, ses couches supérieures, plus facilement asséchables et aérables, seront-elles dans des conditions moins mauvaises.

Deux cas peuvent se présenter.

1° Le *terrain chlorotique* constitue la *totalité* de la masse cultivable.

2° Le *terrain chlorotique* en constitue une *portion souterraine*.

Dans la première hypothèse, malgré l'insuffisance du milieu, le cep a pu pousser dans les couches superficielles avec moins de difficulté que par la suite. A défaut de conditions moyennement bonnes, il aura choisi les moins mauvaises. Seulement il aura, dangereusement mais fatalement, étendu son domaine, de plus en plus, dans les parties profondes de ce sol pendant les périodes favorables, pour en souffrir sitôt que les variations de son état hygrométrique, en auront fait un mauvais milieu. Cette situation est d'autant plus dangereuse que les mêmes sols qui se comportent mal en présence de l'eau sont aussi, nous l'avons dit, généralement ceux qui, par leur essence, seront susceptibles de se comporter le plus désavantageusement en cas de sècheresse extrême. La tenue du cep dans ces conditions de moins en moins favorables sera graduellement de moins en moins bonne. Sa situation peut se comparer à celle d'un animal qu'à la faveur d'un appât on attirerait dans un piège; en l'espèce, l'appât serait constitué par les conditions favorables, le piège par celles défavorables.

Le cas de la seconde hypothèse, d'apparence plus bizarre, est au fond analogue et reste le plus typique au point de vue de la chlorose (1).

Nous supposons, bien entendu, que le niveau supérieur du sol chlorotique n'excède pas la profondeur limite du raci-

---

(1) Le cas invoqué à l'appui de cette théorie (Compte rendu du Congrès de Bordeaux 1886, f° CXX) comprenait, à la fois, les diverses situation des ceps en terrains difficiles.

nage; autrement il ne pourrait, tout au plus, agir que comme sous-sol, indirectement.

Tout d'abord, le cep s'est développé normalement. Cet état dure jusqu'au moment où les racines atteignent la couche réfractaire. Il se développe dans celle-ci pendant la première période, même courte, durant laquelle ses racines y trouveront un milieu possible, surtout si la constitution chimique de cette couche est favorable. Que l'eau vienne modifier la convenance de ce milieu, si cette atteinte, portée à une partie du système radiculaire absorbant, embrasse une fraction suffisante de sa totalité, la chlorose se manifestera pour s'amender lors du retour de ce milieu à un état meilleur; et ainsi de suite, à chaque succession de périodes favorable et défavorable, le pied s'y engageant de plus en plus jusqu'à être aussi chlorosé que s'il eût été planté en un sol chlorotique dans toute sa profondeur, malgré que celui-ci ne le soit qu'à la base et que ses racines aient assez de bon terrain pour pouvoir s'y suffire.

A voir un cep devenir chlorotique à toucher certains sols, alors qu'il a à sa disposition une épaisseur suffisante d'un terrain qui lui convient et qu'il est palpable que s'il eût rencontré à leur place un bloc de granit, par exemple, il fut resté sain, on est tenté de croire à une sorte d'empoisonnement dû à la nature du sol. Ce que nous venons de dire l'explique. Ce n'est pas à un poison mais à une souricière, que ses racines ont à faire.

Dans ces deux cas, l'action de l'eau en jeu sur l'aération, et de l'aération sur le cep, seraient ce que nous avons dit. J'estime que la théorie de la chlorose est là tout entière.

On conçoit, dans ces conditions, que les variations de l'état hygrométrique du sol et l'importance de ces variations soient un facteur capital de la chlorose, plus important encore à considérer que le quantum de cet état hygrométrique.

Les causes dont dépend l'état hygrométrique d'un sol sont : non seulement les circonstances extérieures climatériques telles que le régime des pluies, de la chaleur, des vents, ou les autres influences (telles que l'évaporation due à la végétation voulue ou parasitaire), susceptibles de lui apporter ou de lui enlever de l'eau ; mais encore, et surtout, la façon dont ce sol est susceptible de se comporter vis à vis de ces · éléments, en raison de l'état physique inhérent à sa nature ou qui lui a été créé par des conditions fortuites ou voulues.

Les terres formées d'éléments ténus, compactes, calcaires, marneuses, argileuses, sont celles qui absorbent le plus d'eau et déssèchent de la façon la plus dangereuse. Celles formées d'éléments plus grossiers ou susceptibles de conserver leur division en particules, graves, argiles fortement cimentées et ameublées, présentent des propriétés inverses. Le tassement (1) naturel aux premiers de ces sols accentue ces effets ; un état cultural meilleur, l'ameublissement, l'égouttage les atténuent au contraire. La raison de ces faits qui gît principalement dans une différence de capillarité est palpàble. On conçoit, en effet, que les sols composés d'éléments ténus et rapprochés forment un vaste réseau capillaire susceptible d'effets d'emmagasinement et de retenue, plus intenses que ceux dont sont susceptibles les sols dont les interstices facilitent l'égouttage et qui ne peuvent rester gorgés.

Si l'on considère que ces mêmes causes climatériques ou relatives au sol, dont nous venons de dire l'action sur l'état hygrométrique, agissent paralèllement sur la chlorose, il est difficile de méconnaître le lien qui les rattache et de ne pas voir dans les variations de cet état hygrométrique un facteur essentiel de l'affection qui nous occupe.

AIR.

Les végétaux, à l'extérieur, sont baignés d'un air dont le rôle est connu. Il est impossible d'admettre que l'air qui imprègne la terre dans les couches superficielles n'ait pas aussi le sien. La disposition des racines, les effets qui se produisent sur les végétaux suivant qu'on exhausse ou qu'on

---

(1) Le tassement des sols résulte non seulement des effets mécaniques de leur poids et des actions extérieures auxquelles ils sont soumis, mais encore et surtout de ceux de l'eau susceptible d'agir, soit en vertu de son poids, directement et par aspiration capillaire, soit comme lubrifiant en facilitant le mouvement relatif de leurs éléments. Il est favorisé, par conséquent, par toutes les conditions susceptibles de maintenir dans le sol un excès d'eau jusqu'à la période active d'évaporation : nature du sol, imperméabilité du sous-sol, tassement antérieur.

abaisse le niveau du sol, ceux des façons culturales dont l'influence sur l'aération est palpable, cette conséquence obligée du fait de l'adaptation des racines à leur milieu : · qu'on ne doit pas pouvoir leur en créer un autre impunément, sont autant de raisons d'admettre l'utilité de l'air pour les racines, et pour celles-ci la nécessité de ne point les priver de cet élément (1).

La vigne ne saurait échapper à cette loi commune. Il faut donc admettre que les gaz du sol jouent dans sa culture un rôle trop méconnu, indispensable comme celui de la lumière, la chaleur, l'eau et l'air extérieur.

D'une façon générale, l'expérience semble montrer qu'un sol n'est jamais trop aéré.

Par contre, un défaut d'aération se traduit finalement toujours par la souffrance, qu'il s'agisse de la vigne ou d'autres végétaux (2).

---

(1) L'atmosphère du sol est un air dont l'oxygénation décroît avec la profondeur, chargé d'acide carbonique produit, en particulier, par la décomposition et la fermentation des matières organiques. Les racines des végétaux ont besoin d'oxygène, car elles périssent dans l'azote, l'hydrogène et surtout l'acide carbonique purs (Saussure). On admet généralement qu'elle n'absorbent pas d'acide carbonique (Corewinder), mais en excrètent comme le font les autres organes dépourvus de chlorophylle, par suite de leur absorption d'oxygène et de la combustion intérieure qui s'opère au dépens de leur substance. (Dans les organes à chlorophylle, ce phénomène est doublé du phénomène inverse. L'observation ne perçoit que la résultante.)

(2) S'il fallait entrer dans le détail de quelques faits d'observation ou d'expérience, nous pourrions entre autres citer ceux-ci :

(a) Les racines règlent leur niveau suivant la nature, l'état physique des sols et l'exigence des végétaux, à une distance régulière de la surface aérée, la même à conditions égales et sous un même climat.

(b) L'état chétif des plantations d'arbres des villes, qui n'ont à leur disposition pour s'étendre que des sols tassés, pavés ou bitumés, est assez typique pour que chacun ait pu le remarquer. Au fur et à mesure que leur développement les force à s'éloigner des parties respirables, les effets d'une aération insuffisante peuvent se constater.

Si l'on plante de la vigne, par exemple, trop profondément dans un sol récemment ameubli, ses racines se relèvent, et elle souffre à mesure que le tassement se produit.

Les effets dépressifs des inondations de durée en cours de végétation s'expliquent, en particulier, par le défaut d'aération qu'elles entraînent.

Nous connaissons deux plantations, l'une de platanes, à Lyon, l'autre d'ormeaux et charmes, à Vichy, qui furent remblayées de quelques décimètres; elles devinrent uniformément rabougries, chlorotiques et durent disparaître en partie. Dans l'un ni l'autre cas, les conditions d'assainissement n'avaient été aggravées; la diminution d'aération m'avait paru palpables. J'ai vu de 1868 à 1870 pratiquer des arrachages dans cette dernière; on y trouvait des racines avortées à écorce non adhérente, noirâtres, en voie de décomposition ou putréfiées, analogues à celles que j'ai pu constater depuis sur des vignes de la Loire ou du Bordelais souffrant surtout à

Sur la vigne, on constate que l'aération favorise la division des racines, la formation du chevelu, son grossissement et la lignification.

Si l'abondance du chevelu (effet d'abord et cause ultérieure), indice d'une végétation active, marche toujours, pour les.

---

la suite des saisons humides, et localisées sur certains points où probablement la vigne américaine se montrera non moins susceptible.

(c) Dans les cultures en pots ou en caisse, on trouve toujours au contact de ces récipients, c'est-à-dire dans la zône la plus aérée, le racinage le plus abondant et le plus divisé. Dans une culture de vigne faite dans une même caisse remplie de sols variés, M. Cazeaux-Cazalet a constaté des différences dans le développement des racines suivant ces sols ; le plus grand avait eu lieu soit au contact des parois, soit dans les terres perméables : terreau, sable ; le plus petit dans la marne. Evidemment, ce sont là des faits dans lesquels l'aération joue un rôle prédominant.

L'allure superficielle et les menues dimensions des racines des végétaux qui surmontent les tranchées argileuses ou marneuses, est facile à observer. Il en est de même de leur tendance au développement et à la ramification dans les conditions où avec une humidité suffisante, règne une surabondance d'air.

Parfois on rencontre des racines d'une énorme longueur. Presque toujours on peut constater qu'à côté d'autres causes auxquelles on est tenté d'attribuer cet effet, existent ou ont existé des causes d'aération exceptionnelles. A Saint-Maurice en Brionnais (Saône-et-Loire), dans une tranchée de carrière calcaire, j'ai vu des racines de vigne de plus de dix mètres, verticales, poussées dans une fissure aérée. Dans la Gironde, j'ai fait suivre une racine de tilleul pendant une vingtaine de mètres sans en trouver la fin. Elle était dans une tranchée remplie originairement d'un sol rapporté, certainement favorable, mais qui n'en avait pas moins été pourvu, lui-même, d'un ameublissement non moins favorable.

Des tranchées transversales à des séries de drainages de sarments m'ont montré des racines de vignes qui s'y étaient développées et les suivaient, dès lors sans interruption, sur une grande longueur. Il n'est pas rare de trouver dans les drains en poterie où coule une eau aérée des racines semblant s'y complaire. Ces faits sont évidemment des faits d'aération.

Il en est de même de l'accroissement de pousse et de verdeur que j'ai eu l'occasion de constater au dessus de certains drainages.

Le développement des radicelles et du chevelu au contact des fumiers, ou des amendements (tels que la marne) divisés, différents de celui que donnent la marne en bloc ou les engrais minéraux employés avec suite sans apport de matières végétales, ne peut-il pas tenir, non seulement à leur action chimique, mais encore à leur action physique ; et si certains éléments en masse compacte semblent réfractaire à la végétation, si l'emploi continu des seuls engrais minéraux semble, au moins pour certains sols, moins favorable que leur emploi comme complément ou adjuvant des fumures végétales, n'est-ce point, en particulier, à cause des nécessités d'aération?

J'ai eu occasion de faire enlever une tranche, variant de 0 à 40 centimètres sur un jardin d'environ 1 hectare, contenant d'anciens arbres d'essences diverses ; sur aucun d'eux l'effet n'a été défavorable. Il m'a semblé, au contraire, reconnaître sur plusieurs un accroissement de vigueur. Sur deux cèdres notamment, cet accroissement était palpable. (Je constatai toutefois que, sur deux autres placés de même en apparence, l'un restait relativement en retard et languissait, laissant tomber ses feuilles et périr au menu branchage. Craignant un effet de sécheresse, je le fis arroser, sans succès. Un sondage m'en montra la cause dans une différence de terrain, jointe à une petite perte de canalisation d'eau. A sa portée se trouvait une veine de terrain argilo-marneux, dans lequel il

cépages qui en ont, de pair avec l'aération, les cépages qui en ont peu ou point s'accommodent mieux des profondeurs. C'est toujours superficiellement qu'on le retrouve. L'allure plongeante des racines de certains cépages indique en particulier des besoins moindres d'air. Leur constitution molle, leur peu de ramification, la rareté ou l'absence de chevelu, sa ténuité, sont évidemment liés à leurs besoins et à leur fonctionnement respiratoire.

La chlorose, qu'on observe plutôt sur les cépages à chevelu, est toujours amendée par les causes qui ont pu amener l'aération. Elle se produit généralement, dans les sols et pour les cépages défavorables, sous l'influence des variations sur lesquelles nous nous sommes expliqués des deux éléments : chaleur et eau ; mais il ne faut pas oublier les actions, dont nous avons parlé, de la chaleur sur l'eau et plus particulièrement de l'eau sur l'air.

Que conclure de tout cela, sinon qu'en l'espèce, l'air est bien le facteur prédominant à viser, que notre théorie de l'asphyxie doit être exacte, qu'on peut, pour l'explication de l'action des différents agents en jeu sur la chlorose, considérer surtout leur action directe ou indirecte sur l'air du sol, et s'inspirer du même point de vue dans la recherche de ses remèdes.

Les causes susceptibles de modifier l'aération du sol sont, comme pour l'eau, les influences extérieures climatériques et l'état physique qui dérive de sa nature ou de conditions accessoires tel que son égouttage et son état cultural. (Elle dimi-

avait poussé ses racines ; le filet d'eau avait contribué à en faire un milieu irrespirable d'autant plus fatal que, pour compenser la destruction de quelques-unes, il lui fallait tous ses moyens. Il fut, dès lors, aisé d'y remédier.

Ces exemples, qu'il serait facile de multiplier, suffiront pour mettre en lumière, si besoin est, l'action favorable et nécessaire de l'air oxygéné sur les racines, qu'il s'agisse de la vigne ou d'autres végétaux

(Il ne faudrait point croire que la chlorose soit spéciale aux vignes américaines, ni chose nouvelle. On peut se convaincre, non seulement qu'elle a existé de tout temps sur les vignes du genre vinifera, mais encore qu'on rencontre sur des arbres ou végétaux divers des accidents analogues, évidemment dûs à un défaut de nutrition imputable certainement, dans la plupart des cas, aux mêmes causes que celles auxquelles nous rapportons la chlorose de la vigne, particulièrement à celles d'ordre respiratoire. Il suffit pour cela d'examiner avec quelque attention les conditions qui sont celles des végétaux étiolés qu'on peut rencontrer, plus particulièrement dans certains sols.)

nue nécessairement avec la profondeur des couches qu'on peut considérer.) Les mêmes sols qui semblent avoir pour l'eau une capacité ou, plus exactement, une affinité plus grande, qui font éponge, et perdent le plus de leur volume en se désséchant, sont évidemment ceux dans lesquels les réductions d'aération sont susceptibles d'être les plus considérables. Pareillement, les mêmes causes telles que la nature siliceuse des sols, l'égouttage (naturel ou artificiel), les pratiques culturales (défonçage, façons courantes), leur perfection, leur profondeur, contraires à l'eau, sont favorables à l'aération.

Si les éléments contraires à l'aération favorisent la chlorose, alors que ceux doués de propriétés opposées au point de vue de l'eau et de l'air sont contraires à cette affection, si les deux actions marchent de pair, n'est-ce point que l'état chlorotique qui nous occupe a bien sa source dans le manque d'un air nécessaire aux fonctions des racines.

SOL. (CONSTITUTION CHIMIQUE.)

L'influence que la composition chimique d'un sol exerce sur l'attitude des végétaux est incontestable.

Sa richesse en éléments utiles et la pondération de leurs quantités relatives constituent des éléments favorables, sinon indispensables. Sa pauvreté ou le défaut relatif de certains éléments exercent, par contre, une influence nuisible à une bonne tenue. Mais on arrive bien vite à reconnaître que, s'il est incontestablement des sols qui prédisposent à la chlorose et d'autres dans lesquels on ne la rencontre point, c'est moins le défaut d'éléments indispensables à la végétation qu'une composition spéciale qui entraînent à leur suite la chlorose de caractère permanent.

Les premiers sont généralement des calcaires crayeux, marneux ou argileux, les seconds sont plutôt sableux et siliceux.

En examinant la question de plus près, on arrive aisément à reconnaître : que les premiers sont souvent loin d'être des sols pauvres, et que leur famille comprend des types de composition différente ; par contre, que leur constitution physique

2

présente des caractères communs de spongiosité et d'imperméabilité inverse de ceux que présentent les seconds. D'autre part, on constate aussi que les mêmes sols qui, dans certaines conditions physiques, engendrent la chlorose de certains cépages, leur restent favorables dans des conditions opposées. Enfin, l'expérimentation et l'observation montrent, particulièrement, l'insuffisance des substances inspirées d'un défaut de composition chimique : engrais, composés ferrugineux, etc. (1)

On ne saurait qu'en conclure : que la nature chimique des sols, facteur capital de la végétation, est tout au plus un facteur secondaire au point de vue de la chlorose ; qu'elle est à ce point de vue, surtout l'occasion d'une certaine constitution physique spéciale ; et que c'est dans des influences extérieures, favorisées par l'allure physique qu'entraîne cette constitution, qu'il faut rechercher la cause de la chlorose qu'on serait, comme nous l'avons dit, tenté à première vue de rapporter à une sorte d'empoisonnement par le sol.

SOL. (CONSTITUTION ET ÉTAT PHYSIQUE.)

Il en est autrement de l'état physique des sols.

Il y a des terrains chlorotiques, d'autres non chlorotiques, et c'est, nous venons de le dire, dans l'état physique de ces sols qu'il faut rechercher, l'occasion des phénomènes de chlorose qu'entraîne l'eau dont nous avons expliqué le mode d'action.

Tout ce que nous révèlent l'observation et l'expérimentation vient confirmer ce point de vue.

Les classifications des sols par nature, établies au point de

---

(1) Sauf quelques cas spéciaux, ces agents sont restés inefficaces. Il n'en faut pas moins considérer que, s'il faut rechercher la cause du défaut de nutrition qui constitue la chlorose, ailleurs que dans un défaut d'éléments utiles, leur richesse ne peut qu'influencer favorablement le végétal au point de vue de la chlorose. Le fer même joue un rôle utile, bien que secondaire, dans les phénomènes relatifs à la nutrition. L'emploi du sulfate de fer se traduit, en particulier, par un accroissement de teneur en acide phosphorique et le développement de la chlorophylle des organes verts. J'ai constaté cet effet de verdissement sur des vignes traitées au sulfate de fer contre l'anthracnose.

vue de la tenue des cépages (1), se résument en fait à deux caté-
gories, comprenant nécessairement des degrés intermédiaires :

L'une, des sols qui gardent mal l'ameublissement, ou
sont mal égouttés ;

L'autre de ceux qui le gardent et sont sans excès d'eau.

L'examen montre qu'on trouve dans les premiers des
racines nécessairement d'allures variable suivant les cépages,
mais généralement moins ramifiées pour un même cépage et
d'une ramification moins précoce. (Le chevelu ne s'y développe souvent qu'à la pousse d'août.) C'est dans ceux-là que
se produit la chlorose. Dans les seconds, pour un même
cépage, on trouve des racines généralement plus ramifiées et
plus dures, un chevelu plus abondant et plus précoce.

Il est palpable que cette division, basée sur le seul examen
des faits, sans aucun parti pris de théorie, confirme absolument ce que nous présumons des effets combinés de l'eau, de
l'air et de l'allure des sols en présence de ces éléments. Si
partant de nos vues, on eût voulu *a priori* remonter à une
classification hypothétique, il paraît difficile de concevoir
comment on l'eût présumée autre.

L'expérience directe montre, d'ailleurs, qu'on peut agir sur
cet état d'un même sol et que, parallèlement aux différences
physiques apportées, les résultats se modifient. La profondeur, le tassement, engendrent des effets différents de ceux
qu'on peut constater à la superficie des sols ou dans des sols
meubles et bien égouttés. Le caractère, la grosseur, la divi-

(1) Les observations relatives à l'adaptation, faites par le Comice de
Cadillac, l'ont conduit à définir comme il suit les terrains envisagés au
point de vue du tassement et classés selon la tenue des cépages. (*Bulletin
du Comice de Cadillac*, janvier 1888. Rapport de la commission d'adaptation.)

On voit dans les sols arables : « une catégorie de terrains capables
« d'absorber et de retenir dans leur masse une forte quantité d'eau, et dont
« le tassement est énergique sous deux formes différentes : tassement
« avec fendillement et tassement dans toute la masse sans fendillement. »
(C'est dans ceux-là que se produit la jaunisse ou chlorose); et une autre
catégorie de « Terrains qui contiennent moins d'argile et moins de calcaire
« mais plus de silice, dont le tassement se produit toujours sous les
« mêmes apparences, sans fendillement, et avec d'autant plus d'intensité
« que le sol est plus pauvre, moins argileux, déjà plus tassé et à sous sol
« imperméable. » Dans ces terrains, on ne rencontre jamais de vignes chlorosées.

sion, la précocité des racines se modifient désavantageusement
dans le premier cas, avantageusement dans le second ; à tel
point que la chlorose peut apparaître dans un terrain rebelle
à la végétation d'un cépage, ou en disparaître, du seul fait de
ces modifications physiques.

Ainsi, on obtient par le tassement : des racines charnues
plus grosses, des radicelles plus fines et en moindre quantité ;
avec l'ameublissement, des racines plus lignifiées, de diamètre
moindre, des ramifications extrêmes plus abondantes et plus
développées. Parallèlement, des effets sur la végétation extérieure se manifestent, nécessairement variables et même
différents selon l'intensité des causes et les besoins des
cépages, mais généralement, néanmoins, dans un sens défavorable dans le premier cas, favorable dans le second. (Dans
une même argile, M. Cazeaux-Cazalet a vu des Riparias se
chloroser ou non suivant le tassement. J'ai eu l'occasion de
faire établir des drains en branchages et de constater sur les
parties qu'ils traversent, spécialement, une différence de coloration qui permettait d'en marquer la place. Cet accroissement
remarquable de verdeur était certainement, en particulier, un
effet de l'aération.)

Les actions susceptibles de modifier l'état physique des sols
sont, particulièrement : le tassement naturel ou accidentel
produit par le poids du sol, le travail cultural ou la circulation, l'eau, les pluies ; l'état cultural et les procédés d'égouttage, drainage, etc.

L'eau est l'agent mécanique par excellence du tassement.
Lorsqu'on veut comprimer un sol, l'effet des actions mécaniques : charge, percussion, auxquelles on peut le soumettre
sont, quelles qu'aient été leur énergie, toujours l'occasion
d'un nouveau tassement lorsqu'on les renouvelle après un
mouillage qui facilite le mouvement relatif de leurs parcelles.
De plus, l'eau par elle-même agit mécaniquement, sinon en
vertu de sa vitesse, du moins par son poids et par capillarité,
assez énergiquement pour que, sans l'intervention d'autres
actions extérieures, le tassement ait lieu. C'est surtout pendant la période d'égouttage ou d'évaporation qu'il se produit.

L'aptitude des sols au tassement dépend de la capacité

pour l'eau qu'entraînent : soit leur nature calcaire ou argileuse, soit un tassement antérieur. Ce que nous venons de dire de l'action de l'eau l'explique. Ce sont là des effets obligés d'une capillarité que favorise leur nature plastique également favorable au glissement de leurs parties. Un mauvais égouttage facilite donc le tassement. L'enlèvement des eaux par le drainage ne peut, par suite, qu'être avantageux.

Les pratiques culturales ameublissantes telles que les défoncements et façons, l'emploi des fumures végétales ou de certains amendements, agissent non seulement directement sur l'aération, mais encore, on le voit, indirectement (en rompant la capillarité), par leur action sur l'eau agent du tassement (1).

(Les effets immédiats de l'ameublissement sont multiples :

Au point de vue de la chaleur, il diminue sa transmission. Au point de vue de l'eau, il augmente l'égouttage et diminue l'évaporation. Au point de vue de l'air, il augmente l'aération. Au point de vue de ses conséquences sur le végétal, nous venons de dire qu'elles étaient, en regard des effets, inverses, du tassement.

Dans l'ensemble, on s'explique ainsi ses effets et on voit qu'il ne peut qu'être favorable à la végétation des racines qui ont besoin, non seulement d'une certaine température, mais encore d'humidité sans excès et d'air.

L'ameublissement n'est jamais trop parfait. Il peut être excessif sans risquer d'être nuisible.)

Dans cette analyse des effets d'actions diverses sur les sols et l'état physique des sols, il est facile de voir qu'ils aboutissent à des modifications de leur état d'aération (l'eau agissant parallèlement), la compacité des sols et l'excès d'eau agissant

---

(1) Nous pourrions, à ce que nous venons de dire de cette action de l'ameublissement sur l'aération et le tassement ultérieur, ajouter que cette action ne peut qu'être favorable, au cas où, dans les mêmes sols, une sécheresse extrême serait de nature à entraîner l'état chlorotique. La diminution de l'activité capillaire des couches superficielles, produite par leur division, retarde nécessairement la dessication par évaporation.

D'une manière générale, on peut considérer que l'ameublissement agit comme un régulateur sur l'humidité du sol. Si ses effets durant la saison humide n'auront pu qu'être favorables à l'égouttage, ils seront, dans la saison sèche et chaude, plus utiles encore en ralentissant l'évaporation.

défavorablement sur cette aération, alors que l'ameublissement
et l'égouttage la favorisent.

En résumé, on voit quelle est l'importance des qualités
physique des sols, leur rôle dans la bonne tenue des cépages,
et on ne saurait douter que leur action ne se résume plus
spécialement en un effet sur l'air, facteur principal à considérer dans la chlorose qui nous occupe.

PENTE. EXPOSITION. CLIMAT.

Ces éléments sont à considérer dans la question de la
chlorose comme facteurs susceptibles d'influencer l'état physique des sols.

L'influence de la pente ne peut qu'être favorable.

L'influence d'une exposition chaude est plutôt favorable
que nuisible. Nous avons dit à propos de l'action de la
chaleur que, sauf les cas accidentels où la chlorose dérive d'un
excès de sécheresse, cet agent est favorable.

Les climats chauds seraient, par la même raison, plutôt
favorables. Il en est de même des secs par rapport aux
humides. Mais c'est surtout la constance de leur régime qu'il
importe de considérer. Les plus réguliers au point de vue de
la chaleur et surtout de l'eau, sont certainement les meilleurs
au point de vue qui nous préoccupe.

Les raisons en sont, d'après ce que nous avons dit, faciles
à concevoir.

CÉPAGES.

La nature des cépages exerce une influence variée sur leur
tenue et leur propension à la chlorose.

A priori, il etait facile de présumer que tous ne doivent
pas se comporter de même. Il en est effectivement de plus ou
moins facilement chlorotiques, et d'autres qu'on peut qualifier
de réfractaires. L'expérience acquise en Europe l'avait montré,
les récentes recherches de M. Viala en Amérique l'ont con-
firmé et et ont mis en lumière des variétés susceptibles d'être
considérées comme indemnes, (Cinerea, Cordifolia, Berlandieri).

Si la chlorose vient du sol, on doit trouver à ces cépages des racines d'une nature différente de celle des cépages chlorotiques. C'est en effet ce qui a lieu : leurs racines ont une constitution spéciale aux cépages qui s'accommodent des sols non aérés, sur laquelle nous reviendrons. D'autre part, les cépages doivent se comporter suivant les sols. C'est aussi ce qui a lieu.

Selon les cépages et selon les sols, on a ou non la chlorose. Certains sols conviennent à certains cépages et moins à d'autres. Pareillement un même cépage ne se plaira pas également dans tous les sols.

Le choix des cépages susceptibles de s'accommoder d'un sol déterminé, ou des sols susceptibles de convenir à un cépage donné, l'*adaptation*, en un mot, des cépages aux sols est de la plus haute importance, puisqu'une mauvaise adaptation peut engendrer la chlorose ou, pour parler plus exactement, en être l'occasion.

Les nombreuses observations de cépages et de sols faites par le Comice de Cadillac et son rapporteur, M. Cazeaux-Cazalet, ont fourni, relativement à la constitution des racines et la tenue des cépages, une série d'intéressantes données qui se rattachent à notre manière de voir, la confirment, et que voici (1) :

L'allure des racines (variable, en particulier, suivant l'espèce et l'état du sol) et cet état du sol, sont les facteurs essentiels à considérer en matière d'adaptation.

L'examen des racines des cépages permet de les classer comme il suit. (Nous avons dit plus haut comment on peut classer les sols.)

1re série (types : Riparia et Rupestris). Cette série com-

(1) Voir : *Bulletin du Comice de Cadillac*. 1er vol., n° 7, février 1886; Enquête sur la jaunisse d'un vignoble américain, f° 197 2e vol., n° 1, janvier-février, 1887; Communication sur l'adaptation, f°; 35; n° 2, mars-avril 1887; Rapport de la commission d'enquête sur l'adaptation et la jaunisse, f° 73; n° 4, juillet-août, 1887; Notes sur la formation des nouvelles racines de la vigne. f° 152 à 163; *Journal du Comice de Cadillac*, n° 12, décembre 1887 et 13, janvier 1888; Nouveau rapport de la Commission d'enquête sur l'adaptation et la jaunisse; (Cazeaux-Cazalet, secrétaire du Comice). *Bulletin de la Société des agriculteurs de France*, session de 1888, section de viticulture, séance du 11 février 1888 : Communication relative aux observations du Comice de Cadillac, relatives à l'adaptation, par E. Petit (membre du Comice), secrétaire de la section, f° 327.

prend les cépages dont les racines sont les plus faibles de diamètre, les plus ramifiées, et ont le chevelu le plus gros et le plus abondant. Elles ont leur corps ligneux central d'un diamètre relativement considérable et l'enveloppe extérieure non lignifiée peu épaisse.

2ᵉ série (types : Solonis, Herbemont, Vialla, Jacquez, etc.). Les cépages de cette série ont leurs racines d'un diamètre plus considérable, moins ramifiées, un chevelu espacé d'autant plus grêle que la racine est plus grosse.

3ᵉ série (types : Cordifolia, Cinerea, Berlandieri). Ces cépages ont encore, plus que les précédents, leurs racines d'un fort diamètre, à chevelu grêle et à enveloppe non lignifiée très épaisse.

Ces caractères (susceptibles de se modifier suivant les sols pour un même cépage ou pour un même cépage et un même sol, selon les influences extérieures susceptibles de modifier l'état physique du sol, telles qu'un climat sec ou chaud susceptible d'abaisser le niveau de la zone humide) sont la physionomie-type que présentent généralement les cépages dont la bonne tenue prouve la bonne adaptation. Si, au contraire, l'adaptation est mauvaise, on trouve dans leurs racines des caractères différents.

Les cépages de la première série exigent donc des conditions favorables à l'émission précoce et continue des radicelles nouvelles, n'amenant pas trop vite leur lignification (de la fraîcheur sans humidité); les cépages de la seconde série et, surtout, ceux de la troisième sont moins exigeants à ce point de vue.

L'observation montre que ces conditions favorables se trouvent plutôt dans les étages supérieurs que dans ceux inférieurs des sols arables, meubles, susceptibles par leur nature et leur égouttage d'offrir une certaine résistance au tassement, c'est-à-dire : d'abord dans les terrains sablonneux, puis dans les terrains moyennement argileux, sans fendillement, profonds et bien égouttés, et dans les terrains argileux susceptibles de se fendiller, bien ameublis et bien égouttés. Ces cépages se développent mal, au contraire, dans les sols dont le tassement est considérable tels que les sols

moyennement argileux à sous-sol imperméable et peu profond,
et surtout les sols argileux à fort fendillement, mal ameublis,
et les sols calcaires.

Les cépages de la 2ᵉ série s'accommoderont mieux de ces
derniers terrains. Ceux de la 3ᵉ convenablement.

La chlorose est le fait d'une mauvaise adaptation. Les
cépages de la 1ʳᵉ série y sont les plus sensibles ce sont ceux
de la dernière qui la favorisent le moins.

Tel est très approximativement le résumé des données
fournies par les observations du Comice de Cadillac, que
nous avons communiquées à la Société des Agriculteurs de
France, (section de viticulture, séance du 11 février, 1888).

En somme :

1° Chaque cépage a une allure spéciale de racines normale.

2° Elle veut, pour se produire, des conditions physiques
spéciales de sol. A une allure spéciale des racines correspond
une certaine constitution du sol (ainsi, aux racines ramifiées
à chevelu développé et abondant, minces, fibreuses, à enveloppe corticale non lignifiée de peu d'épaisseur, correspondent
les couches superficielles et les sols meubles et égouttés ; aux
racines peu ramifiées, à chevelu grêle espacé ou nul, grosses,
molles, montrant une forte épaisseur d'enveloppe corticale
non lignifiée, correspondent plutôt les couches profondes et
les sols asséchés moins meubles ou moins sains), et vice
versa, c'est-à-dire que la nature du sol tend à engendrer la
constitution de racines correspondante.

3° Si le rapport qui convient entre l'état physique du sol
et la nature du racinage n'est pas observé, le cépage peut
souffrir et la chlorose apparaître (plutôt sur les cépages à
chevelu que sur ceux à grosses racines, et avec certains sols).

Il nous semble difficile de ne pas voir en toute cette question de l'adaptation, comme influence prédominant sur la
tenue des cépages, celle de l'aération ; les cépages les plus
sensibles à la chlorose (ceux à chevelu) seraient ceux dont les
besoins respiratoires seraient les plus considérables, les
cépages réfractaires (ceux à grosses racines) ceux dont les
besoins respiratoirs seraient moindres (1).

(1) Ajoutons une remarque à ce que nous venons de dire des cépages
considérés d'après leur tenue :

Les vignes françaises ne sont pas indemnes de la chlorose. Si on a moins parlé de leur chlorose que de celle des vignes américaines, c'est beaucoup parce que l'attention n'était pas jusqu'ici appelée sur cette affection, moins à craindre pour elles, et que les observations manquaient. Il est facile d'en constater l'ancienneté et l'allure analogue à celle des vignes américaines. Si elles sont relativement rebelles à la chlorose, ne faut-il pas l'attribuer aussi particulièrement à des besoins respiratoires moindres. L'étude comparative des genres doit éclairer la question. (Les examens microscopiques de racines

---

(a) Les plus enclins à la chlorose sont de reprise, par bouture, facile. (Riparia, Rupestris, par exemple.) Les plus réfractaires (Cinerea, Cordifolia, Berlandieri) sont de reprise difficile. Ceux intermédiaires sont de reprise variée, plus ou moins facile.

Il est probable que ce n'est pas là une simple coïncidence, mais l'effet obligé de la même constitution qui les rend moins sensibles à la chlorose. D'une façon générale, les végétaux à racine pivotante peu ramifiée, rebelles au bouturage, supportent difficilement la transplantation (à moins que le pivot, n'ayant été coupé, la racine ne se soit ramifiée latéralement.) J'estime qu'il y a un lien, non seulement entre leur constitution plus ou moins ramifiée, leur nature fibreuse ou molle, leur allure superficielle ou profonde et leurs besoins respiratoires plus grands ou moindres, mais encore entre ces éléments et leur plus ou moins de facilité à la reprise.

(b) Chez les cépages de bouturage relativement difficile (tels que le Cynthiana, l'Herbemont, le Jacquez, etc.), la tête a plus d'avance sur le pied que chez les autres. Sur le Cynthiana, par exemple, on voit partir les yeux sans le plus souvent qu'aucune racine se montre au talon; leurs pousses ne tardent pas à se flétrir, on s'aperçoit alors du défaut de reprise.

On peut constater, d'autre part, qu'en retardant la tête de ces cépages par rapport aux racines (et vice versa), on augmente les reprises. Ainsi, en plantant les Jacquez par exemple, couchés et recouvrant la tête relevée d'un peu de terre, on réussit mieux. On peut observer aussi que la reprise de ces espèces greffées, c'est-à-dire plantées sous la forme de greffes boutures avec une tête étrangère qui met obstacle au départ de leur végétation extérieure, est meilleure. (On sait aussi que sur couches chauffées leur reprise est meilleure.)

Cette faculté d'émission des racines et celle du départ des parties aériennes seraient-elles inverses et n'y aurait-il pas là une quantité de plus liée aux précédentes? Cela me paraît possible.

(c) Il en est probablement de même de l'époque de ce départ. Les cépages les moins chlorotiques: Cinerea, Cordifolia, Berlandieri, semblent relativement précoces. (Je dis semblent, car, en comparant mes observations de dates des débourrage, floraison, aoûtement et maturation, entre elles et avec d'autres, j'y trouve des contradictions telles qu'il me paraît difficile de classer, au point de vue de la précocité, les cépages d'une façon fixe. Dans ces conditions, je n'oserais rien en conclure avec certitude. Normalement, les cépages à racinage superficiel doivent et semblent en général accomplir, plus rapidement que les autres, le cycle annuel de leurs fonctions.)

Tout cela n'indiquerait-il pas qu'ils exigent moins de leurs racines, et plus de leurs réserves? (L'analyse chimique fournirait sur ce point d'intéressantes données.)

Par contre, leur floraison semble notablement plus tardive que celle des Riparias. Cette quantité ne serait-elle point liée à la nature et à la profondeur de leurs racines?

faits au point de vue du phylloxera à l'école de Montpellier,
les observations comparatives de cépages faites au point de vue
de l'adaptation par le Comice de Cadillac, n'infirment en rien
ce point de vue. Les premières le confirment plutôt par les
différences de structure qu'elles ont révélées, les deuxièmes
en montrant l'allure de leurs racines intermédiaires entre les
cépages les plus enclins à la chlorose et ceux qui lui sont
réfractaires.)

CONDITIONS D'ÉTABLISSEMENT.

Les conditions d'établissement d'une plantation sont susceptibles d'influer sur sa tenue ultérieure.

En ce qui concerne le sol, il faut considérer son ameublissement originel à une profondeur plus grande que celui
cultural, courant, plus superficiel. Cette préparation du sol
ne saurait jamais être trop parfaite.

Certaines natures du sol gardent plus facilement les effets
de l'ameublissement originel. Ce sont les plus compacts et les
plus secs (les argiles fortement cimentées et drainées, par
exemple). Mais il faut observer que pour ces sols l'ameublissement est indispensable, et qu'avec ses effets l'aération
disparaissant plus complètement que pour d'autres, ce sont
ceux pour lesquels il faut se préoccuper le plus des effets ulté-
rieurs. (Peut-être y aurait-il lieu de se demander s'il ne
vaudrait pas mieux, dans ces sols surtout, attendre pour
planter, un commencement de tassement qui rende le milieu
suffisamment stable, de telle sorte que les racines du cep
soient, tout d'abord, moins sollicitées durant leur période de
jeunesse de plonger vers les couches profondes où elles pourraient se trouver plus tard dans des conditions inférieures au
point de vue de l'air et de l'eau (1).

_____

(1) Il nous est arrivé de planter avec succès sur des prairies défrichées
superficiellement.
J'ai trouvé, dans la Loire, une opposition systématique au défonçage
profond de certains terrains, basée sur l'expérience, de la part d'un vieux
vigneron. En examinant ces terrains, j'ai constaté leur tassement. Cette
pratique serait donc susceptible d'être motivée.
La duchesse de Fitz-James espère de la bouture à un œil ou du sur-
greffage affranchi un racinage plus superficiel. Ce résultat, s'il était réel
serait généralement plutôt favorable que défavorable.

La profondeur de la plantation importe aussi. Le talon, point de départ du racinage doit être forcément au-dessous du plan de culture, mais il vaut mieux planter superficiellement que profondément; cela s'explique de même. Les racines pourront descendre et s'établir dans la couche favorable si l'on a planté trop haut. Si l'on a planté trop bas et qu'il leur faille remonter pour la trouver, ce sera évidemment pour elles une situation anormale.

CONDITIONS DE CULTURE.

L'ameublissement cultural courant, plus superficiel, n'est jamais trop parfait ni trop fréquemment renouvelé. (Nous avons dit qu'un défaut d'ameublissement pouvait entraîner la chlorose.)

Ses effets durent moins que ceux du défoncement, sous l'influence des actions mécaniques extérieures (piétinement, pluie, action des successions de sécheresse et d'humidité, etc.), par suite de leur action plus immédiate.

Les façons peuvent être plus ou moins profondes, et même superficielles; les nécessités de sol et de climat guident et peuvent imposer certaines formules. Le principal est d'éviter les changements du niveau de la sole. Les racines se constituent dans une zone, la plus convenable, dont on ne peut changer impunément l'équilibre.

Rien en tout cela qui ne s'accorde avec ce que nous présumons de l'action de l'air et l'eau.

LÉSIONS.

On a vu des lésions produire la chlorose.

La cause n'en peut qu'être le ralentissement qu'elles occasionnent, d'une circulation qui devient insuffisante pour la nutrition.

Ces cas sont distincts de ceux qui nous occupent (1).

---

(1) M. Dézeimeris a fait sur l'inconvénient des lésions dues à la taille d'intéressantes remarques. Il en conclut au rognage des gros bois en deux années, et à l'emploi de la serpe conjointement à celui du sécateur. L'imitation des procédés de coupe et d'enduits employés par la sylviculture ne pourrait certainement qu'être avantageux à l'atténuation des mauvais côtés de cette opération obligée.

GREFFAGE.

On peut dire que, d'une façon générale, le greffage prédispose à la chlorose.

J'ai vu à l'origine attribuer ce fait à un défaut de soudure qui ne saurait être général, ou une carie que des sections longitudinales de pieds chlorosés ne m'ont que rarement montrée, alors que les mêmes espèces (Riparia par exemple), non greffées, dans les mêmes conditions de sol et d'eau, n'étaient pas chlorosées.

La greffe peut donc entraîner la chlorose. Mais si on réfléchit qu'elle constitue une entrave mécanique à la circulation (dont le bourrelet et la différence de grosseur du porte greffe et du greffon sont des manifestations), variable suivant la corrélation des vaisseaux des deux cépages et la perfection de la soudure, de même ordre que les ligature, incision annulaire, inclinaison ou arcure du branchage, etc., on comprend que les effets de procédés, en apparence dissemblables, au fond analogues (1), soient pareillement analogues (fructification plus abondante, maturation plus précoce, titre gleucométrique plus élevé, etc.). On conçoit ainsi que, dans ces conditions, le fonctionnement des racines privées d'une sève utile à leur développement ne puisse suffire à alimenter le végétal et que la chlorose en reste facilitée.

Néanmoins, puisque la chlorose atteint les cépages non greffés, on ne saurait évidemment voir dans la greffe autre chose qu'une influence possible ; d'autant mieux que son résultat, non seulement n'est pas toujours nuisible au point de vue de la chlorose, mais même peut-être favorable (2).

---

(1) Ces divers procédés tendent plus particulièrement à créer un obstacle a la circulation de la sève descendante, élaborée par le feuillage et provoquer ainsi un engorgement relatif favorable au fruit.

(2) (a) En greffant des Aramons sur des Herbemonts chlorosés, M. Foëx a vu disparaître la chlorose. (Il attribue ce résultat à la puissance végétative plus active de l'Aramon dont les feuilles transpirent plus que celles de l'Herbemont.)

Dans son traité des vignes américaines, M. Sahut envisage avec raison l'influence du porte-greffe sur le greffon et du greffon sur le porte-greffe. En observant ce qui se passe au point de vue de la vigueur, chez les pieds greffés, selon les variétés, on est frappé par l'évidence de faits sur lesquels

CHLOROSE.

Les effets apparents de la chlorose sont en particulier le jaunissement des feuilles et le ralentissement de la croissance. Sur les racines, on ne trouve pas de chevelu récent. Avec le retour du cep à l'état normal, on constate la pousse des radicelles. (Cotte conséquence est, à la fois, l'indice d'un meilleur état de la couche du sol où elles ont poussé, et l'effet forcé du rétablissement des fonctions et d'une circulation normale, conséquence de cette amélioration (1).

Tout cela n'est que conforme à l'idée que la chlorose (quelle qu'en soit la cause immédiate) consiste en un trouble de fonctions relatives à la nutrition (respiratoires et de circulation nutritive) qui aboutit à un défaut de nutrition et se traduit visiblement par l'aspect languissant du végétal.

A priori il semble qu'on doive présumer de ce défaut de nutrition un manque d'éléments utiles chez les pousses de ceps chlorosés.

L'analyse chimique consultée à ce sujet a donné des résultats qui ont surpris (2). Alors qu'il semblait qu'on dût s'attendre à un déficit des éléments chimiques essentiels, il se trouve, au contraire, qu'il y a d'une façon générale, sinon absolue, un excès de ces éléments dans la pousse de l'année.

il serait long de s'étendre, et on ne peut que rester, sur ces points, d'accord avec lui.

(*b*) M. Dezeimeris a pu constater, dans une plantation de Rupestris greffés, que les rejets américains des ceps chlorosés l'étaient aussi. On ne peut qu'en conclure, une fois de plus, à l'origine souterraine de la chlorose.

(1) Si on considère que les cellules absorbantes des poils radicaux et des couches épidermiques des jeunes racines sont vivantes, c'est-à-dire soumises aux lois d'évolution qui sont celles de l'organisme végétal et animal, il faut bien admettre que leur rôle ne peut qu'être temporaire. Elles ont donc besoin d'être renouvelées, et ne peuvent l'être qu'autant que le végétal qui les engendre sera dans des conditions d'alimentation et de circulation convenables et que le sol leur constituera un milieu propice.

De là : la nécessité de l'avènement et de l'élongation continue des radicelles qui portent près de leurs extrémités ces organes absorbants, cette conséquence de leur non développement dans l'état chlorotique, l'indice qu'est leur pousse où son défaut de l'état du sol et du végétal, et la tendance au maintien de l'état chlorotique ou à sa disparition, suivant l'allure de cette pousse.

(2) Voici des moyennes calculées d'après quelques chiffres trouvés par M. Joulie (*Bulletin de la Société des agriculteurs de France*, 1888, f° 77) :

A première vue, cet état pléthorique est fait pour surprendre. En y réfléchissant, on voit qu'il n'infirme en rien les notions acquises, ni notre théorie. Nous croyons que la chose doit pouvoir s'expliquer comme il suit.

(a) Dans les cas de chlorose (quelle que soit d'ailleurs la cause qui agisse sur les racines), la végétation extérieure se ralentit. Si l'on veut bien observer que les chiffres indiqués sont, non des teneurs absolues, mais des teneurs pour cent, on voit que les pourcentages ont pu augmenter sans que pour cela la teneur totale ait augmenté. (Celle-ci, à priori, ne peut qu'être moindre.)

(b) Dire que le pourcentage a pu augmenter, c'est, il est vrai, dire qu'il y a pléthore à poids égal. Mais, si l'on y réfléchit, on voit que cette pléthore semble plutôt obligée, qu'elle n'a lieu d'étonner.

Il ressort en effet, non seulement de ce qu'on peut présumer de l'observation de ce qui se passe au départ de la végétation pour les boutures, ou pour la vigne racinée alors que ses racines, dans un sol à peine tiède, n'ont pu lui fournir encore que des apports insignifiants, mais encore de l'analyse chimique, que : 1° Durant la première partie de la végétation, les parties aériennes se forment aux dépens des

DIFFÉRENCES POUR CENT DE LA TENEUR EN ÉLÉMENTS UTILES DE PIEDS DE VIGNE CHLOROSÉS ET NON CHLOROSÉS.	AZOTE P. 0/0.	ACIDE PHOSPHORIQUE P. 0/0.	CHAUX P. 0/0.	POTASSE P. 0/0.	SOUDE P. 0/0.	OXYDE DE FER P. 0/0.
Trois cépages : H. Bouschet (greffés), moyenne....................	+ 19	+ 32	+ 94	+ 73	+ 120	+ 260
Jacquez (non greffé)	— 2,78	+ 42	+ 86	+ 72	+ 33	+ 43

Nous avons séparé à dessein les chiffres qui concernent le Jacquez. On y remarquera que les différences sont plus faibles. Ce cépage n'est pas des plus chlorotiques; d'autre part il n'était pas greffé, deux raisons pour qu'il ait été moins atteint. L'état pléthorique moindre qu'accuse le pourcentage des différences s'explique ainsi.

réserves du cep (souches et racines); 2° que, de la floraison à la maturation, ce mouvement se continue pour se traduire par une diminution de teneur pour cent en éléments utiles; 3° que ces réserves se reconstituent de la maturation du fruit à la chute des feuilles.

Voici ci-dessous des chiffres extraits de récentes analyses d'échantillons de Sémillon et Sauvignon du vignoble blanc du château de Suduiraut, à la floraison et à maturation en sols de grave et d'argile, suffisants pour donner idée du phénomène (1).

(1) En comparant les huit analyses faites par M. Joulie, dont quatre à la floraison et quatre à maturation, calculant les pourcentages moyens, et les différentiant j'en ai déduit le tableau approximatif qui suit. Le signe + indique un gain, le signe — une perte, de la floraison à la maturation. Ses chiffres sont rapportés à la floraison (de teneurs $\frac{100}{100}$).

VARIATIONS MOYENNES POUR CENT DE LA FLORAISON A LA MATURATION DE LA TENEUR EN ÉLÉMENTS UTILES DE SÉMILLON ET SAUVIGNON BLANCS EN SOLS DE GRAVE ET D'ARGILE (château de Suduiraut-Sauternes, 1883,	AZOTE P. 0/0.	ACIDE PHOSPHORIQUE P. 0/0.	ACIDE SULFURIQUE P. 0/0.	CHAUX P. 0/0.	MAGNÉSIE P. 0/0.	POTASSE P. 0/0.	SOUDE P. 0/0.	OXIDE DE FER P. 0/0.	SILICE P. 0/0.
Souches et racines	— 22	+ 5	— 34	— 21	— 10	+ 9	— 1	— 36	— 72
Sarments............	— 36	— 17	— 34	+ 7	+ 18	— 47	+ 150	+ 2	+ 2
Feuilles............	— 14	— 9	— 5	+ 120	+ 5	— 24	+ 1	— 2	— 82
Fruit...............	+	+	+	+	+	+	+	+	+
Sarments, feuilles et fruit..............	— 39	— 23	— 39	+ 74	— 6	— 31	— 6	— 34	— 92
Pied entier..........	— 19	+ 7	— 26	— 21	+ 10	+ 17	+ 0,1	— 39	— 96

Ces chiffres mettent en évidence l'importance des réserves du cep (souche et racines) antérieures à la pousse, et celle du transport des éléments utiles qui s'opère successivement dans l'intérieur du végétal au fur et à mesure de son accroissement. (Des analyses de cépages du Midi montrent des résultats analogues.)

Ces faits ne sont point particuliers à la vigne. Ils semblent devoir être une loi commune pour les végétaux. (Sur le blé, M. Isidore Pierre a étudié les migrations de l'acide phosphorique qui quitte successivement les

On conçoit que si la végétation extérieure, entravée par le mauvais fonctionnement des racines, subit un ralentissement, le cheminement de ces réserves puisse amener une concentration qui se traduise par un accroissement de pourcentage malgré que la teneur totale reste moindre que si la végétation eût suivi son cours normal, et qu'il y ait chez le végétal atteint dans sa nutrition, pléthore, là où l'on pouvait s'attendre à l'inverse en oubliant ces phénomènes de transport.

Il n'y a donc en tout cela, non seulement rien d'anormal, mais même rien qui ne fût obligé.

Si les racines eussent pu fonctionner normalement, la végétation extérieure eût continué sans que cette accumulation se produise et le développement des extrémités des racines (conséquence de la circulation de la sève élaborée par les feuilles, effet et indice d'abord, cause ensuite) eût doté la vigne d'organes de nutrition qui l'eussent, à leur tour, aïdée dans l'accomplissement du cycle de ses fonctions.

CONCLUSIONS.

La vigne exige, comme tous les végétaux, certaines conditions (chimiques et physiques) de milieu.

Ces nécessités ne sont pas exactement les mêmes pour toutes les variétés de cette plante.

Où ces variétés viennent ces conditions existent, puisque ce sont elles qui ont dû présider à l'adaptation ; c'est là qu'il faut rechercher les éléments favorables. Réciproquement, où elles existent ces variétés doivent venir, les mêmes causes engendrant les mêmes effets ; c'est là qu'il faut étudier leurs effets normaux. Inversement, où ces variétés souffrent, ces conditions doivent faire défaut ; c'est là qu'il faut rechercher les éléments défavorables et en apprécier la valeur. Et réci-

---

parties basses pour se concentrer finalement en majeure partie dans la graine.)
    Des analyses successives de pousses de vigne au fur et à mesure de leur croissance ont montré que la teneur des plus jeunes était la plus considérable (Joulie). Ce fait est connexe du précédent. Il est naturel que les pousses avortées des pieds chlorosés offrent une concentration analogue, plus grande que si leur développement eût été normal.

proquement, où ces conditions manquent, ces variétés doivent
souffrir et on y peut étudier les effets pernicieux de leur
défaut.

L'examen de ces effets favorables et défavorables fait au
point de vue de la chlorose semble conduire aux *conclusions*
suivantes (conformes à celles que nous avions émises anté-
rieurement).

L'insuffisance de certaines de ces conditions de milieu peut
entraîner le trouble des fonctions de nutrition qui se traduit
plus particulièrement par le ralentissement ou l'arrêt de la
pousse et la décoloration du feuillage.

Cet état peut avoir un caractère, soit temporaire, soit plutôt permanent, qu'on serait tenté de rattacher dans le premier
cas à des influences temporaires, telles que celles extérieures;
dans le second, à des influences permanentes, telles que
celles souterraines.

L'examen conduit à écarter l'idée exclusive d'une cause
extérieure et à ne voir, dans la généralité des cas de chlorose
que les effets d'une même action souterraine de causes tant
extérieures que souterraines.

Un défaut dans les conditions chimiques du sol, le manque
ou la surabondance de certains éléments, ne paraît, en
l'espèce, exercer qu'une action faible ou nulle. Si des sols de
certaine composition peuvent être considérés comme chlorotiques, on peut considérer aussi que les sols chlorotiques sont
de composition variée. L'insuffisance des agents chimiques,
contre cette état, confirme ce point de vue.

On ne peut qu'en conclure soit à un défaut ou excès d'éléments physiques, soit à un vice dans les conditions physiques,
susceptible d'entraîner une action spéciale de ces éléments :
chaleur, eau, air.

Le défaut ou l'excès dans le sol de certain de ces agents,
nuisible à la végétation souterraine, peut entraîner la chlorose.
Tels sont : le défaut (ou l'excès) de chaleur, et plus spécialement, l'excès d'eau (ou son défaut qui résulte, en particulier,
de l'état calorifique). Mais il faut se convaincre que l'effet de
ces agents dépend spécialement des conditions de sol susceptibles de les aggraver (ainsi que de la sensibilité relative des
cépages).

En l'espèce, en dehors des cas où une sécheresse excessive du sol est la cause palpable de l'arrêt des fonctions d'absorption souterraine d'où résulte le défaut de nutrition dont l'état chlorotique est à la fois la conséquence et l'indice, l'action du second de ces deux éléments (l'eau) n'est qu'indirecte. C'est surtout l'atmosphère du sol qu'il faut considérer (1).

Les racines respirent (elles absorbent de l'oxygène et expirent de l'acide carbonique à la façon des autres organes végétaux dépourvus de chlorophylle ou privés de lumière). Si l'atmosphère immédiate des racines, confinée, est de volume trop restreint, elle se vicie d'autant plus, et il y a asphyxie relative des racines; si elle est supprimée, il y a forcément suppression de leur fonctions respiratoires, asphyxie complète. Tout porte à croire que la cause immédiate de la chlorose gît dans cette asphyxie.

Ces conditions de l'atmosphère oxygénée des racines et, en particulier, son manque plus ou moins absolu, sont l'effet des actions superposées, favorables ou défavorables, des autres agents, particulièrement la chaleur et surtout l'eau, susceptibles d'agir : la chaleur par son action sur l'eau, l'eau par son action directe sur l'atmosphère du sol.

L'intensité de cette action varie suivant le sol. Son effet nuisible (ou utile) varie en proportion de deux facultés des sols qu'on peut dénommer : capacité pour l'air (contenance et facilité de circulation); affinité pour l'eau (aptitude à l'absorber et à la conserver). L'accroissement de la première, la diminution de la seconde sont favorables.

La première est un effet de capacité relative (rapport des vides au plein); quant à la facilité de circulation, elle est facilitée par la grandeur des interstices. La deuxième est moins un effet de capacité que de spongiosité ou capillarité. (Le maximum de capacité est, pour des raisons d'ordre géométrique, obtenu avec des éléments égaux en grosseur. La

---

(1) Le cas où l'on pourrait imputer au seul défaut de la *chaleur* du so la nutrition insuffisante du cep végétal sollicité à l'extérieur par des conditions favorables et une végétation active, nous semblent tout au moins rares. C'est dire que, dans l'ordre des palliatifs, la voie qui viserait cette cause nous paraît devoir être inféconde.

capillarité, par des raisons de même ordre irait plutôt en augmentant avec l'inégalité de ces éléments. Elle dépend surtout de la ténuité des éléments favorable à la multiplicité et l'exiguïté des conduits capillaires, sièges des phénomènes d'attraction capillaire.) La première serait plutôt indépendante de leur nature, la seconde serait plutôt liée à leur constitution.

C'est la plus importante à considérer et, parmi ses facteurs, la constitution physique qui résulte de la nature chimique des molécules. On conçoit, en effet, que du sable pur, même formé d'éléments inégaux et tassé au maximum, jouisse de propriétés capillaires moindres qu'une pâte liante formée d'éléments moléculaires d'une ténuité extrême, de caractère plastique, et susceptible, par suite de sa capillarité plus grande, d'être, sous sa forme compacte, à la fois, d'une pénétration par l'air plus difficile et d'un pouvoir absorbant pour l'eau d'autant plus considérable que sa fluidité permet un accroissement de volume qui en favorise l'absorption.

Nous estimons donc que la cause des différences d'intensité qu'offrent, suivant les sols (toutes autres influences égales), les phénomènes de chlorose, c'est-à-dire la cause de la différence entre le pouvoir chlorotique des terrains, gît dans la différence des facultés capillaires de la substance qui les constitue (propriétés physiques inhérentes à la constitution moléculaire spéciale qui dérive de leur nature chimique.)

Ainsi, un sol de nature chlorotique sera non seulement celui qui offrira, tassé, un rapport moindre du vide au plein et une ténuité d'éléments défavorables à la circulation de l'air, mais encore, et surtout, devra à sa nature, au plus haut degré, des facultés capillaires susceptibles de se traduire par une aptitude au remplissage le plus complet de ses vides moléculaires par l'eau, et une plus grande facilité à devenir dans cet état fluide et susceptible, par suite, de gonflement, c'est-à-dire celui qui sera apte à mal conserver l'air, à absorber l'eau et à la retenir. (Ajoutons que ces mêmes sols, dont la puissance d'attraction capillaire, antagoniste de celle de l'absorption végétale, est susceptible de la tenir en échec à un certain degré de dessication, sont ceux qu'atteignent forcément le plus les sécheresses extrêmes susceptibles d'engendrer l'état que nous pourrions appeler *chlorose par siccité* (ou *sèche*).

La chlorose qui nous occupe (et qu'on pourrait, par opposition, appeler *chlorose par humidité* ou *humide*) varie, non seulement selon le sol, mais encore suivant les quantités d'eau et, surtout, suivant le régime de l'apport et de la disparition de cette eau.

Pour un régime régulièrement constant, il s'établirait un état d'équilibre. L'état d'aération des divers sols et des diverses couches, différent pour chaque, resterait sans variations ; les racines s'étageraient, et sauf le cas, bien entendu défavorable, où la profondeur de la couche suffisamment aérée serait trop faible pour le libre développement des racines, la vigne pousserait sans accident respiratoire et nutritif. Mais il n'en peut être ainsi. Les moyens de départ par égouttage (sous-sol perméable, drains, pente) fussent-ils parfaits et susceptibles d'un débit quelconque, le départ par évaporation (suivant la température, le rayonnement solaire, l'état hygrométrique de l'air, le vent, la végétation parasitaire ou voulue), et surtout l'afflux d'eau, varient. Il en résulte forcément des contenances en eau et air très différentes, tout spécialement pour les matériaux d'une constitution moléculaire telle que leur pouvoir capillaire et leur faculté de retenue, par suite, sont considérables.

Tandis que les uns (ceux non plastiques), facilement égouttables, ne seront que faiblement influencés défavorablement par la traversée de l'eau qui (agissant en particulier comme piston) sera pour eux une occasion de rentrée d'air, ceux plastiques, au contraire, se comporteront comme une éponge, se remplissant d'eau et se dilatant comme elle, en même temps que, se vidant d'air, l'eau se substituant à l'air. Mais, quel que soit l'égouttage, ils ne la rendront que lentement, par apport du centre à la surface en se contractant à mesure, conservant ainsi pendant une longue période le sol qu'ils constituent, privé d'air. On conçoit que les racines qui, durant la période favorable, avaient pu se loger, tout au moins superficiellement, dans ces sols (qui se fendent d'autant

moins qu'ils sont en sous-sol), sont alors dans des conditions
d'asphyxie incompatibles avec la vie végétale et leurs besoins
normaux, que le végétal en souffre, et que l'état chlorotique
puisse en résulter.

On s'explique ainsi la chlorose, non seulement dans les
terrains où les couches réfractaires sont superficielles, mais
encore dans le cas où elles sont en sous-sol, et ce fait que des
pieds, qui ont pourtant à leur disposition une épaisseur de sol
non chlorotique suffisante, puissent s'y chloroser à mesure
qu'ils atteignent la couche réfractaire qui se comporte d'une
façon qui a pu faire croire à un véritable empoisonnement
du cep.

Si, par suite d'une période chaude et sèche assez longue, les
conditions redeviennent favorables, la vigne, s'accommodant
d'un milieu souvent très bon chimiquement, y poussera de
nouveau des racines destinées à redevenir pour elle, avec le
retour de la période humide, l'occasion de nouveaux troubles
susceptibles de se traduire par une nouvelle chlorose. Cette
lutte d'éléments opposés, dont le résultat sera, selon les cas,
dans un sens ou dans l'autre, constitue pour le cep une per-
pétuelle souricière.

Ainsi, étant donné un sol chlorotique, c'est moins l'existence
ou l'intensité des causes de mouillage, ou que celle de leurs
variations et l'inconstance de leur régime qu'il importe de
considérer. (Nous appelons l'attention sur ce point de vue dont
on peut, en particulier, conclure qu'il faut, dans les observations relatives à l'indemnité des sols ou des cépages, tenir
compte, du régime de leur climat.)

Les effets de cette asphyxie, absolue ou relative, se traduisent par une circulation, une nutrition et un développement moindres. Pendant ce temps, le végétal vit des réserves
du tronc et des racines qui s'accumulent dans ses pousses
(branchage et feuilles) en quantité relativement plus grande
par suite de leur élongation moindre.

Dans ces conditions, tant par suite de ce trouble fonction-
nel général que de l'insuffisance de leur milieu, les racines
ont leur développement entravé et sont d'autant moins aptes
à concourir à la restitution de nouveaux éléments.

L'épuisement qui s'en suit peut aller jusqu'à la mort du cep.

Les causes disparaissant, l'apparence chlorotique cesse, et on constate la pousse des jeunes racines. C'est là, à la fois, une conséquence et un indice (mais non une cause); réciproquement cette pousse sera d'un effet favorable, contraire à la chlorose. (Dire que la jaunisse vient d'un défaut de développement des racines, serait prendre un effet pour la cause qui l'a produit.)

Si ces effets des modifications du milieu varient suivant les sols, ils varient aussi suivant les cépages.

Les uns semblent réfractaires à la chlorose, les autres y sont sensibles, d'autres le sont à un degré intermédiaire.

L'allure différente de leurs racines, les variations d'allures de ces racines suivant les sols et les climats, leurs facultés d'enracinement différentes sont de nature à faire présumer pour les premiers des besoins moindres de l'air du sol. A l'inverse, les seconds, plus exigeants, auraient des besoins respiratoires plus considérables. Leur tenue dans des conditions favorables ou défavorables suffit à le prouver.

C'est en particulier dans la différence de structure de leurs racines (pour les premiers plutôt grosses et plongeantes, pour les seconds plutôt fibreuses et à chevelu), qu'il faut vraisemblablement chercher la clef de leur différence de tenue, et ce sont elles qu'il faut consulter pour avoir la meilleure adaptation, un mauvais choix de sol pouvant être pour les cépages les plus sensibles une occasion de chlorose.

Ces considérations s'appliquent aussi bien aux espèces du genre Vinifera qu'à celles américaines.

Si la greffe favorise généralement la chlorose, cela ne peut que tenir à l'obstacle mécanique qu'elle crée à une circulation nécessaire au développement du cep et des racines.

Les plantations faites en plants greffés (sur boutures ou mieux sur racinés), soudés en pépinières et sélectionnés, sont, à priori, mieux constituées au point de vue des inconvénients de soudure que celles greffées sur place. (Et l'on peut espérer pour elles un racinage satisfaisant si l'on considère qu'il se sera produit dans des conditions plus en rapport avec leur état définitif.)

Les *moyens* à opposer à la chlorose ne peuvent qu'être : le choix du cépage ou du sol, et les actions susceptibles d'agir sur l'un ou l'autre.

Si notre théorie est exacte, ils devront s'inspirer des propriétés capillaires des sols et des besoins d'eau et d'air (d'air surtout), des racines.

Il importe avant tout de choisir pour un sol donné un cépage qui s'y plaise, et pour un cépage donné un sol qui lui convienne, en un mot d'avoir la meilleure adaptation. Pour trouver le cépage susceptible de s'accommoder de certains sols qu'on peut qualifier de chlorotiques, il faut choisir à l'extrême de la classification qui dérive de l'examen des racines, la catégorie des cépages les moins exigeants, qu'on peut considérer comme indemnes (en se disant toutefois, non seulement qu'il est bon de connaître les sols dont ils s'accommodent, mais encore qu'il ne faudrait pas perdre de vue les conditions de climat et particulièrement le régime hygrométrique des régions où on les a le plus observés jusqu'ici).

On est moins maître du sol ; chacun a celui qu'il peut. Si on a le choix, il sera bon de ne pas oublier qu'aucun végétal ne s'accommode de tous les milieux, et de ne pas vouloir planter partout de la vigne. Rien n'oblige à en établir. Ils s'en va faire assez, probablement même plus que ne le voudraient la consommation et la prospérité de ces entreprises si le mouvement actuel, universel, provoqué par l'invasion phylloxérique, se poursuit comme il semble probable.

Agir directement sur les cépages auxquels on peut tenir à un point de vue spécial, tel que celui de la chlorose, n'est pas absolument impossible, bien que difficile. En outre de la sélection, des moyens relatifs à la greffe ou au bouturage et à la plantation (susceptibles de viser le meilleur accouplage et un racinage plutôt superficiel que profond), on a à son service, pour les modifier, les hasards du semis et les chances de l'hybridation.

Agir sur le sol est plus aisé et plus pratique. On peut entreprendre d'en modifier la masse par des apports, en particulier siliceux, susceptibles de modifier son état capillaire, de le rendre moins plastique et plus perméable (sable siliceux, graves, terres asséchantes, enfouissage de plantes, débris et engrais végétaux, etc.). Forcément parfois, ces travaux seront-ils susceptibles d'un coût supérieur à la valeur du résultat à obtenir et faudra-t-il y renoncer. Il suffira, le plus souvent, des moyens tendant à l'égouttage et l'aération : pentes, fossés, drains, (en poterie, pierres, végétaux : branchages, sarments, etc.), sans parler de l'ameublissement originel et cultural (1).

En résumé :

La chlorose est à la fois la conséquence et l'indice d'un défaut de nutrition. Celui-ci résulte généralement, soit des effets de la dessication du sol, soit le plus souvent de leur mouillage.

Dans le premier cas (chlorose par siccité), les effets de cétte dessication sur les liquides nourriciers ou les organes d'absorption suffisent à l'expliquer. Dans le second (chlorose par humidité), le plus à considérer, la cause immédiate de ces effets de l'eau réside surtout dans l'asphyxie qu'entraîne l'expulsion, par l'eau, de l'air du sol.

Les propriétés capillaires (variées) des sols, les besoins d'humidité et d'aération des cépages (variés aussi), sont l'origine de ces effets.

---

(1)   TABLEAU DES PRINCIPAUX MOYENS POSSIBLES CONTRE LA CHLOROSE.

| ÉLÉMENTS. | PROCÉDÉS | OBJECTIF IMMÉDIAT. | | EFFETS. |
		POUR	CONTRE	
Cep.......	Racinage superficiel...........	Aération....	»	
	Adaptation (des porte-greffes et greffons)..................	Circulation..	»	Durables,
	Bonne soudure, etc...........	Circulation..	»	Durables.
	Sélection	Tenue	»	Durables.
	Portes-greffes réfractaires (s'il y a lieu)	Tenue.......	»	Durables.
Cep et sol.	Adaptation (des cépages et des sols).....................	Tenue	»	Durables.
Sol	Ameublissement	Aération....		Temporaires.
	Apports, etc............*......	Aération....	Humidité ...	Durables.
	Egouttage..........*........		Humidité ...	Durables.

★

Les moyens à opposer à la chlorose sont surtout préventifs.

Qu'ils visent le sol où les cépages, ils ne peuvent que dériver de ces vues.

Ou, s'il fallait conclure en deux mots :

La cause immédiate de la chlorose la plus à considérer est l'asphyxie des racines ; ses remèdes doivent surtout s'inspirer de cette idee.

EMILE PETIT.

30 mars 1888.

ANNEXE

—

NOTE RELATIVE A UN CAS DE CHLOROSE

Il m'a été donné d'observer un cas de chlorose frappant par certains côtés ; les conclusions qu'il suggère m'ont paru de nature à pouvoir être rapportées utilement.

Chez M. Dezeimeris, à Loupiac, se trouve une vigne, greffée sur Riparia, chlorosée. Le sol de cette pièce offre, en certaines places, la même terre calcaire, blanchâtre, d'aspect crayeux qu'on retrouve à Sainte-Croix-du-Mont et sur d'autres points de cette rive de la Garonne.

Partout où on l'y voit, il y a de la chlorose. Elle en est donc la cause où l'occasion.

Ailleurs, le même fait s'observe par endroits. Il faut donc supposer que cette même formation calcaire y existe en sous-sol. Des tranchées de drainage montrent effectivement qu'il en est ainsi.

Parmi celles-ci, il en était une, moitié en vigne chlorosée, moitié en vigne d'aspect normal, dont voici la figure ci-contre.

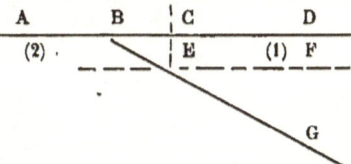

ABD : Surface du sol.

BG : Plan de séparation des deux terrains, normal à droite (n° 1), crayeux à gauche (n° 2).

EF étage inférieur des racines ; ce plan est parallèle à la surface du sol BD et rencontre en E le plan BG.

AB est chlorosé. BC est chlorosé. CD ne l'est pas ; en C la chlorose cesse. Tels sont les faits.

AB est chlorosé. Le milieu constitué par le terrain n° 2 est donc impropre à la vigne.

CD ne l'est pas. Le milieu n° 1 lui convient donc.

BC est chlorosé. Donc un sol (tel que celui n° 1), reposant sur un milieu réfractaire (n° 2), est susceptible d'entraîner les mêmes inconvénients que ce dernier affleurant à la surface.

A droite de C (en CD), pas de chlorose ; à gauche (en CB), chlorose. C'est montrer que des pieds qui poussent normalement dans un sol normal, se chlorosent à mesure qu'ils atteignent la couche anormale qui leur constitue un milieu impropre.

Et cependant en C, le premier pied chlorosé a une profondeur suffisante pour son libre développement. Evidemment s'il se fût trouvé en E, au lieu du sol n° 2, une matière inerte et dure (granit, marbre, poterie, métal, etc.), l'accident n'existerait pas ; il y a là l'action bien définie d'un milieu (le n° 2) de constitution chimique différente de celle de son voisin le n° 1. En faudrait-il conclure à une sorte d'empoisonnement produit par le défaut, l'existence ou la surbondance de certains éléments dans cette couche, puisque maintenant que ce pied l'atteint, il en souffre et peut-être en mourra ?

Mais continuons l'examen.

Quelques radicelles du pied en C et de ceux en CB existent, il est vrai, superficielles et faiblement développées, incrustées dans ce sous-sol où elles puisent la mort. En AB, c'était obligé, puisqu'elles n'avaient pas le choix, mais en C? Le milieu (n° 2) était donc partiellement favorable.

Et cependant nous constatons qu'il est impropre, à en juger par le résultat en AB. On ne peut qu'en conclure que ce milieu qui ne peut être à la fois réfractaire et propice, est l'un ou l'autre selon les moments.

Sa composition chimique est fixe ou peu variable. C'est donc dans les conditions physiques qu'il faut chercher ces variations, causes secondaires, dont la nature physique du sol, conséquence elle-même de sa constitution chimique, entraîne la possibilité.

Quelles sont les causes physiques dont les variations, influençant le sol, sont susceptibles de modifier ainsi son état physique? Un sol, parmi les agents physiques, subit surtout l'action de la chaleur, de l'air et de l'eau. L'air reste le même, la quantité de chaleur et d'eau qu'il reçoit varie. Evidemment, ce n'est point l'air. C'est bien peu, ou point non plus, la chaleur; son action, relativement régulière et lente, s'exerçant en C chlorosé, de même qu'en CD non chlorosé.

Serait-ce l'eau? — Tantôt cet élément fait défaut, tantôt il arrive abondant, brusquement, de la couche perméable (n° 1), qu'il traverse avec facilité, à la couche (n° 2) réfractaire. Evidemment, c'est surtout elle qu'il faut, en l'espèce, considérer.

Il faudrait donc en conclure à une perméabilité moindre de la couche réfractaire jointe à une certaine spongiosité? — Tel semble être, en effet, le caractère du sol observé. Le n° 1 paraît plus siliceux et plus meuble; le n° 2, mouillé, est d'un autre aspect; il doit agir vraisemblablement à la façon d'une éponge gluante. Ce caratère semble commun à la marne et aux argiles réfractaires aux vignes américaines, greffées surtout.

Mais cette eau, comment agirait-elle? — Un homme qui se noie, le phylloxera qu'on submerge, une plante dont on tient, en cours de végétation, les racines plongées dans une eau, stagnante surtout, périssent non empoisonnés, mais asphyxiés. Nous ne respirons pas seulement par les poumons, un végétal n'exige pas seulement de l'air pour sa ramure feuillée; ses racines respirent aussi, l'inverse serait plutôt étonnant. Adaptées à leur milieu comme tous les êtres anciens le sont au leur, elles ont besoin de l'air qui s'y trouve, comme le poisson demande à l'eau la faible quantité de ce gaz qu'il peut dissoudre, et meurt si, par un artifice quelconque, on interrompt le renouvellement de son aération.

Du reste, ce fait reconnu de la respiration des racines n'est-il pas tangible? — Si l'étage inférieur des racines s'arrête suivant EF, parallèlement à la surface du sol dont il répète les ondulations, si ces racines sont destinées à s'arrêter à une distance limite de la surface même dans un sol profond, si tous les végétaux se comportent de même, si plantés trop profond ils souffrent et poussent des racines qui se relèvent, si on les tue en les enterrant outre mesure, n'est-ce point parce que ces organes souterrains ont besoin non seulement de chaleur et d'humidité, mais encore d'air?

La vigne en C (et ABC) souffre donc d'asphyxie. En temps sec, elle a pu trouver dans le sous-sol (n° 2) un milieu favorable et y a poussé des radicelles. Noyé d'eau, ce milieu est devenu impropre, alors que dans le sol n° 1 facilement égouttable, l'air, un instant partiellement chassé, est rentré, aspiré par la descente de l'eau vers ce sous-sol qui fait éponge, la reçoit, l'absorbe vite, et ne s'en séparera qu'avec lenteur.

Ce qui montre, d'ailleurs, que les sols réfractaires doivent agir moins en vertu des éléments qu'ils contiennent que par les propriétés physiques qui résultent de la nature de ces éléments, c'est le fait que ces mêmes terrains, les marnes par exemple, dont les bancs compacts sont hostiles à la végétation, n'en restent pas moins susceptibles d'être utilement mêlés à d'autres sols ingrats, voire même à des éléments inertes, pour en faire un tout meilleur. Dans un sol marné, l'examen montre attachées aux parcelles de cette même marne, et y pénétrant par ses fissures comme la recherchant, ces mêmes radicelles dont elle favorise le développement alors qu'en masse elle leur était réfractaire.

Du reste, ces vues sur l'action du sol ne me sont point particulières : elles se rattachent à l'importance qu'attribuent à l'état physique du sol divers auteurs, en particulier le docteur Guilbert, **M.** Cazeaux-Cazalet, M. Vassilière.

Un point reste à examiner.

Pourquoi les vignes greffées (comme il arrive pour les Riparias) sont-elles plus sujettes à la chlorose que non greffées? Vraisemblablement ne serait-ce point parce que la reconstitution du chevelu, dont la vie et le développement ont souffert pendant la période défavorable, est, pendant la période favorable, entravée par l'action (également physique) de la soudure qui gêne la circulation de la sève descendante, et que cet effet, cause à son tour, entraîne une nutrition insuffisante du cep dont l'anémie se traduit par la chlorose?

Conclusion. — Tous les cas de chlorose rentrent-ils dans cette catégorie? Pour d'autres, sans doute, le défaut de nutrition qui entraîne l'anémie du végétal est dû à d'autres causes, mais il me paraît probable que ce sont-là les moins nombreux, et que l'explication qui précède est admissible pour la plupart.

Si elle était exacte, qu'en conclure, sinon que c'est dans la voie de nombreux drainages, de mélanges de terres asséchantes perméables (siliceuses surtout peut-être) sur une épaisseur supérieure à la profondeur maximum que pourront atteindre les racines, et plus généralement de tous les procédés susceptibles de favoriser l'égouttage du sol et l'aération des racines, qu'il faudrait chercher le remède, plutôt que dans l'addition de substances inspirées d'un défaut de composition, alors que la nature physique du sol serait surtout en jeu?

Peut-être encore, si on pense agir sur le végétal, pourrait-il convenir d'attendre pour planter que le sol ainsi remué se soit tassé de telle sorte que les racines n'y descendent point trop vite, de planter superficiellement plutôt que profondément (peut-être même, si on greffe sur place, d'attendre pour le faire d'avoir un pied bien installé). Cela n'empêchera pas la recherche des porte-greffes susceptibles de s'accommoder mieux que d'autres de conditions défavorables, moyen commode assurément, mais sur l'efficacité possible duquel il ne faudrait pas se reposer d'une façon trop absolue.

Il y aura certainement, malheureusement, des cas où le prix de revient trop élevé des travaux à faire pour la transformation du sol en un milieu favorable sera un obstacle et conduira à renoncer à la culture de la vigne. Mais n'en est-il pas ainsi de toutes les autres cultures? Aucune ne s'accommode de tous les milieux. Les difficultés de cet ordre n'infirment en rien, évidemment, la valeur technique d'un principe et les procédés qu'on peut déduire de la connaissance des causes.

En l'espèce, ces causes sont-elles celles que nous présumons? C'est là surtout ce qu'il importe de fixer. C'est à ce point de vue que la série des déductions qui précèdent nous a paru susceptible d'intérêt.

(Il serait non seulement utile de comparer les compositions des sols réfractaires, mais encore d'expérimenter, entre autres essais, leur capacité pour l'air et l'eau. Peut-être y trouverait-on la confirmation de ces vues).

(Communication faite au Congrès viticole de Bordeaux, 1886, par M. Emile Petit, ingénieur civil, propriétaire au château de Suduiraut par Preignac (Gironde). Extrait du compte-rendu in-extenso : f° CXX.)

TABLEAU DE L'ACTION, RÉCIPROQUE ET SUR LE CEP, DES PRINCIPAUX ÉLÉMENTS
EN JEU DANS LA VÉGÉTATION ET PLUS SPÉCIALEMENT DANS LA CHLOROSE.

Annexe. Tableau n° 1.

(Voir suite folio suivant).

ÉLÉMENTS INFLUENÇANTS.	ÉLÉMENTS INFLUENCÉS							
	LUMIÈRE				CHALEUR			
	FAVORISÉE par		DÉFAVORISÉE par		FAVORISÉE par		DÉFAVORISÉE par	
	à l'extérieur.	souterrainem¹.	à l'extérieur.	souterrainem¹.	à l'extérieur.	souterrainem¹.	à l'extérieur.	souterrainem¹.
Lumière (extérieure).....	lumière.				(actions parallèles).			
Chaleur (extérieure).....	(actions parallèles).		»		chal. ext.	chal. ext.	froid ext.	froid ext.
Chaleur (souterraine)....	(Actions parallèles).		»		chal. sont.	chal. sont.	froid sout.	froid sout.
Eau (extérieure).........	»		»		séch. ext.	séch. ext.	eau ext.	eau ext. (uniformisée).
Eau (souterraine)........	»		»		»	séch. sout.	»	eau sont.
Air (extérieur)..........	»		»		»	égouttage.	»	stagnation.
Air (souterrain).........	»		»		»	»		
Sol (constitution chimique)....	»		»		(1){sl. occ. {c.m.a. (sécl) couleur foncée. divis. perm. (humid.) compac.spong. (sécheresse).			occ. {cal. m. a. {sl. (sécl.) couleur claire. compac-spong. (humid.) divis. perm. (séch.)
Sol (constitution physique)....	»		»					
Pente, exposition, climat....	exp. Sud. clim. mérid.		exp. Nord. clim. septen.		exp. Sud. mérid. clim. chauds secs.	exp. Sud. mérid. dim. chauds secs.	exp. Nord. sept. dim. froids humid.	exp. Nord. sept. dim. froids. humid.
Cépages (variétés).......	»		»		»	»	»	»
Conditions d'établissement,	»		»		défonc. superf.	défonc. superf. racin. superf. tassement.		défonc. prof. rac. prof. ameublissem.
Conditions de culture.....	»		»		racin. superf.			
Lésions.................	»		»		tassement.			végét. parasit.
Greffage................	»		»		propreté.	propreté.		»
Cep....................	»		»		■	■	»	»

(1). — Occ., occasion ; sl., silice ; c., calcaire ; m., marne ; a., argile.

(Suite)

ÉLÉMENTS INFLUENCÉS

ÉLÉMENTS INFLUENÇANTS.	EAU				AIR			
	FAVORISÉ PAR		DÉFAVORISÉ PAR		FAVORISÉ PAR		DÉFAVORISÉ PAR	
	à l'extérieur.	souterrainem.	à l'extérieur.	souterrainem.	à l'extérieur.	souterrainem.	à l'extérieur.	souterrainem.
Lumière (extérieure)............	»	»	(actions inverse).	»	(actions parallèles).	»	»	»
Chaleur (extérieure)...........	froid ext.	froid sout.	chal. ext.	chal. ext.	»	c. ext. (ind.)(3).	»	fr. ext. (ind.).
Chaleur (souterraine)..........	eau ext.	eau ext.	séch. ext.	chal. sout. séch. sout.	»	c. sout. (ind.)(3. séch. ext.	»	fr. sout. (ind.). eau ext.
Eau (extérieure)..............	»	eau sout.	»	égouttage.	»	séch. sout. égouttage.	»	eau sout. stagnation.
Eau (souterraine)............	»	stagnation.	»	»	air ext. (élément ext.)	»	»	»
Air (extérieur)...............	»	désaération.	.	aération.	air ext.	air sout.	»	désaérat. sout.
Air (souterrain).............	»	occ: { cal. m. a. sr. si. (séch.). c. cl. (ind.). (1)	pente. exp: séch. mérid. dim: { chauds. secs. (vents).	occ: { sl. (c. m. a. (sic.). c. foncée (ind.). divis. perméa. (déf. à l'abs.) comp. spong (fav. à l'évap.).	»	occ: al. (4)	»	occ. cal. mar. sr.
Sol (constitution chimique).....	»	comp. spong. (fav. à l'abs.). divis. perm. (déf. à l'évap.)	»	pente. exp: séch. mérid. dim: { chauds. secs. (vents).	»	divis. perméa.	»	comp. spong.
Sol (constitution physique).....	horizontalité. exp: pluies. septent: froids. dim: { froids. humid.	dim: { froids. humid.	»	»	»	pente (ind.). sup: séch. (ind.). mérid. dim: { chauds. (ind.) secs. (vents).	»	horiz. (indir.). sup: pluie (ind.). dim: { sept. froida. (ind.) humide.
Pente, exposition, climat.......	»	»	»	»	»	»	»	»
Cépages (variétés)............	def. sup. (2) rac. prof. tassement. (fav. à l'abs.) ameublissem. (déf. à l'évap.) propreté.	»	»	def. prof. racin. superf. ameublissem. (déf. à l'abs.) tassement. (fav. à l'évap.) vég. parasites.	»	défonç. prof. rac. super. ameublissem. propreté.	»	défonç. super. rac. prof. tassement. végét. parasit.
Conditions d'établissement......	»	»	»	»	»	»	»	»
Conditions de culture..........	»	»	»	»	»	»	»	»
Lésions....................	»	»	»	»	»	»	»	»
Greffage...................	»	»	»	»	»	»	»	»
Cep.......................	»	»	»	»	»	»	»	...

1. Ind., Indirectement; abs., absorption (rétenue). — 2. Sup., superficiel. — 3. La chaleur, indirectement, par son action sur l'évaporation d'où résulte la substitution à l'eau[?] de l'air du sol. (Le renouvellement de l'air dans la masse du sol est surtout l'effet des variations soit de l'état calorifique soit de la teneur en eau de ce dernier). — 4. D'une façon générale. Effets varie suivant la composition des mélanges.

(Suite)

ÉLÉMENTS INFLUENCÉS

ÉLÉMENTS INFLUENÇANTS.	SOL (CONSTITUTION CHIMIQUE).				SOL (CONSTITUTION ET ÉTAT PHYSIQUE).			
	FAVORISÉS par		DÉFAVORISÉS par		FAVORISÉS par		DÉFAVORISÉS par	
	à l'extérieur.	souterrainem¹.	à l'extérieur.	souterrainem¹.	à l'extérieur.	souterrainem¹.	à l'extérieur.	souterrainem¹.
Lumière (extérieure)	»	»	»	»		»		»
Chaleur (extérieure)	»	»	»	»		chal. ext.		ch. ext. (séch.)
Chaleur (souterraine)	»	»	»	»		chal. sout.		ch. sout. (séb.)
Eau (extérieure)	»	»	»	»		séch. ext.		eau ext. variations.
Eau (souterraine)	»	»	»	»		séch. sout.		eau sout. variations.
Air (extérieur)	»	»	»	»				
Air (souterrain)	aération, sol cons. chim. (modifiable).			désaération.		aération, sol c. clim. (orig.).		désaération, sol c. clim. (orig.).
Sol (constitution chimique)	»		»			sol c. physique (modifiable).		»
Sol (constitution physique)						pente, exp. séch. mérid. (2) chauds clim.: secs constan¹°.		horizont. exp. pluies. (2) secs, froid, clim. froid, humide. variabl.
Pente, exposition, climat	exp. chauds et clim.: humide.		exp. froids et clim.: secs.					
Cépages (variétés)	cép. peu exig. (épuis. moins).		cép. exigeants.					
Conditions d'établissement	défonç. prof.		défonç. super. tassement.			défonç. prof. ameublissem¹. propreté.		défonç. super. tassement.
Conditions de culture	ameublissem¹. propreté.		»					végét. parasit.
Lésions	»		végét. parasit. (m. état cult.(1))			»		»
Greffage	»		»			»		»
Cep	»		»			»		»

1. M., mauvais. — 2. D'une façon générale, entre certaine limite.

(Suite)

ÉLÉMENTS INFLUENCÉS

ÉLÉMENTS INFLUENÇANTS.	PENTE, EXPOSITION, CLIMAT.				CÉPAGE.				CONDITIONS D'ÉTABLISSEMENT.			
	FAVORISÉS par		DÉFAVORISÉS par		FAVORISÉ par		DÉFAVORABLE par		FAVORISÉS par		DÉFAVORISÉS par	
	à l'extér.	souter.	à l'extér.	souter.	à l'extér.	souter.	à l'extér.	souter.	à l'extér.	souterrainem.	à l'extér.	souterrainem.
Lumière (extérieure)........										»		»
Chaleur (extérieure).......										chal. ext.		froid ext.
Chaleur (souterraine)....										chal. sout.		froid sout.
Eau (extérieure)............										sé.ext.(mod.)(1)		eau ext. (exc.)
Eau (souterraine)...........										séc. sout. (mod.)		eau sout. (exc)
Air (extérieur)...............										»		»
Air (souterrain).............										»		»
Sol (constitution chimique)..										occasion si.		occ. cal. m. arg. comp. spong.
Sol (constitution physique)..										divis. perméa. pente (2). exp. { chauds. et dim. { secs (2).		horizont. (2) exp. { froids et dim. { hum. (2)
Pente, exposition, climat... { p. cép. di. { élém. fixe			»			cépage.	»			cép. { faciles réfractair. condil. d'établis.		cép. { difi-iles. chloroiq.
Cépages (variétés)...........										»		»
Conditions d'établissement.										franc.		greffage.
Conditions de culture.......										»		»
Lésions......................												
Greffage....................												
Ceps.......................												

1. mod., modérée ; exc., excessive. — 2. d'une façon générale, entre certaines limites.

(Suite)

ÉLÉMENTS INFLUENCÉS

ÉLÉMENTS INFLUENÇANTS.	CONDITIONS CULTURALES.				LÉSIONS.			
	FAVORISÉES par		DÉFAVORISÉES par		FAVORISÉES par		DÉFAVORISÉES par	
	à l'extérieur.	souterrainem[en]t.	à l'extérieur.	souterrainem[en]t.	à l'extérieur.	souterrainem[en]t.	à l'extérieur.	souterrainem[en]t.
Lumière (extérieure)								
Chaleur (extérieure)	chal. ext. (1)		froid ext. (1)					
Chaleur (souterraine)		chal. sout. (1)		froid sout. (1)				
Eau (extérieure)	séch. ext. (mod.)		eau ext. (exc.)					
Eau (souterraine)		séc. sout. (mod.)		eau sout. (exc.)				
Air (extérieur)	occ. si.		»					
Air (souterrain)			»					
Sol (constitution chimique)			occ. tal m. arg.					
Sol (constitution physique)	divis. perm(éa.		comp. spong. horiz. (2)					
Pente, exposition, climat.	pente. (2) esp. et clim. { chauds. secs.		esp. et clim. { froids. humides					
Cépages (variétés)	cép. { faciles. réfractair.		cép. { difficiles. chlorotique					
Conditions d'établissement	étát cultural		»					
Conditions de culture			»					
Lésions					lésions.		»	
Greffage	franc.		greffage.					
Cep	»		»					

1, 2. D'une façon générale, entre certaines limites.

(Fin du Tableau)

ÉLÉMENTS INFLUENCÉS

ÉLÉMENTS INFLUENÇANTS.	GREFFAGE. FAVORISÉ par à l'extérieur.	GREFFAGE. FAVORISÉ par souterrainem¹.	GREFFAGE. DÉFAVORISÉ par à l'extérieur.	GREFFAGE. DÉFAVORISÉ par souterrainem¹.	CEP (Résultante). FAVORISÉ par à l'extérieur.	CEP (Résultante). FAVORISÉ par souterrainem¹.	CEP (Résultante). DÉFAVORISÉ par à l'extérieur.	CEP (Résultante). DÉFAVORISÉ par souterrainem¹.
Lumière (extérieure)					lumière.	»	défaut de lumière	»
Chaleur (extérieure)					chal. ext.	chal. ext.	froid extér.	ch. ext.(séc.)[1] froid sout.
Chaleur (souterraine)					»	chal. sout.	»	ch. sout. (séc.)
Eau (extérieure)					séch. ext.	séch. ext.(s. exc.) eau ext.(s. exc.) séc. sout.(s. exc.)	eau ext. (exc.)	eau ext.(exc.) séch. ext.(exc.)
Eau (souterraine)					»	égouttage. eau sout.(s. exc.)	»	eau sout.(exc.) séc. sout.(exc.)
Air (extérieur)					air.	aération.	»	désaération.
Air (souterrain)					»	occ. sillc.	»	occ. calc. m. arg.
Sol (constitution chimique)					»	divis. perm.	»	comp. spong.
Sol (constitution physique)					pente. (2)	pente. (2)	»	horiz. (2)
Pente, exposition, climat					exp. { chaud. séch. dim. { chaud. sec. constant dép. { faciles. réfract.	{ chaud. séch. { chaud. sec. constant dép. { faciles. réfract.	exp. { froid. humide. dim. { humide. irrégul. difficile. dép. { chlorold.	exp. { froid. humide. dim. { humide. irrégul. difficile. dép. { chlorold.
Cépages (variétés)						déf. pr. (gén.) racin. super. ameublissem¹.		déf. sup. (gén.) racin. prof. tassement.
Conditions d'établissement					propreté. taille modérée.	propreté. sanité.		végét. parasit. prod. épuis.
Conditions de culture					franc de pied.	franc de pied.		
Lésions	greffage.				sanité.	sanité.	lésions.	lésions.
Greffage				»	sanité.	sanité.	greffage.	greffage.
Cep					sanité.	sanité.	maladie.	maladie.

Favorisé d'une façon générale par les mêmes influences que le cep.

1. Séc., sécheresse; ext., extérieure; sout., souterraine; exc., excès; s. exc., sans excès; occ., occasion; sillc., silice; calc., calcaire; m., marne; arg., argile; déf. pr., défonçage profond; (gén.), en général; racin., racinage; pr., profond; sup. superficiel; végét. parasit., végétation parasitaire; prod. épuis., production épuisante. — 2, D'une façon générale, entre certaines limites.

Annexe. Tableau n° 2.

TABLEAU DES EFFETS SUR LES ORGANES SOUTERRAINS DU CEP, DES PRINCIPAUX ÉLÉMENTS DU SOL EN JEU DANS LA VÉGÉTATION ET PLUS SPÉCIALEMENT DANS LA CHLOROSE.

		EAU.		AIR.		SOLS.	
		HUMIDITÉ.	SÉCHERESSE.	AÉRATION.	DÉSAÉRATION.	MEUBLES (siliceux).	COMPACTS (calc. marn. arg.).
RACINES...	POSITION.	superficielles.	profondes.	profondes.	superficielles.	profondes.	superficielles.
	ALLURE.	élongation. grosseur. division.	raccourcissement. ténuité. non division.	élongation. ténuité. division.	raccourcissement. grosseur. non division.	élongation. ténuité. division.	raccourcissement. grosseur. non division.
	RAMIFICATIONS EXTRÊMES.	[État moyen.] abondance. (1) grossissement.	ténuité.	abondance. grossissement.	rareté. ténuité.	abondance. grossissement.	rareté. ténuité.
	NATURE.	charnues.	lignification. (rac. sarm. feuill.)	lignification.	charnues.	lignification.	charnues.
	PRÉCOCITÉ.	tardivité.	précocité.	précocité.	tardivité.	précocité.	tardivité.

N.-B. — Les actions mentionnées dans ces deux derniers tableaux comportent nécessairement des exceptions et sont, en tant que loi, susceptibles d'une précision parfois difficile ; je ne les indique donc que sous toutes réserves, pour un cas donné, d'une façon générale, dans le seul but de guider dans le méandre des actions réciproques et superposées dont la résultante se traduit par l'allure, plus ou moins normale, du végétal.

Le lecteur comprendra dès lors que les éléments en jeu s'influençant mutuellement, l'examen qui en est faitdans cette étude comporte fatalement des répétitions.

E. P.

---

1. Une certaine teneur moyenne, plus voisine de la sécheresse que de l'humidité, favorise la division des racines.

Mâcon, imp. Protat frères